珍本文库

作家出版社建社70周年

1953 — 2023

作家出版社建社70周年珍本文库

策划／鲍　坚　张亚丽

终审／颜　慧　王　松　胡　军　方　文

监印／扈文建

统筹／姬小琴

出版说明

1953年，作家出版社在祖国蒸蒸日上的新气象中成立，至今谱写了70年华彩乐章。时代风起云涌间，中国文学名家力作迭出，流派异彩纷呈，取得的成绩令世人瞩目。作为中国出版事业的中坚力量，作家出版社在经典文学出版、作家队伍建设、文学风气引领等方面成就卓著，用一部部厚重扎实的作品，夯实了新中国文学的根基。为庆祝作家出版社成立70周年，向老一代经典作家致敬，向伟大的文学时代致敬，我们启动“作家出版社建社70周年珍本文库”文学工程，选取部分建社初期作家出版社首次出版的作品重装出版，彰显中国风格、中国气派和文学价值观上的人民立场，共同见证新中国文学事业的勃发和生机。相信这套文库的文学价值和社会意义，将随着时间的推移而日益显示出来。需要说明的是，由于一些原因，未能尽数收录建社初期所有重要作品，我们心存遗憾。衷心感谢中国作家协会、各位作家及作家亲属给予本文库的大力支持。

作家出版社

内容简介：

作品以一个工人出身、刚出大学校门的女青年技术员参加工业建设为主线，展开了对我国社会主义建设初期工业战线生活的描写，形象说明了这一时期新中国建设工程的艰辛，描绘了肩负这艰辛任务的新中国工业建设者——工地上的党委书记、总工程师、工地主任、技术员、工人、广播员、通讯员等的英勇奋斗，刻画了他们的性格和心理，歌颂了他们在党的伟大光辉照耀下的战斗生活。小说以诗情的笔触，艺术地再现了中华人民共和国成立初期经济建设起飞的黄金时代。

舒群

（1913—1989）

原名李书堂，笔名舒群。黑龙江哈尔滨人。1932年参加革命工作，同年加入中国共产党。1933年开始发表作品。1935年到上海，并加入“左联”。曾任延安鲁迅艺术学院文学系系主任、《解放日报》四版主编、东北文工团团长、东北大学副校长、东北电影制片厂首任厂长、东北文联副主席、中国文联副秘书长、中国作家协会秘书长等。主要作品有：短篇小说集《没有祖国的孩子》《崔毅》《我的女教师》《毛泽东故事》等，中篇小说集《老兵》《秘密的故事》，长篇小说《这一代人》等。出版有《舒群文集》《舒群全集》。

作家出版社 首版封面

《这一代人》

舒群 著

作家出版社1962年8月

这一代人

舒群◎著

作家出版社

图书在版编目（CIP）数据

这一代人 / 舒群著 . -- 北京：作家出版社，2023. 10
（作家出版社建社 70 周年珍本文库）
ISBN 978-7-5212-2476-4

Ⅰ. ①这… Ⅱ. ①舒… Ⅲ. ①长篇小说－中国－当代
Ⅳ. ① I247.5

中国国家版本馆 CIP 数据核字（2023）第 162439 号

这一代人

策　　划：鲍　坚　张亚丽
统　　筹：姬小琴
作　　者：舒　群
责任编辑：张　平
装帧设计：棱角视觉
出版发行：作家出版社有限公司
社　　址：北京农展馆南里 10 号　　　邮　　编：100125
电话传真：86-10-65067186（发行中心及邮购部）
　　　　　86-10-65004079（总编室）
E-mail:zuojia @ zuojia.net.cn
http://www.zuojiachubanshe.com
印　　刷：北京盛通印刷股份有限公司
成品尺寸：142×210
字　　数：260 千
印　　张：11.125
版　　次：2023 年 10 月第 1 版
印　　次：2023 年 10 月第 1 次印刷
ISBN 978-7-5212-2476-4
定　　价：80.00 元

目录

第一章　夜里 / 001

第二章　第二天 / 047

第三章　风风雨雨 / 102

第四章　雾中 / 153

第五章　星 / 192

第六章　天外 / 241

第七章　晴 / 273

第八章　天明前后 / 322

第一章　夜里

一

是下班的时候，有一辆临时加班的通勤大汽车，顺着下班的人流和车流，由干部招待所往集体宿舍开着。

黄昏。落日的余晖，开始暗淡下去；而浮腾的火焰，便显得旺盛起来。在你没留意的刹那间，天空分划了两半：半边在发明，半边已经发乌了。一阵晚风吹来，同时可以给你双重的感觉：凉里透着热，热以外裹着凉——人工的火热和自然的秋凉没有达到匀和的程度。果然，重工业的城市毕竟是社会主义建设的根基而不同寻常的地方，它的黑夜和白天、秋季和夏季都是不大容易交替的。

大路通到天边去，沿路展开一幅新的景象：市街插过田野，田野又伸进市街。往远看，这边农民们如同在市街上收苞谷，那边工人们又似乎在田野里建筑宿舍、食堂、俱乐部。这一带，哪儿是城市和乡村的界线呢？除非多年以后，谁知道。

因为这两天下过几场暴雨，路上空气比较新鲜、清爽、湿润，像是滤过的。当然，如果仔细地闻一闻，你可以闻到一股怪味——瓦斯和黍香相混合的气息。

按行程说，大汽车应当拐个弯儿，从大路上岔开去，再走上半里多路，才算达到终点。可是，岔路那边拦着两根挡杆，立着一块牌子："停止通行"。这时候，司机同志不得不立刻扳住闸，把车停在岔路口这边。他跑惯了工地，最会摆弄这个玩意儿；随便什么时候，只要他这么一扳，扳得总是可他的心眼儿——愿意把车停在哪儿就停在哪儿。停在哪儿，好像摆在哪儿展览似的，反正车是崭新的新型的苏联产品。

汽车队的女车长和干部招待所的小招待员，老早就一人把着一个车门口。他俩的年岁差不多，大概都在十六七，而他俩却各有各的不同的眼色，一个为了安全行车，愿意车门开得稳些慢些；一个急于完成任务，盼望车门开得越快越好。其实，只要车一停，车门便紧跟着折叠过去，到门边叠成两扇，是自动的么，开得不快也不慢。

撅着两个小短辫的女车长，从脚踏板上稳稳当当地走下来；脚一着地，她便握住电镀的车把手。整天跟车子在一块儿，她下了车还舍不得它呢。她对车里的人们说："别忙，慢点儿下！"如果单听她那种和蔼的耐心的声调，会让人想到她是一位很负责任的小保姆，在带着许多的娃娃们。

帽子扣在后脑勺的小招待员从车上往下一跳，仿佛从跳板上跳水一般，闹了个扎猛子式的倒栽葱。不管女车长怎么好笑，他爬起来，就向车里的人们喊道："我说你们倒是快呀，快，快，快跟我来！"他居然摆出严厉的辅导员的态度，难道他是在指挥戴红领巾的少先队员们吗？

从车里下来的，既没有一个娃娃，也没有一个少先队员，而是一群比女车长和小招待员年岁都大的男女青年——工学院的毕业生。正确地说，应该说他们是见习技术员。

他们昨天离开学校，坐两个钟点火车到了这儿；今天他们都被分配到各个工地，每人都有了自己的工作岗位；现在呢，他们又被分配到一个集体宿舍，每人都将要有自己的住宿床位。

在这儿，找千百个空着的工作岗位，容易得很，而找一个空着的住宿床位，那就实在难。几年来，新建了一百多万平方米的宿舍，一直没有满足房客们的要求。是的，宿舍建筑的速度，无论怎么也赶不上火车客运的偌大需要的数量；最近一年，它从四面八方运进那么多人，而使城市人口由三十万骤然增加到四十万了。参加建设的职工们，宁愿委屈一时：搬家眷的把家眷搁在半道上，结婚的空拿着结婚登记证，连独身汉也有人在借宿；不然，他在夜里上哪儿去打游击呢？当然，为着这个问题，有些干部间也打官司，有时竟要打到公司和党委去……这一批见习技术员们之所以在分配了工作的同时，也分配到了宿舍的主要道理，一则因为部分新建的宿舍将要完成，二则也靠“优待技术人员”。

他们一面掩饰着难于掩饰的幸运儿的心情，一面显示着不得不显示的搬运工的本领。行李、皮包、包袱，外带许多的小零碎：墨水瓶、书包、洗脸用具……好家伙，真不轻呵。

开头的一段路，是刚修好了的。路面铺着一层细沙子，底下的沥青还未完全凝固，踩下去，软乎乎的，像是铺了地毯似的。因而，他们都觉得舒服适宜，如同轻了装一般，走得不算慢。

走在他们前边的，当然是小招待员——向导嘛。他紧忙地捯换着有点儿毛病的小腿，踮着脚尖儿走得飞快；可是，让人家怎么赶得上呢？

在他们中间，落在最后边的一个是李蕙良。

肩头扛着她在学校用的打补丁的麻花被、脱了毛的狗皮褥子和其他别的东西捆起来的行李卷，一只手拉着麻绳扣，勒得有点儿麻酥酥的；而另一只手拿着她在学校课余常玩的廉价的爱好品——胡琴，用不着拉呀，只要它在身边，就有一种无声的娱乐的感觉。身上穿着她在学校穿惯了的下过多次水的、深蓝色褪成了浅蓝色的制服；不知道怎么的，穿旧的总比穿新的如意。身上充满着她在学校为运动员所羡慕的体力；仿佛从来没有生过病，她对于医药是最无知的，甚而连阿司匹林也不懂得怎么用。脸上闪动着她在学校被老师们和同学们所熟悉的、发亮的聪明的大眼睛；眼睛比嘴巧，嘴不会说的，眼睛倒会说呢。总之，她还是在学校的那个李蕙良，东西比人家少，身体比人家健康。虽然，在临离开学校的时候，她多了一把计算尺——优等毕业生的最好的奖品；但是，在刚离开学校以后，她剪掉了两条辫子——见习技术员所讨厌的障碍物。计算尺是增加了一点儿的分量，而辫子不是又减少了些许的负担吗？比一比吧，难道白色的小计算尺会比很粗很长的大辫子重吗？当然，不会的。

那么，她为什么落在最后边呢？丢下得不算远，总共不过五六步；即使差一步，落后的也是她呀。

小招待员帮助谁乱七八糟地抱了一大抱，忽然转过身来，倒背着脸儿走，好像有意要在人家的面前显这么一手似的。

“我说技术员同志们，快点儿走嘛！”一转眼，他就看见走在最后边的李蕙良。“喂，李同志！”好大的声，是可着嗓门儿喊的。

“是叫我吗？”李蕙良带着迷瞪的眼神，张望着。

“我说我怕你走不动，帮你拿点儿什么东西呗！”小招待员龇着大牙，嬉皮笑脸的。

“怎么，怕我走不动？”

小招待员的嬉笑的关怀，引起李蕙良的玩耍的兴致。她没说什么，只用一种哑言的表演回答小招待员。她一抖肩膀，把行李卷顶到头上，随着撒开手，脖颈伸得直直的，胸脯挺得高高的，一边从容地甩着有节奏的腿脚，一边尽可能地摆着有弹性的手;瞧她那个劲儿吧，是拉着琴走，还是跟着乐队游行呢?是模仿演员玩弄舞台道具在恶作剧，还是装扮运动员利用负荷物在练习竞走呢？归终，她要让小招待员知道知道她这大力士的气势，好像在说：给你瞧瞧，我还能走不动吗？

看着她，同学们笑了，筑路工们愣了；只有小招待员窘了——近乎仓促之间认错了人而后出现的那个尴尬相。

“……我说李同志……我想起来，你还是个小队长呢，你看你弄个啥样儿……你既然走得动，就快走两步呀……小队长嘛，你应该带头呀！”

“小队长？不是我了，是你！”

“小队长我可不敢当，说得好听点儿，我说我只能够做你们的标兵！”

小招待员叫陈廷柱。别看他小，两年前，他去过朝鲜，在志愿军里当过勤务员。第五次战役的时候，为了抢救伤员，他自己也负了伤。结果，他落了个跐脚的毛病，作为荣誉军人退了伍。临走时，他不愿意离开自己的部队，自己的首长，哭了。首长哄着他，并且答应他：“一定把你送到另外一条战线去。”于是，他到了这个重工业城市的招待所。可是，他一直想念部队和首长，写信，寄照片；而且，一有机会，他还要尽可能地利用几句部队的用语。自从离开部队以后，这还是他头一回用上了“标兵”。不管技术员们懂不懂，他只顾说他的。

李蕙良听罢，恢复过来正常的行路的姿态。她瞪着大眼睛，望着已经转过脸去的小招待员的背影：走你的吧，小标兵；自己还愿意走在最后边，是准备当收容队呢。

没有军事知识，也没有战斗经验，但她懂得行军的一种常识：标兵和收容队。在这一点上，她比小招待员懂得深刻。那是一个小兵给她留下的永远忘不了的教训，永远忘不了的梦……最后临别的时候，他还说“你跟我走吧”。孩子跟孩子，什么话都是可以说的。要是现在，他可不能说这个话呀……他还说“再见吧”。这只是说说罢了。过了许多年头，彼此都长大起来，再见了面，谁能认得谁呢……是她送他到石家岳，把他送走的。她一直记得那夜闪在炮火里的、那个昂扬前行的背影，那条模糊难走的小径……而且现在她一扭头就能看得见他走过的那个方向——三里外的两座小山……但一路上，她没有看一眼。因为她知道，山是不会变的，它必然还是它的鞍形；但小径呢，人呢……不愿意想的，不该想的，为什么，为什么偏偏又要想到它……

往下走，路刚刚开始修路面；新撒上的碎石子，踩上去活活动动的，还在硌脚掌心；并且到处都有沙石堆和沥青桶，走几步，绕个弯儿，不是什么绊了腿，就是黏乎乎地贴住脚。煮沥青的锅，冒着烟气，够呛人的。

走了坏路，再走好路，谁不咧着嘴笑；反过来，人多半要皱着眉头。但他们现在不能不走，谁不走，能在这路上过夜吗？

其实，剩下的路，不远了。集体宿舍就在白杨树的后面——缭萦着渐浓的暮色的幻境里；刚才在汽车上老远的隐约望见的，从绿色枝叶中间透出来的灰色的楼犄角，这时又隐蔽得无影无踪，好像你越奔着它来，它越躲开你去——试试你的年轻人的毅力，是不是经得住这一点点小考验。

小招待员照样走他的。他不管这路难走不难走，会不会摔筋斗，反正他是在残砖、断瓦和废墟的战场上打过滚儿的。不过，为了迁就这些坐惯教室的技术员们，他不得不走着等着；等久了，他自然要发急的。

“我说你们倒快走呀……慢腾腾的，磨磨蹭蹭的，谁有闲工夫老等你们……”

他们是尽力走的，已经走得气喘、汗流；有些人掉着铅笔、小刀、手巾……邹平什么都掉了，连他自己在内。

李蕙良一边捡着小东西，一边等着掉了队的邹平。她原来预料的，果然预料到了，总算没有虚设这个小收容队呵。

她和同学们从工学院出发以前，被编为一个临时的小队；院部指定她担任小队长，并指示得清楚，只要下了火车，进了招待所，就完成了任务。现在，她是同学们里的一个同学，技术员们里的一个技术员，再不是什么小队长了。可是，她还愿意操这份心。一个人有一个人的个性，这是不是她的个性呢？

“邹平，别着急么！”她庄重地喊着，多少带些大姐姐的口气。

邹平刚满二十岁，是同班最小的男同学。他有一对很俊很甜的眼睛，像姑娘的。在学校，同学们有时拿他开玩笑，男同学叫他“女同志”，女同学说他“是应该参加三八节的”。他不在意这些，只是天真地笑一笑罢了。可是，他现在往李蕙良跟前走着，脸红起来，红到耳根、脖颈；让女同学来照顾，他还害臊呢。因为，在他的意识里，恰恰相反，他认为自己是应该照顾女同志的。

“李蕙良，你是在等我吗？”明知道，还要问，邹平腼腆极了的时候，就有这么一股傻气儿。

“……也不完全是等你，我也想歇歇呢。”李蕙良宁愿委屈自己，也不愿伤人家的自尊心。

“我想不到你也要歇歇的。”邹平单纯，信以为真了，“你也累了吗？”

“谁不累，大家都累了。”

“是不是大家应该休息休息？”

“怎么不是，是呀！”

邹平一甩肩膀，甩掉行李；被它累赘够了，只想把它甩得越远越好，再不想背起它了。他好似一匹小骡子，累得哼哧哼哧的，而刚一放下驮子，就调起皮来，尥蹶子玩呢。

“喂，喂，同学们，咱们小队长的命令，命令我休息五分钟，命令你们休息四分半！”

像在毕业典礼的晚会上一样，大家喔嗷一阵子，多么轻快呵。本来大家都想休息一下，但谁也不肯开这个口，都要强得很呵。

李蕙良一甩行李，噗的一股尘土，差点儿眯了眼睛；她赶快让开两步，顺便躲到白杨树那边去。

“我得声明，我再不是小队长了，我也没命令你们；说心里话，我倒想招待招待你们！”李蕙良刚一摸挎着的小水壶，同学们都扑过来；渴得嗓子直冒烟儿，都想喝一口，“我说招待你们，就一定招待你们，我请你们喝水，再请白杨树给你们扇扇扇子；本来么，你们是到了我的家乡呵！”

是的，这儿是她的故乡。

她原是那么一星点儿飞尘，在这儿悄悄地飘着，飘着，飘了十五年；后来，有一阵风把她刮走了，刮走了八年；现在，又有一片云雾把她送回，成了一滴晶莹的滋润故土的露水珠儿。

许多人都思念自己的故乡。她不，她怕想到那个地方；甚而做梦的时候，她都怕梦见那个地方。因为她想到的、梦见的，尽是不幸的少年的回忆：苦难，悲伤，惨痛，死别……

在昨天下火车的时候，同学们都说："你回到故乡，怎么招待招待我们呢？"其实，她也像同学们一样来到陌生的地方。从火车站往干部招待所去的路上，她从大汽车里往外一看，都改变了，如同初生婴儿的铺盖和穿戴一般，都是新的；只有往远看的时候，她还记得那两所最高的楼房，原先是吉顺丝房和三菱洋行，而现在都改成国营百货公司了。

她不认识故乡，但故乡有人认识她的。在招待所里，她碰见一个收发员，是从前的邻居。他跟她提起不少父辈的工友（现在大半都当了干部），除了"老水鬼"，她都记不大清楚，究竟谁是谁……

当昨天跟那个收发员谈话的时候，当今天在工地闻到强烈的瓦斯味的时候，当此刻面对着鞍形小山的时候，她都在心里叮咛着自己："你别以为到了别的地方，这是你的故乡！"所以她这种以还乡人自居的对于同学们的招待，也是有意识地在唤醒着自己的还乡感。

小招待员回头一看：一个个什么样儿，是在公园里乘凉吗？

"我说同志们，我打前站的可要先走啦！那里房子少，你们队伍大，号不着房子，你们就在院子里放哨吧！"

"打前站的""队伍""号""放哨"，闹了这么一大套；啧啧，啧啧，好过瘾呵。随后，他开始他的急行军。

赶到集体宿舍的大门口，他再前进不了了，在面前站着扎煞着胳膊拦挡着他的老舍长。

老舍长胡德山：小矮个儿，白头发楂，脸上一把皱褶。他是老矿工出身，有过四十年的工龄。今年，他已经六十开外了。本来，可以退休养老的，国家的养老院和他的儿孙们都能养活他。但他不，不，不愿意落个“白吃饱”；干惯了活，谁闲得住？组织上照顾他，让他挑个轻劳动。唉，是老花了眼睛，还是挑花了眼睛，偏挑上了这个“不劳动”：熬心，伤脑筋。话不是随便说的，怎么好改口呢？硬着头皮，让你拿小榔头敲吧。

比如说，老舍长就挨过小招待员的小榔头。这小家伙只管把人和介绍信往你办公室一撂，不管你有没有床位，他撒开有毛病的腿走他的了；所以老舍长现在要把他堵在这大门以外。

两个人面对面站着。他们的个头，高矮仿佛；但相差的年龄，大约有四十岁；一个是爷爷，一个是孙子。他们的态度，也不相上下，恰恰是针尖对着麦芒，而这爷俩膀摽膀，谁也不打算让一让。

“小陈，你这个小崽子，你眼睛溜溜地直转，转啥？告诉你说，这儿没有空子给你钻！”老舍长的口气，可真有一股别扭劲儿。

“大家都是为了工作嘛，耍啥态度！咱们站在外头，要是拉拉扯扯的，多难看！我没什么，不过是个小招待员；你呢，你大小也是个负责干部！我的意见，咱们先进屋去，有啥问题，都摆在桌面上谈，没有啥谈不清楚的！”小招待员在教训人呢，俨然是老舍长的上级的神气。

“你送来多少人？”老舍长眯缝着眼睛，瞄着白杨树下那伙影子。

“我这儿有介绍信！”小招待员把怀里抱着的东西往地下撂，有一瓶墨水摔洒了。

老舍长怕小招待员扔下介绍信，撒丫子跑了，便一把抓住小招待员的手腕子；而小招待员拼命地在挣脱，掏信……

于是，他们争吵起来。

本来，在昨天的电话里，干部招待所和集体宿舍谈好了“二十人”。到今天，在这老小见面的时候，招待所送来二十五个人，而宿舍又只能收十五个人。招待所的理由是：因为新来一批干部没地方住，不得不增加“五名”。宿舍的根据是：由于一栋房子没有竣工，一定要减少“五名”。如果再问土建公司，他们也有话说：这两天的暴雨影响了工程。从总的方面看，主要的都是出于大规模建设的一种“复杂性”；当然，在检查工作的时候，他们都会自觉地着重自己的“扯皮”方面。

“我说老胡头，你撒开手，耍啥军阀主义！”

“你扑蹬啥，你扑蹬……”

老舍长缓缓劲儿，用双手抓住小招待员的两个肩膀头，往下一按，就把小招待员按矬了一截。

大汽车的喇叭响着，一声比一声长，是在催小招待员呢。

小招待员完全不在意这种催他的声音。一张“汽车使用承认单”拿在自己的手里，等于汽车拿在自己手里一样，他知道汽车是甩不掉他的。但介绍信放在自己兜里，他还没有完成任务，怎么办？人家要为他的宿舍考虑，自己能不给自己的招待所打算打算吗？在他的小瞳孔所观察的小角落里，谁没有本位主义呢？而且，连自己都被人家抓住不放。那两只大手掌，简直是两把老虎钳子，掐得牢牢的；动一动，肩膀头好疼。于是，他想服了吧。他认为暂时是应该这样的。在他的有限的战斗的经历里，是屡次听说过“战术”的。

“胡舍长，你看着办吧，怎么办怎么好。”

“早这么说，咱们何必闹个半红脸儿！”

老舍长松开了手。

小招待员还没有完全达到目的，自己嘱咐自己警惕：这回连一根汗毛也不能让他摸着呵。

“留下多少？”

“十五名。”

“剩下的呢？”

“你领回去。过两天，有了房子，你再都送来。”

“介绍信呢？”

“你先带走，另外补个十五名的。”

“我回去跟所长怎么说呢？”

“你跟所长说，我对不起啦！”

小招待员带着衣肩没有松散开的两团皱褶走了。大概走到十多步的地方，他一弯腰，把介绍信撂在地上，怕风刮跑，他还把它压上一块石头。

“老胡头，不是你对不起，是我对不起啦！”

小招待员一说完，撒腿就跑，仍然一歪一歪地踮着脚尖儿。

就在这时候，李蕙良和同学们赶到了。

天快黑了。团团的阴云，在翻滚，在沉坠……大概又是一场暴雨要来了。

二

这个集体宿舍是很大的。按原来设计，它可以容纳两千个床位。一排排的、一栋栋的三层楼房，几乎扩大了一面城市的市容。从地基算起，完全用的新材料，连水道和瓦斯管子都是新安装的。红色的砖壁，灰色的瓦顶，密密层层的白杨树给它形成了天然的绿色的院墙。混凝土的走台，不妨保留着本色，而应该油刷的门面和窗框子，仍在露着白木头。屋里屋外，冒着潮气，还熏人呢。从工程上看，全部建筑，有一半正在进行施工，有一半剩下煞尾工程；总的说，没有正式完全竣工的。可是，现在大半都已经住满了人。凡是住进来的，都成了积极分子。怕踩脏了油漆未干的地板，搭上桥走，怕没安玻璃的窗子透风，堵上牛皮纸——把新房打扮得这么寒碜，他们还甘心入赘，她们还情愿过门儿呢。

现在，不是又来了一批新人吗？

集体宿舍的办公室，原来设在楼里，因为给人家挤得常常搬家，最后才搬到这临时性的小屋。现在敞开窗门，也挤不下他们这么多人；有人一不注意，就可能把它挤垮的。老舍长知道，它的四壁都是碎砖头砌的。于是，他只好要一些人留在屋外边；随便他们，要坐就坐自己的行李，要蹲到处都可以蹲的。他给挤进屋里的，倒都让了座：窗台、门槛、破凳子、歪椅子，还有瘸腿的桌子。

他自己站着，又站不住，就像憋得他没地方坐，也没地方走，只好在站着的地方打转转，并且，他摆弄手指，数着数，分明是三五一十五、五五二十五的数目，怎么也算不清楚，还要请个会计同志呢。

“你们出个人儿吧！”老舍长终于说了。

“我们推李蕙良代表！”有几个人喊着。

李蕙良站在门口。由屋里射出来的灯光，把她的大眼睛照得明晃晃的，而把她的黯淡的剪影贴在地上。从她来，就站在这儿；当她听到人家喊她的时候，她才想到进去不进去……在意识到这间埋伏着重重困难的小屋不比那飘着彩旗的荣誉的高台的时候，她便没有再踌躇，即刻迎上去。

走到老舍长的面前，不由得她看了一眼，刚才在路上他那眼里的怒火，是要烧人的；而现在他的满脸的皱纹里，只有不安的焦急的思虑了。

“是不是有十五张空床呢？”李蕙良委婉地问着。

“有，有，有十五张！”老舍长直爽地回答。

“是不是先分配十五个同志去呀？”李蕙良试探着。

“我也是这样想的呵，你没看我急得直打磨磨；你们一共二十五个人，先分配给谁呢？”老舍长犹疑着。他不摆弄手指头了；两只大手一合，又磨起手掌来。

“噢……十五张床，十五个人……”李蕙良自言自语地说着，把一个衣扣解开，又扣上；扣上了，又解开，到底要解开还是要扣上，她自己也不知道。是的，她感到事情为难呢。但她认为她不能逃避责任，最后便说了。“我帮助分配一下好不好？”

她这样征求老舍长和同学们的意见。大家当然都是同意的。

她熟悉她的每个同学。在她的记忆里，保留着他们的过去，至少也有四年呵。她顺嘴叫了十五个名字。她叫得非常快，好像她作为小队长在火车上分配座位一样；但她这是有原则叫的：一、非党团员；二、女同志。可是，在女同志的名字里，怎么没有李蕙良？她，不是没有想到自己，自己也不是不想得到一张床位，但有过六年团龄和两年党龄的人，能在这上抢先吗？也许有人会抢先的，抢床，抢朝南的房；而她不能那样，她完全不是那样的人。

“小邓，小邓！”老舍长从门口探出头去，向旁边的工作人员的宿舍喊着。宿舍离得很近，用不着他那大的声；但他是怕小邓不在屋，捎带喊给院心过路的人听听，好给小邓送个信。

“来啦，来啦！”带着金属性的童音。

随着，小邓钻进来。原来他就站在门外，溜边等着呢。只要看见有新来的人，他就想到老舍长早晚要喊他这么一声。

小邓是个管理员，年轻，精明，能干。先前他在矿山，是推轱辘码子的；手快，腿快，眼快，心眼儿快，人家都叫他“四快”。老胡在矿山的时候，就把小邓看上眼了。老胡当了舍长以后，请求组织调了很久才把小邓调来。小邓来不久，用推轱辘码子的手把摆床的位置倒了几个个儿，就提了个合理化建议，扩大了原先设计的床位数字的百分之五，所以在这儿有人叫他“设计工程师”。当然，老舍长喜欢他，重视他，并且打过这样的比方：“我老胡是宿舍的椽子，小邓是宿舍的大梁。”不过，他不许谁叫小邓那个绰号，是怕把句玩笑话影响党团结技术人员的政策。不管别人怎样看待，反正小邓总是那个样儿：眼睛瞪着，头发竖着，脖子梗梗着；一说话，露出一口小白牙，好像要咬人似的。是的，他脾气很倔呢。

“你能不能再掂对几个住的地方？”老舍长问。

“还有几个人？”小邓估量着屋里的人数。

“还有十个人。”

“三儿俩儿的，也许能掂对掂对。十个人，往哪儿掂对呢？人嘛，又不是别的玩意儿；就是萝卜吧，一个还得一个坑呢！”

小邓一甩袖子，领着已经分配了床位的人们走了。可是，应该走的十五个人，只走了十四个，剩下一个邹平。他呆呆地站着，一脸单纯的稚气。

“你怎么还不走？”李蕙良纳闷地问。

“我不走么！”邹平执拗地说。

“为什么？”

“哎呀，那还用得着问吗！”

“呵！”李蕙良是了解邹平的。她明白了。“我这个本地人回到家乡，你何必担心我没有地方住呢。”李蕙良说着，把邹平推出门去。

老舍长眼睁睁地懵懂地望着李蕙良……

“噢，你是本地人，你家住在哪儿？”

“八卦沟。”

“噢，你是八卦沟的！”老舍长惊讶地说着，“八卦沟是咱们工人的老窝呵，连我也是那儿生的。可不是我夸口，现在我应该是最老的一辈啦……”

“咱们都应该叫你爷爷呢！”有个同学插了一句。

“爷爷不爷爷的，你这一打岔……把啥给我打忘啦……我刚才要说啥来呢？”老舍长用大手掌拍着前额，好像拍木头疙瘩似的，叭叭地响。

“爷爷，你甭想那个吧！你给我们想想还有什么办法可以睡觉；真的只有十五张，另外再没有空的吗？”

“同志，别看这屋里有女同志，我也不瞒你说。我从前在旧社会，我学会赌，我学会嫖，我就是没有学会撒谎！”老舍长猛然地把两臂一张，绷掉一个衣扣；是呵，他是愿意把自己的心怀敞开……“我也挨过饿，我也受过气，我可没骗过人！”

李蕙良怕惹翻了老舍长，忙把话头接过来。

“我们相信你的话，是没有空床的。没有交工的房子能不能住一住？”

“三班倒，人家还干活呢。”

“食堂呢？”

“食堂，前几天倒住过人；可是现在不行啦，人家正在卫生竞赛呢！”忽然，老舍长一拍脑袋。“你这么一提，我倒想起来，有个储藏室，把东西倒腾倒腾，搭个小板铺，倒是可以睡人的。能睡几个人呢？”因为无从计算起，他又从门边探出头去，喊起小邓。

“来啦，来啦！”还是带着金属性的童音。

小邓这次突然的出现，使得老舍长一怔。老舍长没想到这么一小会儿，这个小伙子已经把人都安排妥了，怎么那样洒脱呢？他不知道小邓是把人委托给户籍员送去的。

“要在储藏室挤个地方，搭上板铺；你掂量一下，能睡几个人？”老舍长问。

“六个人！”小邓干脆得很。

“再挤两个呢？”

“不行！”

“再挤一个！”

“再挤一个也不行，那除非是摞着摞睡！”

“你是金口玉牙呵，一说一个准儿！”

“老舍长呀，我量过啦，已经派人搭铺啦！”

老舍长一听，真痛快，不由得他笑起来。真的，谁不喜爱他的顶用的干部呢？他想要把小邓扳过来，亲一亲，用络腮的白胡楂扎一扎通红的小脸蛋儿；但没有做，在众人面前，他觉得有点儿那个呢。

“在别的地方，有没有办法挤？”

“要是在我们屋的板炕上，都伸直腿，排上队，倒能挤两个；可是大家得开个会，夜里谁都不许翻身呵！”小邓横横叨叨地说着，小白牙在灯光里闪着亮。

“六个加两个，还剩下两个同志呢？”

“把咱们这个办公室的四张桌一并，睡两个人，不是宽宽绰绰的吗？”小邓想得快。

“人家两个同志，是一男一女呵！”老舍长不好意思地瞟了瞟李蕙良。

小邓觉得发讪，扭过身来，对着墙，做了个鬼脸。他只听着李蕙良分配第二批名单的声音，再没好意思看她一眼；他一直等到分配完、领第二批人走了，才算下了台阶。

这时候，第一批人里的邹平，还没走呢；他从窗外探进半截身子，真的，好一张惹人爱的痴相。

“李蕙良，我留在这儿，你到我那儿去睡吧！”

“邹平……”李蕙良不知道怎么说是好，“我不能在这儿睡，你想想，到你那儿怎么能睡呢？”

本来么，是集体宿舍，邹平哪儿有单独的一间呢。他只想照顾“女同志”，而他不知道稚气原来是多么荒唐的。他的脸又红了，红到耳根、脖颈。走在大风里，他觉得浑身还是滚热的。

最后，在这小办公室里，只剩下老舍长、李蕙良，和一个准备睡在桌子上的男同学。

这个男同学站着发呆，因为李蕙良还没个归宿，他也不好意思打开自己的行李。

老舍长望着这给人家都分配了床位、而自己还没有落脚地方的李蕙良，能让她去睡露天地吗？他想起小招待员说的话，“大小也是个负责干部”，那样的话，连自己也是睡不着的。

“跟我来吧，我总得给你找个睡的地方！”老舍长拍了拍李蕙良的肩膀。

三

老舍长把李蕙良领到办公室隔壁的、比办公室还小的一间小屋。他撂下李蕙良的行李，打开电灯。灯光十分微弱，大概只有五烛。

屋里，一桌、一椅、一床；老舍长简简单单的寝室，依然保持着老矿工当年的朴素作风。

他连哼也没哼一声，伸手便卷他的铺盖。这下子，他把李蕙良弄慌了。

“怎么……”

“我把床让给你睡！”

“您呢？”李蕙良拦住老舍长的手。

“我到外边找宿去！”老舍长拨着李蕙良的手，一不小心，剐破枕头，淌出来一堆荞麦皮。

“有针吗？我缝上它！”

“哪有闲工夫缝它呢！”老舍长不住地往兜里揣着荞麦皮。

“能找宿给我找个呗！”

“女同志找宿不方便呵！”

老舍长找宿方便吗？李蕙良可以想象到，他不是也将像一根橛子似的，橛在人家的缝隙里的吗？那样他怎么能睡得好呢？虽说老年人比青年人的觉少，但睡眠对于老年人比青年人更重要；青年人可以熬上一两个通宵，而老年人可不能，他连一个钟头都少睡不得。于是，她一纵身子，就坐在已经卷起多半截的铺盖卷上；只有这个办法，她才能挡住老舍长，休想再卷。

“舍长同志，我一定不让你找宿去。我刚才说过，我是本地人，回到自己家乡还怕没地方住吗？”

“你要回家去住吗？”

“那倒不一定……”

“回过家没有？”

“还没有……”

“为啥不回去看看呢？”

“回家也可以……”李蕙良不得不这样说，但又不能说下去。

“八卦沟道远呀，就怕路上下了雨。”

“雨还能挡住人走路吗？”

本来，为了安顿老舍长，李蕙良是在搪塞，敷衍……可是，既然说到这儿，她便想到这儿。这次她回到家乡来，因为没有空儿，还不曾去看过爸爸，妈妈……假如今天晚上能有这个机会，她倒是愿意去看看他们。路远怕什么？下雨怕什么？就是晴天，衣服也免不了要湿的。去吧，也好了了他们的女儿的这个心愿：待一会儿也好，睡一宿也好，总要伸开胳膊抱抱他们——两座长满荒草的黄土堆。

眼里含着泪。要是往常，在同学当中，或是一个人的时候，她会任凭感情，让泪水一串一串地流下来；而现在，在初识的舍长同志面前，可不能那么随便，她要用理性的链子把它们系得紧紧的。因而，泪光似乎比灯光亮，脸色倒像窗外的阴沉的天色。

因此，老舍长想起来了，刚才在办公室被谁打岔打忘了的，想了许久没有想起来的，原来是这句话：

“你是八卦沟哪家老李家的，你的爸爸叫啥名？”

“我爸爸叫李顺仁。”

老舍长一惊，脖子往后一挺，好像吓了一跳似的。忽然，他想起李顺仁这个人：躺在矿井里，身子直直的，攥着拳头的两手举着，头已经让石头砸扁了，他还像在举着镐头……几年以后，他的老婆死得更惨……他们夫妻撇下一个孩子、孤儿、童工。到现在，老舍长还记得她的小名儿。

“你叫小玉吧？”

“是呵！”

李蕙良往老舍长怀里一扑，又缩回身来；她愣住了，像木头人：谁呢？她记不起来这位父辈的朋友。

老舍长伸手把李蕙良搂过来，他要像二十年前抱她一样地抱抱她，但抱不动。

“孩子，你不认识我啦……孩子，你长大啦……你也有这么一天，成技术员啦……”

老舍长自言自语地说着，说着，哇的一声，洒了满脸的泪水。是哭出来的泪，还是笑出来的泪？他终归是泪人了。真想不到这个干巴瘦的老头子，在哪里储藏了这么多的泪水呵。

李蕙良多少年没听人叫她的小名了，而刚刚听见老舍长唤了她“小玉”；这一声呵，才真正地唤她还了乡，唤回了她的整个的童年。

她是工人的后代，是一九三一年“九一八”事变那年生的。

按照家乡的风俗，作为父母的理想和希望，要给初生的子女的枕头底下垫些什么东西。人家男的，垫黄历——“读书明理”，或是垫一枚小洋——“不受穷苦”；人家女的，垫枕头顶儿——“巧手绣工”，或是垫贞节牌坊下的一包土面——“遵守妇道”。李顺仁有他的隔路性儿，垫的是他从矿山选来的一块缜密的、坚实的、湿润的、光泽的石头。

“垫的啥东西？”老婆仰着贫血的脸问着。

“好东西，一块玉！”李顺仁得意地说。

老婆伸手一摸，梆硬的，是块石头，硌破孩子的小脑袋呢？她顺手就把石头甩掉了。

但孩子的小名没有改，一直叫她“小玉”。李顺仁叫着，叫着，叫到死的时候。

那年，小玉十岁，妈妈还活着。

一个工人的家，能劳动的人完了，什么都完了；好像房梁塌了，单靠房架子，怎么能支得住房子呢？邻居都劝妈妈“走上一家”。妈妈倒不管人家说不说“二路货”，但她怕孩子受后老子的气呵。

“妈，你别哭！有我呢，我养活你！”

“你还小呀！”

“不小啦，我还要长大的！”

“姑娘一大，就跟妈分心眼儿啦！”

“妈，我不跟你分心眼儿！”

“可是，你要出门子呀，姑娘总是人家的人！”

“妈，我不出门子，我不做人家的人！”

明明是句“傻话”，但在这时候，却没有另外的话比它更动人——作为女儿对妈妈的骨肉的倾心。

小玉，小小的孩子，那懂事的薄薄的嘴唇，不是抹了什么东西，而是充满着工人血统的血液，所以它那样的红，坚强，自信。她自信她能养活妈妈，永远养活妈妈。

当时，这个三十万人口的城市，一半是火坑，一半是烂泥塘，她能做什么呢？

有个二混子，穿着三角兜掐腰小坎肩儿，绿趟子绒马裤，缎儿靸鞋（讲究的是俏嘛），用细长脖挺出一张鬼脸：眼睛眯成一条缝，嘴里露着大舌头。他对小玉说：“你来吧，我一句话，叫你到哪儿就能到哪儿，亏不着你，管保养活得了你的妈！”是到大烟馆里去吗！躺在红毡上，和大烟鬼脸对脸，守着烟灯给他烧大烟泡吗？她不能，用不着吸，熏都能熏成瘾。是到大饭店里去吗？陪着歪歪倒倒的醉鬼喝酒吗？她不能，没有酒量，闻到这股味儿头就晕。是到会局里去当“跑封的”吗？学学圆梦，也许不难，反正都是这么说，梦见窑姐押“红春”，梦见棺材押“板柜”；但她怕看见输光了的悬在梁下的吊死鬼。是到妓院里去所谓只给“客人”和日本宪兵端茶倒水当“青倌儿”吗？年小的人，懂得太少了；但她至少懂得姑娘应该懂的——什么是羞耻。

妈妈也不愿她陷进烂泥塘，宁肯把她送到火坑去呵。

于是，妈妈领着女儿进了“窑业工场”。

小玉站在账房的小窗口外，还没有小窗口高，她踮着脚才把请求书递进去。

“你几岁的有？”一个日本人的声音。

“十三！”小玉多加了三岁。

“十三？怎么没有我的窗台高？”

“呵，嫌矮吗？”

“小小的，不行的！”

妈妈已经给她搬过来一块大石头——比爸爸垫在她枕头底下的大得多——垫在她的脚底下。这样，小玉长高起来，头伸到小窗口，可以看见那个戴近视眼镜的日本人。她摆摆头，故意要显一显自己的个头。

“你看看，我不矮呀！”

从此，小玉当上一名小童工。

生在矿工家里的小玉，本来是生在石头缝里的小苗儿，一直对抗着坚壁，卷曲地往外长的；还是在解放以后，党把她移植在土壤里，培养她长大起来，进了工农速成中学，又从工学院毕了业。

现在，在老舍长的眼里，李蕙良再不像从前的小玉；同时，李蕙良怎么也想不起过去的老舍长了。只有谈起旧事的时候，他们才互相重新开始相识……但旧事一时怎么谈得完呢？

“咱们改日谈吧，将来你住在这儿还愁没日子谈吗？”老舍长转了话头，“现在分配你到哪儿工作啦？”

“‘大型’工地。”李蕙良答。

“咱们房后身住了不少大型工地的干部……”

在李蕙良心里，有只小船一度被风吹到滩上，搁了浅，随着又被风吹开，漂了起来。

“在他们那边能不能给我借个宿呢？”

“黄工程师家里有房子，他还是你们工地的一个段主任呢。”撇了撇嘴，老舍长并不尊重自己提到的这个人。

“他是不是叫黄祖安？”

“是，我就说的是他！”

“他正是我们的段主任！”李蕙良高兴起来。

“个头不高，像我似的。戴副金边眼镜，可神气啦，有点儿看不起咱们凡人！”老舍长眨眨眼睛，有些嘲笑的意味。

“我还没有见过他呢。今天第一天上班，我找他一个下午，都没找到他。”李蕙良表示遗憾得很。

“是不是到他家去？”老舍长在动摇着。

“就到他家去吧，我还要跟他谈谈我的工作问题呢！”李蕙良说得坚定，不管怎么，她是不会放过这个机会的。

四

他俩走在路上。一边是谷地，谷穗晃晃忽忽地摇曳着，渐远没入黑暗里；一边是建筑工程，搭着脚手架，搭了那般高，是盖高楼吧。天黑，工地的灯火，照明着路。

这两天的几场暴雨，都在风起来不久之后，雨跟着就下了。怎么现在不是这样，风已经刮了多时，雨还没下；不知道是风刮得早，还是雨下迟了。

老舍长背着李蕙良的行李走着。本来，他可以不背，也可以不来，要小邓送李蕙良就够了。但他不么，他觉得这个行李非他背不成，这个人也非他送不妥。虽说在党支部大会上，同志们批评过他的“包办代替”，虽说李蕙良也几次地抢夺过她的行李，而他这次还要这么做。不然，他会认为自己是亏了心的。

“小玉，你看那……”大风把老舍长的嘴堵住。等他缓了一口气，又继续说下去，“那边，第三个灯亮，就是咱们要去的地方。”

“看不清呢！”大风吹得李蕙良睁不开眼睛。

“从前工场长黑山住的！”

早先日本人住的附近，李蕙良是没大走过的。那时候，谁敢走呢。

“哪儿呢？”

“你看，数第三个灯亮，绿的，挂的绿窗帘吧。”

老舍长的眼睛，有些老花了，竟惯于走夜路，似乎比白天看得还要清楚一些；因为他在矿井里过过四十年的日子，没有阳光的比夜还黑的日子。

狂风，吹落树叶，吹折树枝，吹开了天空的水闸，突然刷地一阵声音，暴雨刮下来了。如同许多的水龙头浇着，立刻衣服里灌饱水，道路上灌成水沟了。雨下得这样急，不容你有一点儿避雨的时机，只得在雨里浇着赶路，脚插在水里，蹚着水走。

路旁的工程，都停工了，灯还亮着，仿佛专是照顾夜行人的。

在风雨里，老舍长踉跄地走着，一不小心，闹了个趔趄。

“小玉挨着我走，可别摔倒啦！”他用压过风雨声的嗓门喊着。

开始，李蕙良并没有想到会不会摔倒，一心只在饱尝这种意外相逢的甘美，面前的风雨算什么，雨是在淋浴、风是在按摩的。在她听到老舍长唤她以后，虽说相信自己是摔不倒的，但为了父辈的友谊，她不能不凑到老舍长的身旁，而且用湿漉漉的胳膊肘触着他，好让他知道：“我挨你挨得多么近呀。”这时候，老舍长的影子，在她眼前一晃一晃的，有时像在给她引着路径，有时像在诱掖着她前行，使她觉得在大风雨里也能够这般的安适——影子原来是可以遮蔽风雨的呵。

黄主任的家，在几家合住的一所楼房里。旧时日本的建筑，墙上的石块，带着各式各样的人工的棱角，一对门灯，嵌在右壁的凹穴里，镶着半圆的毛玻璃罩；门前有几棵长年不见长的小松柏树，在风雨里抖着。

有人跟老舍长说过，走到谁家的门口，先要敲敲门，这叫礼貌。礼貌不礼貌，他一直不喜欢这一套，麻里麻烦的，他用不着。他还是按照他的老习惯，一推门，便闯进去。李蕙良当然是跟着他走的。

小客厅里，没有人；侧门开着，里面有一大间很精美的工作室。在日本式的壁橱里，有许多英文书籍。墙上挂着几张蓝图和图表之类的，当中有毛笔勾出来的红色标记。绿色的窗帘，绿色的灯罩，长脖颈的花瓶里插着绿色的枝子；这种颜色，给人一种与当时季节相反的春天的感觉。很好看的台灯，大概是一件美术作品——一个天真的小女孩子手里捧着一个大灯泡，好像怕灯火烧了自己的头发，把手举得高高的。在灯下，摊开一张大图纸，摆着仪器的各种用具。黄主任坐在桌边，用笔画着，是在设计什么。看他的样子，大约有三十多岁。他的脸，消瘦，贫血，但透过金边眼镜，闪着贪婪的光，有如野兽在追捕食物那般的眼色。因此，他没有意识到有两个客人，已经站在自己的身边。

也许因为急促的喘息和侵人的潮气吧，黄主任才一扭脸看见他们：浑身湿透，水从裤筒里往下流着，在脚下流成一汪子水，在身后是一片湿脚印。这种意想不到的登门造访，使他显出尴尬的样子。他急忙拉过白布蒙上桌子，好像桌上的一切都要保密似的。并且，他走到客厅去，高声地喊道："娘姨，娘姨！"

老舍长一看黄主任走出去，也用不着等主人说"请"，便拉着李蕙良跟了出来。

烧饭女工老鲁进来。她扎着的小围裙，像个大白兜肚；袖头卷到胳膊肘上，露出红赤赤的胳膊，挂着水珠，还冒热气儿呢。

"太太呢？"黄主任质问着。

"太太洗澡呢。"老鲁服帖地回答。

黄家，不论谁，都是这样称呼黄主任的妻子：太太。当然，黄主任也不是有意地保持什么家风，什么传统，因为过去多年叫惯了，也就这样叫下来。但在客人们听来，实在难听得很。老舍长眉头一皱：我的老天爷，好刺耳呵。李蕙良几乎笑出声：多别扭，还用那么一个旧词儿。

这位太太在黄家是个重要人物。不论黄主任有什么本事，什么武艺，太太总是他的先行，家里什么事都要由她打头阵。现在，太太在洗澡，只好他自己先出头了。他也没有让让座，而叫客人们跟他站着，像在路上碰上了，说说话儿就要告别似的——你走你的，我走我的。

“这个女同志是新来的，派到你们工地工作的，叫李蕙良。”老舍长介绍着。

“就是派到黄主任工段工作的！”李蕙良热情地补充着。她以为这样一补充，可以更亲近一些。

“在名单上已经见过你的名字了。”黄主任冷淡地说。

“我今天第一天上班，找了一个下午，也没有找到黄主任……”李蕙良想说的话没说完，进来一个中年小胖子女人：眼小，脸大，腰粗，脖子短。她穿着白色的毛巾衣，白色的拖鞋；露在外边的手腕子和半截小腿，和脸一样的白嫩，白嫩得叫人都不敢碰，碰一下就可能碰破似的。这正是黄主任所称的那位“太太”。

她从前也在大学念过书。毕了业，她只做过一件事情——结婚。从结婚那天起，她就洗开澡，天天洗，洗到今天，还是照样的洗。什么地方如果没有卫生设备，她都不愿意跟丈夫走，或是根本不让丈夫走的。前年在香港的时候，丈夫已经拿到孙越崎（台湾“资源委员会钢铁事业管理委员会”主任委员）的介绍信，她说：“我可不能跟你到那个荒岛去过原始生活呀！”因而作罢。当然，丈夫也不是一心想去的。去年他应聘从香港来到这里。当时，她倒是愿意来的；因为丈夫答应她，保证她生活需要的一切条件，特别是洗澡设备。她一身充满着精力，而她的精力，几乎都花在洗澡上，可以说她是在澡盆子里老大起来的。

除了洗澡，她还要管管家务。在家务上，主要的是招待客人，费尽了心机。凡是来她家的客人，特别是女客人，都要由她接待的。她对她们都存着戒心。她们越年轻，她存的戒心越重；甚而对老鲁，她也不是不提防的呀。好像世界上的女人，只有她一个是正经的，而别人都带着腥气，都是爱情的扒手似的。在这男女的两个客人里，她首先的着眼点，当然是李蕙良。

她懒懒地摆着膀子，迈着鸭子步。皮肉是娇气的，骨子是敌意的，嘴唇上挂着十足的虚情："到家里，怎么见外呢？祖安，你怎么不请客人坐呀！"可是，她听老舍长说明来意之后，却完全没有考虑。

"房间有倒是有，不过明天要来客人呢。"本来在撒谎，但她说得像真的。

"我就借今晚上一宿也行。"李蕙良倒认真得很。

"说不定，客人也许在今晚上要来的，也许现在下了火车正在路上走呢。"太太凭嘴巧说着，而谎话总是说不完全的。

老舍长不欢喜这么啰啰唆唆的，白费唇舌。来时，他有他的老习惯，不敲一敲门；走时，他更有他的倔脾气，用不着打招呼。他拍了一下李蕙良的肩头，狠狠地说：

"走！"

李蕙良并不比老舍长的火气小，而且她的惊讶比她的火气还大。因为她从来没有碰见过这样的"太太"，多么虚假，狭隘，多疑……她本想走，跟老舍长马上走；可是，有黄主任在，她不肯白白放过这个难得见面的机会。

"黄主任，我找你一个下午没有找到，我想跟你谈谈我的工作问题！"李蕙良以为谈工作比借宿重要得多，所以说的兴致更浓。

黄主任站在这里，陪着太太，像个多余的摆设儿；轮到该他说话的时候，他还心不在焉呢。

“什么时候？”黄主任含糊地问。

“就是现在呗！”

“现在？现在下班了，咱们明天上班谈！”

黄主任最有时间观念。他是严格执行八小时工作制的。他的腿脚跟他的手表的标准时刻走着。按照上下班的时刻，他不迟到，也不早退；同样，他不早到，也不迟退。一般人都说“按劳取酬”，而他偏主张“按酬出劳”。这是说公司给他的工资定低了。现在，即使李蕙良给他加班费，他也还得考虑考虑；因为业余时间比工作时间更可贵，而且钱跟时间的性质不同。钱用完了，是会再来的，多了有人民银行可存（月有月息、年有年息）；而一个人的时间，究竟有限，又没有什么地方可以储蓄，只要它一去就不复返了（月份牌只能撕不能添）；所以他要充分利用它而炼他的金丹——“工程权威”。

于是，他连忙回他的工作室去了。因为他关门关得猛些，门带起一股风打在李蕙良的身上，好像一桶凉水泼到她的身上一样。这时候，她才感到自己湿淋淋的身子，是那样的冰冷，禁不住一阵凛冽的心寒，颤抖起来。她不由得自己问自己：为什么不跟老舍长早点儿走呢？

老舍长站在房门口等到李蕙良来的时候，大雨还像瀑布一样地封闭着门口；在门灯照亮的地方，只见一片翻腾的波浪和浮动的气体。这正是人们惯说的：“雨下得直冒烟儿。”

“走！”老舍长还是狠狠地说，伸手捞起来李蕙良的行李。他只想这一趟跑得太不值得，白白憋了一肚子气。

“下这么大的雨，怎么走呀！”

老舍长听得出这是背后赶来的人说的。但他的愤怒还没有平息，不管来的是谁，都要拿你撒气的。

“走，下刀子也走！”

老舍长走出门外的时候，李蕙良被赶来的人一把拉住。她回头一看，是刚才在屋里见过的那个女工老鲁：三十岁左右，浓眉，大眼睛，带着一脸可亲的善意。

“这位女同志……你听我说，千万别跟那个老魔障走……多大的雨呀，先回屋里坐坐吧……”老鲁拉着李蕙良的手腕子，不知道怎么说是好地说着。

“说得好听，回屋坐坐？不，不，哼，就是你让出房子来，我们也不借这个宿啦！”老舍长一直站在房檐底下的激流里，说话都很费力气。

“大爷，你看人家好意留我们，你先回来吧，别在大雨里浇着嘛！”李蕙良无可奈何地说。

“好马还不吃回头草呢！”老舍长可有那么一股横劲儿。

“我不是叫你们再闹一嘴狗屎，我是想给你们一个香饽饽吃！我不请你们再回老黄家，我来请你们到老夏家坐坐。我给他们两家干活，这边我说不上话，那边我倒能说上话呀。你们来吧！夏大姐这个人好！她是个老干部，还是‘长征’的呢。”老鲁看李蕙良听得很入神，知道把这位客人留住了，便撒开手。“夏大姐可真恋人呵！同志们常到她的家里来，有些女技术员还常住在她这儿。你们进屋看看，就知道啦，她的床可大呢。这位女同志要是愿意住在她这儿都行，一定挤不着你……”

“你说的是不是夏书记呀？”老舍长一说话，灌了一口雨水。

“是呀，是夏书记，我说的正是她！人家都叫她‘夏大姐’，我也这样叫她。大眉大眼儿的，敞敞亮亮的……”

突然，老舍长进来，不是谁叫他拉他进来的，而是一种无形的感召把他引进来的。

“夏大姐就是你们工地的党委书记，你见过她没有？”老舍长问李蕙良。

“我没见过。今天转党的关系，组织部长对我说过，党委书记准备找我谈谈，可是我不知道她是谁，连姓夏也不知道。”李蕙良说着，给老舍长拧着衣服上的雨水。

“她是个大好人呵，很有名誉！”老舍长只能用这句话赞美夏书记。

“你认得她吗？”李蕙良问。

“我不认得，我常听人家提起她。”老舍长看了看老鲁，有些抱歉的意思，“夏书记，就像这位大妹子说的那样。真的，多亏这位大妹子一说呢！”

老鲁从农村来得不久，脸上还带着农民特有的淳朴的憨态。她刚来时候，喜欢人家叫她“大娘”“大嫂”，而讨厌人家叫她“同志”。现在呢，正相反，喜欢人家叫她“同志”，而讨厌人家再叫她“大娘”“大嫂”了。当这次听到老舍长叫她“大妹子”的时候，她马上用手把嘴堵住，好像闻到什么味儿要发呕似的：哎呀，妈呀，从喉咙眼儿往外恶心人呵。

“行啦，咱们进屋吧！”老鲁怕老舍长站在这儿再提起那个字眼儿。

夏书记的房间，挨着黄主任的工作室，是楼上紧头上的一大间。门开着，窗子敞着，灯亮着，收音机唱着，用胶皮管子从外面接进来的瓦斯炉子燃着；在炉子上坐的小白铁壶冒着白气，沸腾的开水鼓着壶盖……能开的开着，能敞的敞着，只有作为文件箱的日本式大铁柜是锁着的。它立在门旁，有一人高，像站岗似的。夏书记不在家。

收音机摆在床头。书报散在床边。换洗的衣服都堆在地上。茶叶筒在桌上倒着，茶叶撒在地下。窗前挂着一大串尖尖的红辣椒，窗台上摆着许多广州加工的小野椒的空瓶子。只要一进屋，给人的第一个印象，就能知道主人是爱吃辣子的，但不知道这位爱吃辣子的主人，是刚搬进来，还是马上要搬走；因为她的许多东西不是没有安排好，就是没有整理好。

“一眼瞧不到她，你们看，她糟蹋的，这样乱七八糟的。”老鲁拾着地下的茶叶，“你们坐你们的，用不着你们动手！她就是这样，人不在家，窗门都开着，敞着……”她忙着闭窗子、炉子、收音机。“她这个人，也是这样开敞，连心都可以拿给你看的。可是，你问她；‘你怎么老是一个人呢？’她闭口无言，跟这大铁柜一样，总是锁着的。跟她在一块儿混混这么四五个月，到现今，我也不知道她是老姑娘，还是寡妇！反正家里家外就是她这一个人儿！真利索，一个人吃过饭，一家子都饱啦！”她顺手掀开提盒，饭菜原封未动。“呀，你们看呀，又是没吃饭走的！她常这样，一天只吃一顿饭……”

“她啥时候出去的？”老舍长一进屋，就闷着头，擦开水壶里喷出来的水。擦了许久，他纳起闷来，那么一点儿水，怎么总也擦不干呢？他还不知道原来是从自己衣裤上不断地流下来的。

“她什么时候能回来呀？”李蕙良站在床边，在整理被褥、书报……

“她呀，谁知道她又上哪儿去啦……你们倒坐呀，坐呀，别帮我忙活啦！别说你们都是干部，就是我大闺女来，还在她的床上睡过呢。这位女同志，我看你就住在她这儿吧。大雨天，跟老人家绕街逛啥，上哪儿找地方去住呀。这儿要啥有啥，就是没有地方住。说的是么，哪儿架得住一火车一火车地朝里送人呀，我看火车站都要成客栈啦！要是到了冬天呵，有人不冻成‘白条’，就得抱路倒！”老鲁把地上散着的衣服都收到一起，包好了。

真的，李蕙良多么希望自己有个安身的地方，如果能睡在这儿，多么好——她不但是女同志，而且是党委书记；那么，也好卸掉老舍长肩上的担子呵。但怎么能趁着人家不在家、又不认识人家就睡在人家的床上呢，难道不相识的同志们是可以在梦里互相介绍的吗？李蕙良不是个腼腆的人，却也不是个冒失鬼呀。

“谢谢你吧！”李蕙良暂时只好这样说。

“你不住就不住，你洗洗脸、换换衣裳吧，你行李里有换的吧？”

换衣服，是应该换的，行李里也有可换的衣服。可是，老舍长呢？他湿得更厉害呵。自己换吗？反而不舒服呢。洗洗脸，倒是可以的。所以李蕙良拿着洗脸的用具，跟老鲁走去。

“你到洗澡间来吧，这儿有热水。”老鲁说。

李蕙良一进洗澡间，发觉它原来是个理想的小天地：高棚顶，宽地面，只有一个白瓷大澡盆。本来，这里住过人，自从“洗澡太太”来了才改装的。在李蕙良看来，如果再把它改回来，一点儿也不麻烦，只要蜷着腿就可以睡在大澡盆里的。

“我是不是可以在这儿过夜呢？”

“这儿能睡吗？”

“怎么不能睡呢？”李蕙良已经计划好了的。

“能睡，你就睡吧！这儿可不是谁一家的，是两家合用的；要是借给你睡，我都敢做主呢。本来么，闲着它，也不是白闲着么！”

于是，夜里，李蕙良总算有了个宿处。她趴在洗澡间的窗台上，望着老舍长在光亮里的影子，听着他蹚水的声音，一声一声的，清清楚楚的。雨还不停，路上只有他一个人这样走着的声音：哗啦，哗啦……

五

湿的毡子，晾在两只椅背上，滴着水。所有零碎的东西都挤在椅座上，不敢碰，一碰就要掉的。

不知道老鲁从哪儿折腾来两块木板，往大澡盆的沿儿上一放，就搭成一张床。按一按，吱吱地发响，垫上一沓纸，便牢靠了。

在床上铺好被褥。李蕙良往被窝一钻，觉得有点儿潮乎乎的。而且，她那在水里泡过的脚，是湿淋淋的，一碰腿肚儿，好不舒服。于是，她把脚伸出来，给自己看看，脚趾是红赤赤的，脚掌心是皱巴巴的。这时候，显出她的大孩子气，顽皮地往下出溜一下身子，就把脚担在窗台上，让风吹着，凉飕飕的，啧，好像开了电扇。本来是嘛，幸福是可以创造的。

也许由于困倦，也许因为习惯，她躺下不久就睡着了。她睡得很不老实，动手动脚的，栽筋斗打把式的；可是，酣睡的呼噜呼噜的声儿，是响得十分香甜的。只是她不住地说着梦话：“……下雨了……大了，大了……”当她觉得有一股凉气从脚心流到心口窝的时候，醒了。她坐起来一看，澡盆上边的水龙头开了，水流到被窝里。用不着怀疑，那是她在睡梦里从窗台上收拢脚的时候，把水龙头蹬开的。

她正在重新整理床铺的时候，夏书记屋里的电话铃响起来。她立刻跑了去。

“你是夏书记吗？”电话里的声音，是女孩子的淳朴而热情的声音。

“不是。夏书记不在家。你是哪儿？”李蕙良说。

“她到哪儿去啦！”这声音问得非常急迫。

“我不知道！”随着，李蕙良想到，要是知道她到哪儿去了多好呵。“你是哪儿？呵……哪儿，哪儿，听不清呀！”

“工地，工地！”声音好震耳。

“你有什么事？黄主任在家，要不要请他来接一接？”

“黄主任吗？你要是能把他请得来也好么！”这话里有话呢。

李蕙良跑去敲黄家的门。门裂开一条缝，刚刚能够伸出来太太的脑袋。她抹了满脸青油，戴一头铁卡子；呀呀，怪物，吓了李蕙良一跳。可是，太太坦坦然然，只是奇怪：她怎么还没走呢？

“半夜三更的，什么事情？”

“电话找黄主任。”

“他病了！”

“什么病？”李蕙良根本不相信她了。

“谁不知道他害失眠症！”太太不耐烦得很。

“睡着了吗？”

“就说的是睡不着么！”

“既然还没睡着，就请他起来接一下呗！”

“起来接一下，明天一天就不用上班了……”

砰的一响，门关起来。看情形，再敲，她也不能再开门了。是的，除了她的丈夫，她本打算与一切人隔绝，门对于她能有什么用。

“黄主任病了……”李蕙良回来，对电话机只好这样说。

“早知道他病啦！”好不平的声音。

“你是谁？”

“是谁也没关系！”

“工地发生什么事？呵……为什么不告诉我呀？我叫李蕙良……见习技术员……你说什么？不知道我？我是今天上班的……你告诉我，告诉我！我好告诉夏书记呀，她总是要回来的么！”李蕙良激动地喊着。

“你告诉她：主电室失火啦！”

李蕙良一听：呀，呀，吓死人。她还没有到过工地，也不知道什么叫主电室；可是她见过火灾，它可以把什么都烧掉的。

瞪着眼睛坐着，她再不想睡了，连一点儿困倦的意思也没有了。心跳着，跳着，她不知道怎么好。

她跑下楼，站到门口。老鲁怕她着凉，催她回去。她回到夏书记屋里，坐着，等着……她觉得难挨得很，这时的一分钟竟似平时的一个钟头……

为了逃避时间的折磨吧，她擦桌子，椅子……当她触到饭盒子的时候，才想到为什么不早给夏书记准备饭呢？于是，她忙着点瓦斯火，忙着热饭，热菜，这之间她又感到一阵子时间的紧迫，仿佛夏书记一步就要跨进来似的。

可是，她把饭菜都准备好了以后，夏书记并没有回来。此刻，她反而更着急，好像主人在等候招待她的最亲密的最尊敬的客人呢。她是多么盼望客人的脚步声，或车轮声呵。

果然，客人不辜负主人这种殷切的盼待，有汽车的笛声和轮声响过来。她飞也似的跑出去。小吉普车靠院门停住，她便冒着雨跑过去，向车前座的人影扑过去。她想抱住夏书记，扑到夏书记的怀里，平息一下自己久待的抑制不住的激情。但她万万想不到车里的人吃了一惊，发出来男同志的声音。

“哪个？”

随着，车里的小灯泡亮了。她看清了车里坐的原来是今天在工地见过一面的工地主任吉明。

他有一副太阳晒黑了的脸，一双熬夜熬红了的眼睛，许许多多的长期斗争和多种折磨的皱纹；刚过四十岁的人，却显得近五十岁的老相。

谁都知道，工地主任的担子，是不容易担的。谁担它，谁才能知道它多么重，整个现场上千万吨钢筋和混凝土所建筑的基础，都好像直接建筑在工地主任的肩膀上似的。可是不管它有多么大的压力，工地主任必须挺得住，挺直他的背，挺出他的胸膛，挺稳他的脚跟……

吉明就是用这样姿态接的火警电话，披上衣服，便在妻子的睡梦里失了踪的。所谓每天八小时工作制，其实上班时间至少要在十一小时；即使他下了班，人回到家里，而心仍悬在工地，即使躺在床上睡着了，也免不了梦扰，或电话找，所以睡也睡不稳。可以说，他一天二十四小时没有一点儿安宁的时刻。现在他又跑来找党委书记。从老远望到她家的灯光，他以为她正在家等着他；因为他们经常是这样搭车同去同来的，谁也缺不了谁的同行者。结果，他没有想到突然扑过来新来的女技术员李蕙良。

“噢，党委书记还没有回来！”吉明失望了。

“主任同志，我跟你去吧！”李蕙良意识到自己也有一份责任。

“同志，你刚来，今天还不需要你！”这是吉明实事求是的态度，却又唯恐给李蕙良泼了冷水；于是，他又补充两句，“可是，将来少不了你，少不了你……将来，我是要给你们青年让位的呵！”

李蕙良被工地主任所鼓励，望着他的车子开走。但她回到屋里，到处看着，最后看着自己；她能见到的，除了她一个人，再就是她的一个影子；于是，她感到空虚了，后悔了。为什么不坚持跟工地主任去呢？虽说还没有分配到实际的工作，但以技术员的资格，难道不可以当个临时的消防队员吗？

到了后半夜，夏书记、夏大姐往回走着，走着……

不知道为什么，每当一个人这样走路的时候，那么容易想到自己的家，亏了家穷，因为没有钱买裹脚条子，没裹成小脚；不然，怎么走路，怎么长征呢？

那时，每天一走，是一百二三。宿营时候，如果能找到小树林子，等于找到了天堂。有人有被单（再没有别的），搭个棚子，找些干柴烧把火，一躺下去，真舒服呵。睡不到一觉，半个身子把地暖热了，半个身子冻僵，那么翻个身再睡。终归是：白天行军，常跑步，满身出大汗；晚上睡觉，全身冻得发青。过大江，水流子又大又急，桥又高又窄，战士们用电线拦了一道把手，软不唧唧地把不住，一呼扇一呼扇的。过草地，是一片水草，踩着草墩子走，踩不准，就陷进去；陷进去了，再难爬上来呵。有一次她陷到里头，同志们用柳条儿往上拉她；她上是上来了，但鞋子掉下去。打仗靠枪杆子，走路靠鞋子。有时候，没有枪杆子也要打，掉了鞋子也要走呵。从此，她就光着脚走。而且，越走越少吃的。吃完牲口肉，啃牲口骨头；最后烧牲口皮；毛烧掉，皮烧焦，烧干了剩不一点儿，煮一煮，煮胖起来，挺好看的。在路上，一看到草，青青的，随时想到“好吃”。你掳一把，我掳一把，一边掳，一边吃。吃着，撵着，可不敢掉队。有的同志撵不上，有的同志倒下去。有的同志问道：“你还能走不能走？”倒下去的同志无力地摇摇头，自动地把自己的一支枪和一把草，都交给你。只接他的枪，不接他的草呵；留下草，可以让他永远活在记忆里。有一次，她掉了队。她看看自己光着的脚，走烂了，大紫泡，淌黑血。人家问她：“你还能走不能走？”她咬着牙说：“能走！”

走了多少路了，这时她还在走着呢。

雨停了。路上一片汪汪的水。裤脚卷到膝盖上，她蹚水走着。水面上浮着她的影子，随着荡漾的波纹，悄然地漂移。

平常，星期一和星期四的晚上，她必定在家里，坚持政治、经济和哲学一类的学习。此外，每个晚上不是开党委会议，或参加工地会议，便是跑工地，或去干部和工人的家里。当然，每星期六晚上，总是免不了要被女同志们掳走的。今天晚上，倒是例外，她从职工医院回来。因为今天有个工人害了胃穿孔病，需要立即把他送进医院，从速开刀动手术。

长期革命战争的动荡，困苦，折磨坏了许多的老同志。她也是当中的一个。但她最不喜欢医院和疗养院，听到这类字眼都会使她不痛快的。照例检查身体的时候，医生对她说，身体十分衰弱，需要休养。她不肯……什么叫休养呢？就是：散步，躺着，熬时间；看着太阳慢慢地升起，再看着太阳慢慢地落下去，有限的生命经得住无限的时间的消耗吗？可是，人家病得那么重，作为党委书记的她，是应该去的；而这一去，她便消磨了多半个夜。

走在路上，她困倦极了，又像过去行军时一样，一边走着，一边半睡着。这时候，只要她一头栽到床上，就可以睡上十天半月的，用得着什么睡眠疗法！

每次半夜回来，为了怕打扰那位害失眠症的工程师，她都是悄悄地爬上楼梯，轻轻地开门，连呼吸都要小心一点儿似的。本来，她一个人随便惯了，无拘无束的；不过，和这种奇怪病人同楼住，那有什么法子呢。可是，今天听老鲁谈了以后，破了例，她任意地上楼梯，似乎踩塌了楼又怎么的。是出之于感情的冲动，还是由于理性的驱使？她自己也没有想到这些，反正她在上着楼，一声一声的，噔，噔，噔……

李蕙良一听这个声音，立刻消却了长久等待的困惑的神色，而带着骤然浮起的惊喜的情绪，往楼梯口急奔。

她和夏书记，谁也没见过谁，但双方都好像已经相识了的。李蕙良刚才听过老鲁和老舍长关于夏书记的一些介绍，她对夏大姐已经发生好感，正确地说，这是一种油然而生的敬仰之心。同时，夏书记今天也看过作为党内档案转来的李蕙良的自传和鉴定，意想不到地引起她的重视，急于想要看看李蕙良——不仅会看到党培养的新型知识分子，而且会看到党的政策的实现和胜利；加以她一进门听老鲁谈过的李蕙良的“投宿故事”，越发感到情不自禁。所以她们不同于一般同志们的第一次会面。

“夏书记，夏大姐吗？”李蕙良还没有跑到楼梯口，还没有看到影儿，便按捺不住自己的热情。

“李蕙良吗？你这个小鬼，也是个夜游神，怎么还不睡？”夏书记往楼上走着，随便地轻松地说着；但她那种溺爱和睡意，是同样深沉的。

“工地电话说，主电室失火了！”李蕙良跑着，有如大火已经烧到她的身边一样，声音都发抖了。

“啊，什么？”夏书记惊异了一下，仅仅是一下，“这么大的雨，怎么还失火了？哼，龙王爷没走，火神爷又来了！”她这种诙谐的话语，既不显得沉重，也不流于轻浮，而只能表示她在十分紧张之中，是如何地惯于镇静，从容。

夏书记仍然任性地跟李蕙良握握手，扳过脸蛋来打量打量李蕙良的模样……同时，李蕙良也不住地瞟着夏书记，而她在夏书记的脸上，找不到什么初次相识的逢迎，什么意外消息的震惊的印象；她看见的，只是一片平常的平静的表情。但她看不出来夏书记是怎样在担心火灾可能造成的人身事故、设备、工期的问题……

夏书记一进屋就往工地挂电话，但耳机嗡嗡地响着……

李蕙良趁着这个机会，才开始从容地端详夏书记。她穿着不大合体的半旧的灰色制服，裤筒卷起大半截；在露出的膝盖和小腿上，落着一片泥水的斑点。她的焦黄的瘦脸，有很深的皱纹。当李蕙良注意到夏书记的头发的时候，忽然觉得奇怪起来：一般人的头发都从一根两根白起——从花白开始，而夏书记怎么单单白了额上的一绺绺呢？而且，头发剪得那么短，像男同志留的那样。真的，夏书记像个男同志的打扮，连她掐着腰打电话的姿势，都跟男同志一模一样。

因为长期的部队生活，夏书记习惯了这个打扮。那时候，没有刮脸刀，理发员也少，许多男同志都留了胡子；而所有的女同志却都把她们的辫子剪掉，长发剪短了。这个容易，只要她们在老百姓家里借把剪刀，就能办到。残酷的斗争，需要你生活变得越简单越好，谁有那个工夫、那个闲心梳长发、编辫子呢。现在，时代变了，环境变了，一切的打扮都可以随自己的便：你要留恋你的青春，可以扎上双辫；你要保持你的老成，可以盘起发髻；你要喜爱你的漂亮，可以烫成云烟鬈或波浪式。但夏书记没有来得及变，就到了工地。工地和战场相似，无昼无夜的繁忙，紧张……即使有人看着不顺眼，为了工作方便，夏书记也还是喜欢这样打扮。

她打了许久电话，始终叫不通工地；最后，她叫到汽车队的电话。

"我，老夏……对，对，是夏书记。给我来一辆车，越快越好！"

"夏书记到工地去吗？"李蕙良急忙问。

"到工地去。"夏书记身子一沉，瘫在椅子上。"今晚上打搅你也没睡成觉。应该优待你，你就睡在我的床上吧。好好地睡，明天上班迟了，不，应该说今天上班迟了，也不要紧。这一点，我可以替你负责，你放开胆子睡吧！"

接着，她打了两个呵欠；头往后一仰，靠在椅背上，闭了眼睛，脸上现出困倦已极的贪睡的神情。床就在她的身边，但她不能去睡，只能利用等车的时刻，妄想以片刻的假寐来恢复多日的疲劳。

李蕙良坐在夏书记斜对面的椅子上，和夏书记的神态完全相反。她瞪着眼睛，没有一点儿倦意；即使再熬上一两夜，她相信她会照样地有精力；她精力旺盛，是永远用不完的。她想：好不公平呀，该睡的人，睡不得，有工作需要她；不该睡的、也不想睡的人，能睡得着吗？随着，她摇起头来，回答自己……

“夏大姐，我跟你去！”李蕙良轻声地说。

“呵，呵？”夏书记在睡态里哼着。

真静，非常的静，几乎能听到脉搏跳动的声音。雨停了，只有房檐的水流着，嗒嗒的滴声。是的，像在战场下总攻击令之前，那么静。有经验的指挥员，懂得应该怎样地利用这一刻舒展疲劳，而准备全力以赴的精力。但新兵常在这时把他的精力作了无谓的消耗，李蕙良正是这样；围绕夏大姐，她不住地磨蹭……

“夏大姐，我跟你去！”李蕙良高声地说。

“你说哪个？”夏大姐还是没有睁开眼睛。

“我！”

“干吗？”

“我跟你到工地去！”

“为什么还要搭上一个呢？”

“我知道我去，也做不了什么事，可是多个人伸伸手也是好的呀。再说，我也不想睡！”

“怎么还有不想睡的人？脱衣服，上床睡吧，睡吧！”夏书记发命令了。

“不，不，我一定不睡！”

“我一定要你睡，睡！”

“我一个人怎么睡得着呢！”话在嗓子眼儿，吞吞吐吐的，是李蕙良在书记面前撒娇呢。

“你一个人怎么睡不着？我觉得一个人睡觉是最舒服的！”

“不么，不么……”

“好吧，你别哽哽叽叽的，我让你跟我去好了。”夏书记睁开眼，用手抚摸着李蕙良，“哽哽叽叽的，你还是个孩子么？”

“是么，是孩子么！”李蕙良故意矫情地说。

“傻瓜，睁着眼睛说梦话；像你这样年岁做母亲的，多得很呢。”

于是，李蕙良想起老鲁方才提到的，关于夏书记的身世的谜。

“夏大姐，你做没做过母亲呢？”

忽然，夏书记在灯下的脸色一变；眼里泪花迎着灯光，不住地在闪；嘴唇发抖，似乎要说什么没有说出口。其实，她开口，也不会说起自己的身世。因为她从来不愿意说到自己的过去，怎么会对李蕙良说起呢？她这一代的苦人，谁没有伤疤呢。

窗外，汽车的喇叭声响起。在夏书记听来，它像是总攻击的号声那样；顿时，她的睡脸变得那么英武。她说了一句“小李跟我来”，便走了。

屋里的一切，都成了多余的。特别显眼的，是那张大床。

大雨又下起来。铁道横路口都开着绿灯。小汽车就在这绿色的玻璃液里向着红潮飞驰而去。

第二章　第二天

一

屋里很暗。窗上挂着当初防空用的窗帘——黑红两色双层布，可以把什么都遮住。只有帘缝透进来一缕清光，落在墙壁的一处；因为窗帘被窗口风不住地吹拂，这清光也可伸可缩，可以在一定的限度内移动。

李蕙良哼了哼，一翻身，睁开一双明亮的大眼睛。她一醒，非常干脆，根本不想再去贪睡。但她想，现在是什么时候，是迟还是早呢？

有些人，常拿太阳的高低，判断醒来的迟早，而她从来不用这个方法计算时刻。她不论当童工的时候，或是做学生的时候，一年四季都在向太阳挑战：冬天夜长，她当然比太阳起得早；夏天夜短，她也不比太阳起得迟；何况初秋带有暑气的今天，她怀着燃烧的愿望的今天呢……今天，她不会醒得迟，只会醒得早。

在她说，新的生活，从昨天开始；一整夜就快要过去了，此刻已经应该算是第二天。可是，工作在哪儿呢？除了一个见习技术员的名义，一切还都是空的。

即使不提起工作的岗位吧，连个睡觉的床位，也同样的还没有着落。昨天那一夜，她因为没有地方住，是在党委书记夏大姐家里过的；就说此刻吧，她还不是躺在夏大姐的床上吗？

既然已醒，她就想起身；但她不敢动，怕惊动了睡在身旁的夏大姐。夜里，为了火警问题，她跟夏大姐跑过工地，回来时候，是很迟很迟了，差不多到了今天早晨的时辰。这位老大姐因为过分疲劳，坐在汽车里便睡着，回到家来，也不过换了个睡觉的地方罢了。所以她按捺着自己的急性子，睁眼躺着挨时间。她自己对自己说，能让夏大姐多睡一小会儿，就多睡一小会儿吧……

后来，她小心谨慎地探出身子，悄悄地把窗帘掀开，看了看窗外的天色。

天还没有大亮，朦朦胧胧的。

雨已经停了。在阴云飘忽散开的暗空里，出现了许多的星，而月亮只有那么弯弯的小半个。

地上积满雨水，处处都汇成细流，淤成小池；在一片可见的水面上，闪烁着一层薄明的淡光，在这淡光之上，有稀薄的微茫的水汽在浮动。

借着窗外送进来的光亮，她回头想看一看静静的安睡的夏大姐。在这注目之下，她大大地吃了一惊：呀，没有人，没有夏大姐。于是，她开了电灯。

一条打着皱褶的夹被，一半挂在床边，一半落到地上；这大概是由于她急于起身，把它带下来的，并且她急于走，就没来得及把它拾起来吧。原来她枕的，横在床头摞成摞儿的一对枕头，却直竖过来，单摆在床边；显然，这一定是她怕年轻人睡得不老实而滚到地下，才这样用枕头挡上的……

忽然，李蕙良听见门外有脚步声，轻轻的，轻轻的，仿佛怕沾着地上的灰尘似的。她以为夏大姐出了门，并没有走，可是在门外还遛什么呢？

她急忙跳下床，披上衣服，把门拉开一条缝，伸出头一看：不是夏大姐，是昨晚热心招待过她的，手里拿着空杯子的女工老鲁。

“夏书记呢？”李蕙良问。

“刚才跟吉主任走了。”老鲁回答。

“又出了什么问题？”

“工地上有啥问题，反正事故呗！”

“什么事故？”李蕙良急迫地追问，好像什么事故都与她有关似的。

“工地上出了啥事故，夏书记不会跟我说的。她临走，倒嘱咐过我，叫你放心地睡，大胆地睡，能睡到多咱就睡到多咱！”

李蕙良没有再睡，完全没有再睡的意思。她急忙穿好衣服，急忙理好被褥……不论干什么，她都习惯于这么急急忙忙的。比方，她准备洗脸去，也是如此；她一推开门，急急忙忙地往外一闯，差点儿撞到正在走过来的老鲁身上。

老鲁为了躲开李蕙良，把身子一闪，险些翻掉手里捧着的冒热气的杯子。

“烫了吧？”李蕙良摸了摸老鲁捧杯子的手，“捧的什么？”

“苦水。”

“什么？”

“醒药。”

李蕙良当然不懂得什么“苦水”“醒药”，但她走过去一闻气味，便闻出老鲁捧的是咖啡。

“谁的？”

“你想这楼上还有谁这么享福。”

李蕙良立刻意识老鲁的话里所指的谁。

“他不是常失眠吗？”

“谁说不是呢！”老鲁把嘴唇贴到李蕙良的耳垂，怕第二个人听见似的，“傻同志呵，不是我嘴损，你说他失眠？哼，我看他还要丧生呢！”

“老鲁！”李蕙良马上制止，不让老鲁说这种话。

“明情理嘛！你想想，一个人老喝醒药，他能睡得着么。不睡觉，没白日没黑夜地趴在桌子上，写呀，画呀，有一时还不死在桌子上呀！”

李蕙良正想说些什么，但屋里有铃声响起来，她便赶紧去接电话。

“喂，你哪儿？”

“你是夏书记吗？”

一个女孩子的声音。昨天晚上，当夏大姐不在家的时候，李蕙良从电话里听过这个声音：淳朴，热情。因而她心里便悄悄地喜爱上这个未曾见过面的女孩子。

“不是。夏书记已经到工地去了。”

“她来啦，有多大工夫啦？”

“那……那没有多久。你有什么事？黄主任在家，是不是请他来接一接？”

“黄主任吗？”和昨晚一样，话里有话呢，“你昨晚上没有请动他，现在你能请得动他吗？”

管它呢，请动请不动的，李蕙良站在过道上高声一喊黄主任；咦，却听到黄主任在答应。她想：既然如此，昨晚上为什么不这样放肆地喊他一声呢？

黄主任来接电话。当他在她面前一晃的时候，给她留下一个奇怪的印象。丝绸睡衣，轻飘得很，把他瘦巴个儿显得几乎没有什么体重，几乎竟像个假人儿；金边眼镜，光彩十足，而戴在他那贫血苍白的脸上，也无非像是一种假面具上的矫饰。要是不知道他来，而这样忽然地碰见，会叫她大吃一惊的。但是，在他接电话的时候，那自持自重的声音，倒很有分量，很像贵族老爷那种调子。

“噢，你是哪个？哦，小韩！你找我有什么事？”

只要一听这种话，立刻会使人感到他多么高傲，而对方又多么微不足道呀。

老鲁不想再听下去，而李蕙良拉着她，要她听到底。

“……什么？你再说一遍，大点儿声，大点儿声……什么事故，什么地方出了水？”黄主任意外地一怔，脸上出现惊慌之色，“呵，呵，三号油库呵……”他的脸色，随着平复下来。“三号油库已经经过检查站的检查，证明质量完全合乎标准规格……我知道，知道……好了，你别啰唆吧！”他终于表示厌烦了，“还有什么问题，上班再谈……上班，上班……”

在他匆忙回屋的时候，李蕙良联想到他昨晚上伏在桌边写呀画呀的背影。

“他倒是用功哪！”

老鲁听得不顺耳，冷不丁地把李蕙良的手甩开。

“哼，用功，就是跟工地不相干！难怪人家批评他啥啥主义……唉，你看我这拙嘴笨舌！”老鲁说不出来她要说的什么主义，“你想想叫啥工段主任！昨天晚上，你还没有碰他的钉子呀！”

是的，在昨天晚上，李蕙良见他一面的遭遇，的确如此。但她不愿意相信这是真的，而宁愿相反，宁愿老鲁说错了，自己也想错了，宁愿错估了一位领导人。

“老鲁！请你再帮我说说吧，我多么希望趁这个机会见见他，谈谈我的工作问题呵。”

老鲁就是这么一个人，如同她自己有时说的一样：破车好揽载。凡是人家求到她，她一概应下；即使明知道自己插不上手，使不上劲儿，反而使自己丢丑，她也总得出出头。

老鲁进去。李蕙良随着进去。老鲁通过小客厅转入工作室，而李蕙良悄然止步，躲在小客厅门外的暗影里。背靠着墙，她直挺挺地竖着，不敢动，连大气也不敢出，仿佛童年捉迷藏一样，心弦紧张，怦怦地直跳。等一下，她扭过脸来，偷偷地往里瞧了瞧：一个伏在桌边的侧面，只顾写着，画着；另一个垂手站着的侧影，无可奈何地候着。

“主任！”老鲁终于开口了，“李蕙良想要见见你。”

“哪个？”黄主任在做什么。还在做什么。

“就是昨天晚上你见过的、那个借宿的女同志。”

“噢！”黄主任随便地哼了一声，并没有把老鲁介绍的女同志放在心上。

“人家是技术员呢！”

“知道的！”

黄主任把眼睛一翻，不是自己要看一看站在自己面前的老鲁，而是要老鲁看一看坐在她面前的工段主任——对于她这种分外的搅扰，叫他如何的不能忍耐。

“她说……她要跟你谈谈工作问题……”

“用不着你多言，出去吧！”

“也不过几句话的工夫，你就跟她谈谈呗！”

“上班再谈。你听见没有？上班，上班！”

有一种人，有一种观念：上班时间，是属于公有的，什么都可以做，包括私人性质的会客；下班时间，是属于私有的，只能做自己要做的，而工作也可以推托。黄主任是属于这种人的一个。他只能把下班时间用于自己的业务学习，而这种学习，他认为是神圣不可侵犯的，所以他照样安然地做他的设计练习。

可是，躲在门外的李蕙良，却感到胸口有一种重压的疼痛，简直是一种生理上的难于忍受的疼痛；不由得她一低头，视线落在地板上，落在灯光照明着的、昨晚上留下来的一溜泥水的脚印上。这从哪儿来的？是在风雨的路上来的。那不是一条好走的路呢。本来，可以不走这条路，至少暂时可以不走，但还是走了……在工学院填写毕业志愿书的时候，有一个前期毕业的要好的同学宫少达（其实也可以说是爱人），劝她在“希望何处工作”的空格里，填上“本院”（因为他在本院担任助教），而她却要走这条路，终于填上“社会主义工业建设基地”。结果，她达到自己向往的目的。可是现在呢，她躲在这门外的暗影里，好像旧日伸着手的乞丐，在等待人家的周济。

真的，她是不甘心这样的。可是，在这儿，不比在学校；在学校同学中间，互相了解得多，特别是大家都摸透了她的脾气：笑时红脸蛋一对笑窝，人家叫她小苹果；恼时把嘴一噘，人家叫她小辣椒。在这儿，谁也不了解谁，谁管你笑不笑、恼不恼，什么苹果不苹果，辣椒不辣椒的；人家只跟你打官腔：“下班”，“上班”……

好嘛，上班就上班；哼，咱们上班见。按上班时间说，天还早呢，可是她已经走了。

二

天刚破晓，霞光微弱。就近瞧，可以分辨出各种的形色：在苹果林子里，叶子渐黄，苹果新红；在田野上，沉甸甸的高粱穗子，压弯茎子……一副丰收的仪容，是那般的逼真。往远望呢，空中凝结着云烟，四处的雾气也未消散，什么都是模糊的，灰茫茫的，这作为第一个五年计划的扩大建设的重工业基地，依然是一片裹在朦胧氛围里的喷着火焰的淡影。

就是因为那儿，每天日夜不停地流着钢铁的巨流，而使这个城市驰名于全国。它在辽东半岛的上端。根据矿穴和矿渣遗迹的证明，早在七八百年前，已有人开始“掘宝”和“炼宝”的劳作；而现在从事这类劳作的人们，几乎竟占全市人口一半，约近二十万人。住在本市的人们都知道：基本建设的职工，每天起身是最早的，按公司规定的上班时间，他们比生产的职工还要早一个钟头呢。

他们每天起身的准确时刻，倒也难说；因为他们住的远近不同，起身也有早有迟。不过，他们每天都准时地向共同的地点会合着，像前一天互相约好了的。起初，从横跨铁东和铁西，到二一九公园的二一九路，他们分别地逐渐地汇成人流；而后，在贯穿着市区和郊区的路上，在正门之前，许许多多的人流汇成人海，形成漫溢堤岸的早潮，汹涌澎湃的横流，滚滚而过。

可是，今天这一路上，只有李蕙良一个人，而且现在已经快要赶到正门口。

所谓正门口，其实并没有什么门扇、门闩和门槛之类的设备，它只不过是一座架着双轨铁路的大桥洞。洞口中间，横贯着一条宽阔的柏油大马路。路的一边，有一块牌子和一所木板房子。牌子很简单，仅仅是钉在电线杆子上的白木头板子写黑字：钢铁公司公安处正门检查所。木板房子也很单薄，但刷了油漆：墙是黄色的，窗框子是天蓝色的；不知为什么，单单是窗台没有刷颜色。为着公安员换班的方便，就在窗台上摆着一块小马蹄表，凑到跟前，可以听见嘀嗒的响声，除去远近火车断续的笛鸣，这是唯一不停的声音。此外，路的两侧，有两所岗楼子，而这时候只有一个公安员在值班。

他和人民警察的打扮一样，所不同的，只是戴着“经济警察”的领章。大概因为此刻闲着无事，他只好一步一步踱着，在消磨时间。

显然，现在离“早潮”到来的时刻还早，说不定立山站通勤列车还没有出发、长甸铺自行车队伍还没有启程、对炉山宿舍还有人在打鼾吧。

突然，出乎公安员的意料，李蕙良作为早潮第一个浪头决了口。

她手里捏着汗湿的小蓝帽，让头发在风里拂起，飘飘的，像在飞似的。

“喂，同志！”

不管谁，公安员当然不能让你随便地闯过去。

李蕙良仿佛在梦里，被公安员唤得一惊，但一刹那间，她还在懵懂之中，继续地往前行。

“喂，同志，你回来！”

李蕙良终于被唤醒过来，清醒地意识到自己是不该再走的了。于是，她转回来。

“你是新来的吧？”公安员问。

“不是！”李蕙良答，但立刻又改了口，“是，我是新来的。”

公安员用怀疑的眼光在打量她：“不是”又“是”，这是怎么说的。

“第一天上班吗？”

“第二天。”

“昨天怎么过去的，没人检查吗？”

“昨天是坐通勤车过去的，通勤车不是不检查吗？”

“今天为啥不坐？”

“有急事！”

“啥急事？”

李蕙良当然知道自己有什么急事，只是不愿意告诉人。她索性掏出昨天领到的崭新的蓝边红戳的小卡片，往前一递。

公安员检查很严，放行也很痛快。

可是，李蕙良没有走。她站着，面对着旧日的景象，痴然地发起呆来。

“门是从什么时候改到这儿来的呀？”李蕙良忽然问起。

“不知道。我是在朝鲜停战以后从部队复员回来的，还不到一个月。”

这位曾经打败过美国军的志愿军——人们心目中仰慕的人物，引起李蕙良一种敬意，一种倾诉的心绪。

“同志，我告诉你吧，大门原先在里边，你看没看见里边那根电线杆子，就在那儿。”李蕙良在指着门里那根高高的电线杆子。

“听你这么一说，你倒是这儿的老人呵！”公安员的朗朗的声音，说得非常开心。

“是呀，‘老窑锅炉’么！”

“窑锅炉”，是过去工人们对这个钢铁公司的惯称。但说这话的不是站在门前的李蕙良，而是蹲在大桥洞上面的另外一个人。

这个人叫马海泉。他已经劳动过五十年，有一半的日子，是在海里度过的。当初他是望海寨打鱼的名手，后来他成了大连海港有名的潜水工。在同行里，人们都尊称他为“老水鬼”。但他却预言了自己的厄运：“年轻下海，老了下汤锅（进屠宰场的意思）！”果然，在他消磨了人生的最好年华以后，被日本工头开除出去。因而，他才流落到这儿大型压延场，充当杂工：水库、沉淀池、上下水道……凡与水字有关的，都有他一份。

人家有自己的家庭，而他只有他自己的影子；人家有自己的亲人，互相可以谈心，而他只能听他自己的脚步声，和他自己梦魇的声音。他不是不想成家，也不是不想生儿养女，但他怕成了家而生了儿女的苦日子。平时，他不觉得一个人孤单，反而有时夸口一个人利索，但有一次生伤寒病，他才感到打光棍儿的可怕……所以在病好以后，一心积蓄“国币”，先给自己订下一口棺材，和雇妥四个扛夫。他对胡德山说：别看我在日本人的水里混了这么多年，我可不到日本人的火殓场上走一趟……”

那时候，他和胡德山已经有了老交情；但他和小玉，是新认识的。

自从小玉在窑业工场受了火伤、敷了半月獾子油渐好以后，她被转到大型压延场当博役。

那年，八路军正在热河挺进，苏联又往东北出兵……有一天，日本人在坑里烧着硫铵，到处都放起防空的大烟幕。他们见到谁，就盯住谁，似乎疑心路上的人们都是“奸细”。

小玉照例上班，走进牌板房，摘下小木头牌子。但她这次刚一进门，却被人一把抓住。

“你的身份证？”一个“黑帽子”（日本警卫）带着满脸凶气。

小玉想起来，妈妈昨晚上给她补衣服拆掉胸前的身份证，忘了再钉。现在想起也没用，一切都来不及了。黑帽子已经把她绑在门旁的电线杆子上，并且用藤条抽起来。

“巴嘎，你的心坏了的！”

小玉没有辩白，也没有求饶，连一句协和语都没有说；她只是挺着身子，忍着疼。其实她感到疼的，不是自己的皮肉，而是自己的衣服；因为皮肉破了，总会封起口，最后落下的也不过是疤；而衣服弄坏，怎么办，妈妈根本没有补窟窿的布。

突然，在上班的工人们里，有人大吼一声。他就是老水鬼。

俗语说，绝户人最孤僻，而他这个老光棍儿，很爱后代人。在他的眼里，二十岁以下的人，都算孩子。而且，他有一股倔劲儿，好打抱不平。平时，他从不平白无故地跟人争吵，打架；但认为值得斗一斗的，他也不随便罢手。一旦为了孩子的事，他什么都舍得出去，甚而包括自己的老命在里头。现在他就是这样想：“我宁愿这一回都交代给你！”

眉头一横，瞪起眼睛，迈开大步，他闯过去。站在黑帽子面前，他下命令：

“放开这个小丫头！”

随着，许多的工人们跟上去，喊着：“打，打，打呀！”用不着打，这种吆喝的声势，已经把黑帽子吓掉了魂。于是，老水鬼把小玉解开。

这种冲突常有，一点儿也不稀奇，稀奇的倒是这次日本人为什么肯于善罢甘休呢?

小玉走进事务所，发觉今天与往日不同，听见黑山工场长办公室的电匣子叽里咕噜地响。

本庄繁的“讨伐布告”，溥仪的“即位诏书”，曾经贴遍大街小巷，可以说处处都贴过，有的竟贴到公共厕所的门口；不过没有人看，说句不好听的话，即使当手纸，还嫌它脏呢。可是，今天比过去任何节目都有吸引力的日本天皇的投降广播，他们都关起门，只给自己听。

小玉推开门一看，日本人都围着电匣子站着，如同站在神社前一样：垂着手，低着头，摆出典型日本式的虔诚而敬畏的姿态。这是在干什么，她不懂得。

趁这个机会，她跑进平时不可能随便跑进的账房去，找她要找的先生。

这位先生，是位好先生。他和别的先生两样。比如在黑山工场长面前，别的先生只能算一根软软的柳条儿，腰弯到九十度，行个鞠躬礼，而他总是一棵硬气的钻天杨，只能笔直地往高挺，连脖子都不弯一弯，所以他比别的先生长得高。就是为了这个缘故，人们都尊称他为“高先生”。

高先生在人们当中最好找，如同在鸟群里的一只鸵鸟。小玉一进屋，首先看到他。可是，每日趴在桌子上抄写的他，现在怎么来来回回地走着。小玉上前仔细一瞧：先生有心事，重得很呢。

“高先生，我来请你写……”

“写什么？”

小玉告诉高先生，把身份证忘在家里，请他开张条子，下班好出正门口。高先生立刻给她写了一张。小玉接过条子一看：唉，先生，真糊涂。

“高先生，你得给我盖个戳呵！”

正在这时候，闯进一伙熟识高先生的工友们，吵吵嚷嚷的。当中，老水鬼叫得最凶：

“高先生，你会写字，赶快写，写……”

“你们又要我写什么呢？”

“高先生，你先给我盖个戳吧！”小玉抢着说。

老水鬼简直发了疯，一巴掌拍得小玉一栽歪，并且从她的手里抢过来那张等着盖戳的条子，撕了再撕，撕得粉碎。

“还盖啥戳！这回咱们说话就算数，用不着戳啦！”老水鬼转过身来，抓住高先生的手腕子。“你会写字，倒是赶快写呀！”

“你们要写什么？你们说，我来写。你们赶快说吧！”高先生已经拿过来纸和笔。

老水鬼被催得说不出话来，头上冒汗了。于是，跟他来的另外几个工友便哄哄起来：

“你写，咱们翻过来啦！”

“你写，日本鬼子完球啦！”

“你写，敌人无条件降服！”

在这样哄哄的叫喊中，高先生那经常眯缝着的眼睛，突然一睁（在他的放纵的眉毛下边，本来应该有一对这样豪气的眼睛），他几乎变了个人，仿佛一个演员在他的热爱的观众面前卸了装：暮气沉沉的剧中人，原来是这样的机智、强干而精明。

日本宪兵队曾说，本市反满抗日分子早已一网打尽，想不到在他们的“生命线”的“满洲制铁株式会社”的胸前，埋伏着中国共产党的利刃——高先生从衣袋掏出一捆油印的告工人书。他把传单一沓一沓地分给大家，单是没有分给小玉。

那一伙工友们带着传单冲出去以后，小玉还在拉着高先生。

“为啥不分给我？”

“你还小呢！”

传单在外边一散开，轧钢机就停下来。工友们都从车间里冲出。在这空旷的厂房周围，骤然形成一个狂欢的闹市。他们笑着。自己在笑，互相在笑，他们愉快极了。于是，他们便甩开鞋子、帽子，好像此后再不穿戴鞋帽了。当他们甩掉自己所有可以甩掉的东西的时候，互相开心地斗起来，抓起来，人把人扔到空中去。扔人的人们，快乐得忘形；而被扔的人也如此地忘形于自己的快乐之中，即使从空中摔到地上，似乎也不会觉得疼。而且，他们不住地叫着，喊着。这里，有两句最响亮的口号：

“中国共产党万岁！”

“苏联红军万岁！”

好比在航行中遭险的旅客们，忽然发现了救生船，他们是要喊叫的；好比在战斗中英勇而机智的战士们，经过多次的攻击和冲锋，最后踏着战友的血迹，胜利地占领了某某高地，他们更是要喊叫的呵。

在群众喊叫当中，日本人听完投降广播。现在，他们明白过来，在这“王道乐土”建设起来的钢都，也不过是一番海市蜃楼的幻景；而在这“红色热流”之间飞行一时的他们，也无非落得蜉蝣一样的命运。因此，他们走出黑山工场长办公室，都是那么灰溜溜的：有人低着头，低到胸脯上，几乎要掉下去；有人用手绢遮着脸，怕谁看见、又怕看见谁似的。只有黑山工场长显得特别，咧嘴笑着；但看得出，这笑是假的。当他在门外碰见小玉的时候，他眏着狡猾的眼睛，露出蠢笨的大门牙，拍了拍小玉的肩膀（这是工场长头一回跟小博役打招呼），伸出一个短粗的大拇指头说：

“现在，中国人的太君！”

但小玉根本没有理黑山，她正在生气呢。当老水鬼来哄她的时候，她还噘着嘴。

“好孩子，别耍脾气啦！”

“那高先生为什么不分给我呢？”

“你看，我还给你留一张呢。”

“是吗？给我！”小玉拿到传单就笑了。

“是么，今天这个日子，咱们只许笑，不许生气！”老水鬼把小玉的手放在自己的脸上，亲起来。

这一天，成为历史的纪念日——“八一五”。小玉跟老水鬼的友谊也就是从这一天开始的。

八年了。

胡德山昨夜特意打电话告诉老水鬼：小玉回来了……于是，贪睡的老水鬼，再睡不下去。天还未明，他悄悄地走出独身宿舍，来到正门口，坐在这大桥洞的石墩上，等着。等到天亮，他终于把他要等的人等到了，并且听到了她和公安员的谈话;但他又在怀疑:这个大姑娘难道就是小玉吗？可别认错了人。因而，他才用“窑锅炉”冒试了一声。

李蕙良抬头一看，立刻认得他，首先认出他的斗笠、蓑衣，是他从前惯于穿戴的东西……

八年了。早先贴在大桥洞的“亲邦”“大东亚圣战”之类的标语，“绿屋料理”“铭酒白松”之类的广告，以及后来国民党“铁血团”“赤心社”之类的宣传品，都不见了。八年的革命风雨，把脏东西冲洗得干干净净；偶然一想，好像已经隔了八个世纪。可是，六十多岁的老水鬼，似乎一点儿也没有老；在他鬓边有限的几根白头发，恐怕连一根也没有增添。他坐在那里，俨然是一座巨型的雕像：古铜色的脸，满脸筋肉的棱角；微微眯缝着的眼睛，有一股凝视的眼神。不见他，有八年了；骤然一瞧，好像只不过隔了八天吧。

“马大爷！”

“是你吗？”

老水鬼在观察着，回忆着。眼下站着李蕙良，记忆里出现着小玉，不论怎样地把这二者拉近，他却不能把这二者合并为一个人——小玉，或李蕙良。

“是呀，我就是小玉！”李蕙良踮起脚尖，伸长脖颈，她要把脸送给老水鬼仔细看一看。

虽说拂晓的光线不强，老眼的视线有些发花，但他终于辨别清楚，她是小玉，是从前亲过的那个女娃；不看别的，单看她那对发光的大眼睛，是谁都顶替不了的。当他走下石墩走到她面前的时候，紧紧地握住她的手；他要再把她的手拉过来，贴在自己的脸上；但他终于没有这样做——这么大的大姑娘，怎么好亲她呢？而且，和她一起走起路来，他还要隔开一些距离；真的，跟妇女同行，他觉得有点儿别扭呢。

“小玉，你成人啦，成技术员啦……小玉，你对得住你爸爸给你起的这个小名，到底成了一块玉……可是，你现在有了大名，还能叫你的小名吗？”

“能叫！”

“过去能叫，以后可不能再叫啦！”

“过去能叫，以后也能叫！”

近在面前的，是一座座高炉的巨影，结构复杂，设备庞大，不仅据有宽大的地面，而且占领偌大的空间，像是耸立地上而通往天际的壮大的云梯。但他们的眼神，恍惚不定，似乎什么都看不见；而他们能够看见的，只有对方在移动中的模糊的形影。因为多年不见而乍一见面的激情，正在泛滥，他们已经沉溺在自己泛滥的激情里面；以致他们碰到铁道横路落下的挡杆上，才意识到这里需要停住脚步；但把脚停在水坑里，他们还没有谁意识到呢。

“以后也能叫？将来，你要当工程师呢？”

“马大爷，我将来当了工程师，在年岁上，还是你的晚辈，论实际经验，还要跟你学习呢。你怎么不能叫呢？能叫。”李蕙良索性干脆地说起来，“我活到六十岁的时候，马大爷，你也能叫！”

在铁水罐列车驰过的轰响中，李蕙良没有听清老水鬼说些什么，所以她要靠近他走着，以便注视他的神情，倾听他的声音。

“……解放以后，我不想死啦，从前订下的那口棺材已经转手啦。可是，你六十，我多大呢？一百出头啦！这不是超额太多了吗？”

“马大爷，你还没有完成任务呢！”

老水鬼放开声音，大笑起来。老年精力，依旧非常充沛，他的笑声还有点儿震耳。但他用自己所假设的，未来衰老的腔调呼叫一声：

“小玉！”

李蕙良听过，忍不住笑起来。为的发泄后辈人的衷心的情感，她过分稚气地做了个鬼脸，模仿保育院的娃娃腔，答应一声：

“嗯，伯伯！”

随着，她伸过手去，挽住他的胳膊肘；又把头一歪，贴在他肩头，她觉得跟这位老人需要这样地走。

不到上班时候，行人很少，但沿路有人们在劳作：高处架设管道的，地下浇沥青油的……李蕙良照样走着，全不管自己这不合乎风俗习惯的亲昵的姿势，是不是要引起人们的注目和诧异。她认为对于她所尊敬的人，愿意怎样就可以怎样接近。

这位老人，是值得接近的。在工地上，他有很大的荣誉：劳动模范，模范混凝土队长。而且他是个谦逊的人，一贯保持着工人阶级的本色。

不过，现在因为她这样亲昵的接近，他已经醉心于自己所妄想的“天伦之乐”里——老鳏夫已经有点儿飘飘然，不仅骄傲，而且放肆起来。他不管认不认识，一碰见人，就给人介绍李蕙良：

“你知道不知道她是谁？是个大学毕业生，是个技术员……你知道不知道她是谁？她就是我跟前的大丫头……”

末一句，分明是假话。但他说着说着，说成真的一般；慢慢地，不知不觉地，自个儿也信以为真了。本来，他说的目的，只在自娱，而结果竟把自个儿弄迷糊。仿佛喝了一剂迷魂药，他已经晕晕乎。

同时，路上的人们也被他炫惑住。他们跟他走着，逐渐地把他们包围起来。认识他的人，有点儿纳闷：这个老光棍儿忽然从哪儿蹦出个亲生女？不认识他的人，当然在羡慕：这个老工人竟有个好闺女——技术员。

“你们看，我有这么好的大丫头，到了工地，不分配她工作。你们评一评，岂有此理！真是天下事，无奇不有的……”

在个人关系上，可以随便一些，发泄发泄感情，有什么不可。但对于工作问题，怎么能发牢骚呢？于是，她抡起他的胳膊肘，把他扪住口。

可是，围在他身边的人们都听到了，并且有几个工人在向她表示：电装工人要跟她学一学调整电气，机装工人希望她去指导装卸滚珠法……几乎每一工种的工人，都各有各的要求。

她低下头来，觉得遗憾：只是一个人，怎么能劈成几份？只是学了土木建筑，怎么能适应那么多的工种？

“你们谁也别想要，她八年前就是我们的人；现在她回来，还得归我们！”是谁呼喊的声音，一阵风似的刮过去。

有个人骑着自行车跑开。他蹬得非常快，车轮儿几乎要飞起来。因为这般速度，以致后轮儿扬起一缕沙尘，响着一股嘶嘶的啸音。只是刹那间，他已经跑远。

不管他跑得多么远，李蕙良终归认得出他；因为他那个个儿，给她一个最突出的目标。

他就是她过去所称的那位高先生。

三

他从小就同竹笋一般，很快地长高起来，十八岁那年，已经有现在这么高的个头。因此，他有过许多与这有关的绰号：在家里，父母叫他“傻大个儿”；在学校，同学们叫他“电台”和“电线杆子”；在社会上，人们叫他“高先生”，有人还真以为“高”是他的本姓。

生来这么一个大个头，但在白色恐怖下坚持过长期的地下革命工作，却从来没有暴露过目标。为着掩护秘密工作，他曾经干过许多职业：火车站报贩，邮局门前代书人，粮栈庶务，码头更夫，钢都文书；好像一个多才多艺的演员，他曾经扮演过许多不同的角色。

解放以后，他才有了真名实姓，有了真正的职业。现在，人们称他：周凤琦同志，或工段主任。在工地五个工段之间的劳动竞赛的图表上，他领导的二工段经常“坐飞机”，也可以说他的领导工作首屈一指。的确，经过几年工业恢复的摸索，他学得一套出色的本领。但他的缺点，他的本位主义，却与他的工作本领，并驾齐驱。

根据庞大而复杂的基本建设机械化施工的要求，不论工程管理干部，工程技术干部，或党群工作干部，应当承认一般的质量和数量都差；但是，作为第一个五年计划开始组成的基本建设队伍，不论从全国各个工地看，或从本工地五个工段看，二工段的干部，在质量上比较好，在数量上也够多了。作为二工段主任的周凤琦，当然知道这一点，而他一直还向领导伸手要干部；今天他之所以来得这样早，也还是为了这个缘故。

他一路上骑车飞跑，累得直喘，满头流汗。还好，在工地办公室门口，堵住工地主任和党委书记。他把自行车往门旁一撂，首先向吉主任伸出一个大手掌。

吉主任无可奈何地摇摇头，只好照旧走他的路。

夜里，解除主电室一场火警的虚惊以后，他和夏书记一同回去；不久，三号油库的水灾报告又把他们唤来。他们在保卫科布置过工作，又用电话通知过总工程师，必须准时赶到现场，一起检查油库问题；所以不能让周凤琦缠住。

但周凤琦跟着他们，像个警卫员似的；不论你走得多么快，他是决不放开的。

没办法，夏书记先走一步，好去等总工程师，让吉主任暂时留下来。

在这路边，连块干爽的地方都找不到，他只好站在泥水当中。分明是时间的浪费，作为领导的他，又免不了要浪费这种时间。不过，他对周凤琦伸出一只手，竖起五个指头，预先声明：

“注意，五分钟！”

工地时刻，最为珍贵。它比不得其他物质，用经济核算可以降低成本，而只能以最大的节约精神、工作计划和效率，作分分秒秒的争取而已。

“听说国家又派来一批大学生，大公司已经分配给各个工地，我们工段怎么又连一个也没摊上呢？”周凤琦相信自己有充分的理由这样地质问。

“同志，整个工地，一共才摊上两名。一名摆在工程技术科，专门管理合理化建议，这你不能反对吧？”因为熬夜，吉主任的眼睛熬得通红，但说话仍然富有精力和说服力。

“这我拥护！可是还有一名呢？”周凤琦已经知道的事，但他还要问。

“那一名，给了三工段。为什么给三工段，你会了解的。因为他们技术力量差些，已经出过几次质量事故，现在三号油库又发生水的问题；当然，问题的性质，目前还不能肯定。”

“不，三工段的技术力量，不能说差些，黄主任本人就是工程师。我呢？白帽子！”

其实，人所共知，周凤琦已经是由外行变成内行的老干部。从今年开始，劳动工资处已经批给他技术津贴。不过，他一次也没有领过。他觉得他跟老婆两个人工作，每月有一笔不小的收入，生活够用，至少比从前供给制好得多呢。他想，一个共产党员要那么多钱做什么？明白一点儿说，他愿意给国家多节省几个，也好用于社会主义的建设呵。可是，在干部问题上，正好相反，贪得无厌，恐怕他永远没有知足的时候。

正好这时候，李蕙良挽着老水鬼来到。周凤琦一看，便要抓住这个好机会，但他想不到吉主任首先跟老水鬼说了话。

“老马，你来了；来得好，正要找你呢！”

“找我干啥？”完全出乎老水鬼的意料。

“老马，你还不知道吧，三号油库出了水。总工程师说，关于水的问题，你是老内行，要请你到现场去看看，听听你的意见。”

老水鬼一听，恼了。因为他对工程技术人员有他的看法和分类法：第一，老的中年的工程师是“资产阶级”，例如总工程师、三工段主任等；第二，年轻的技术员和助理工程师是“小资产阶级”，例如何柳等；第三，工人出身的技师和技术员是

“工人阶级”，例如李蕙良等。可是，李蕙良到了工地，反而得不到工作，你说叫人怎么不恼呢。

“总工程师，是咱们一位祖师爷、一尊佛，神通广大，法术无边，拿我这个老鬼开啥玩笑。哼，听听我的意见。好吧，我就说，不是油库出水啦吗？那就把油库改成水库吧！”老水鬼这番冷言冷语的抢白，不仅表示了他对工程技术人员的长期的偏见，而且包括了他对工地主任的偶然的不满。

“老马，你对我有什么意见，你就直截了当地说吧！”吉主任非常的敏感。

老水鬼一推，把李蕙良推到吉主任的面前。他质问：黄主任为什么不分配她的工作呢？

周凤琦在一旁等了许久，终于等到有机可乘，他可不能把它放过。

“工地主任，我说三工段的技术力量并不差么！你看，技术力量到了那儿，黄主任都没地方摆呢！”

吉主任知道五分钟早过了，并且想到总工程师可能已经到了现场；而他仍然站在这里——只有一层浅浅的没过鞋底的泥水，却陷住他穿着胶皮靴子的双脚，干看着路上大汽车往自己身上溅着泥水点儿。

不管火警也好，水灾也好，作为工地主任的吉明同志，一概无所畏惧；而现在，仅仅为了一个干部的问题，便使他这样地窘起来；特别有那么许多起早的参观人们向他走来并向他注目而视的时候，他更显得尴尬。

“看，咱们工人有时窝工，现在连技术员也窝了工。咱们难道还能说什么重工业的必然性、什么基本建设的复杂性吗？哼，朝鲜已经停战，全国范围建设也要开始，让志愿军同志们来参观吧，让各个兄弟工地同志们来交流经验吧，这就是咱们的先进管理水平！”吉主任自言自语地说，声音着重在“咱们”：一方面在嘲弄本人，一方面也在责备黄主任。

随便吉主任在考虑什么问题，而周凤琦只有自己不可更改的目的。他挨着吉主任，不住地嘀嘀咕咕的。他希望吉主任能同意把李蕙良调给他，他可以派她到加热炉负责一部分技术工作。并且告诉吉主任，他在八年前认识她，了解她，相信她能胜任这个工作。

“我想她本人也一定愿意到我们工段来的。这不是个人关系，一个人总要工作嘛！”

“你的意见呢？”吉主任问到李蕙良。

摆在李蕙良面前的问题，明显得很，两个工段，两个工段主任……黄主任，见过两面，给她的印象不好，甚而可以说是很坏的。她觉得，她在他的眼睛里，如同一粒灰尘，多少有点儿碍眼似的；而周凤琦完全不同，似乎把她看作一颗珠子，要捧在手上呢。而且，他是个老革命，和她有历史上的革命友谊；这一点，即使仅仅这一点，她也要动心的。因此，她知道自己要跟工地主任说什么，怎么说；但她却不说，不能那样说呢。因为她从学校带来一个顽强的意识：只能由工作选择你，你不能选择工作。她相信组织对她工作的分配，不是随便安排的，怎么可以随便要求调换呢？不论灰尘还是珠子，如果要在领导同志的眼睛里，掂量自己的分量，寻找自己的位置，那算什么品质呢。

“你有什么意见都可以说，比如对黄主任。”吉主任又在追问一句。

恰巧有工地主任的提示，李蕙良可以告黄主任一状，至少可以反映一下他怎样不负责任，怎样打官腔，是不会冤枉他的。但在这人来人往的马路上，特别是有周凤琦在场，为了个人工作，万一影响到工段与工段之间的工作关系，作为一个共产党员，党性是不允许的。所以她一直在保持沉默。

老水鬼和周凤琦都在催促她。因为老水鬼认为黄主任是委屈了她的，应该让她在工地主任面前出出这口气；而周凤琦以为她只要一开口，便有机会把这个技术员抓到手。

结果，李蕙良却低声地说：

“工地主任同志，我一时还说不出自己的意见呢。”

老水鬼听来，觉得太不痛快，狠命地一跺脚，把泥水溅到人家身上；直到跟吉主任走了，他还在晦气：哼，还叫小玉？简直叫小窝囊废吧。至于周凤琦呢，太失望了，脸色一灰，只好自认倒霉；但他又不甘心服输，不肯让李蕙良走。

从高大建筑物的空隙间投射过来耀眼的阳光，慢慢扩大加强起来。在空间飘浮的烟气里，飞走着细小的闪光的金属屑。周凤琦拉着李蕙良站在原处，不住地在观察和窥测。

“你认识何柳吧？”周凤琦抑制着不快的心绪，在转弯子。

“认识，老同学。”李蕙良冷冷地答着。显然，她在避免提到这个老同学的名字。

“现在，他已经提升到助理工程师，在我们工段担任副主任。”

“听说过……”

“是呵，就是他昨天介绍你，他还以为我不认识你呢。”周凤琦绕了一个弯子，又回到老路上，“我们都希望你到我们工段来工作，你呢？”

李蕙良低头不语。因为她已经窥破他的心事。这样，让她怎么回答呢？她觉得她的话是不好说的。

“你愿意不愿意到我们工段工作？你说说……你怎么不说话呀……”周凤琦为的要逼她开口，有意地逗弄她一句，“你是不是还在生我的气呢？”

李蕙良蒙住了。

“你记得吧，八一五那天，你生过我的气么！”

“是呀！”少年的回忆，引起李蕙良一种天真的稚气，“那天，我都要气哭了呢。”

“现在呢？”

“现在……”李蕙良笑了笑，调起皮来，“现在，现在应该轮到你了，高先生！”

四

你，一个见习技术员，人们一路上都在欢迎你，需要你；只有一个姓黄的相反，好像用不着你似的；你偏要急忙地去找他，不，这样早地去等他……李蕙良想着，走着。

泥泞的路上，来往车辆逐渐增多。她拐到铁道上，踩着枕木和石头子走。这样走，好难受，一步迈出去，想踩枕木，踩到石头子；想踩石头子呢，又踩到枕木，无形之中，像有什么绊腿似的。她越走得急，越别扭，真的，还不如走独木桥畅快呢。而且，她感觉身后有人在紧赶……回头一看，果然有个人，近得很，脚跟脚呢。

他穿着一身旧制服，肩头补了补丁；戴着一顶旧帽子，因为长久的汗浸，帽檐儿垂折尽是汗污的痕迹。一对直勾勾的眼睛，有非常强烈的光芒，一碰到谁，仿佛可以刺到谁的骨头里去。李蕙良乍一想，他大概是位农民吧。

“同志，同志！”那个人喊起来。

李蕙良没有理睬，以为不会有这样生疏的人在喊她。

“技术员同志，技术员同志！”

同志上面加了个“技术员”，李蕙良就不能不站下来。

“你喊我吗？”

“你是技术员吧？”他盯住李蕙良露在胸前兜儿的白色小计算尺。

“嗯！”李蕙良点头应了一声。随着，她把小计算尺瞟了一眼：原来是它引起他的注意。

“看你这个样子就像么！”他一笑，似乎非常满意自己的眼力。“技术员同志，我请教你个问题。”

“我也不一定懂得，请你说说看吧！”

“你听！大螺丝钉有一吨重，可不能差半个耗……”他看着手里的小笔记本子，好像在背书上的词句。

“什么问题？”李蕙良越发糊涂起来。

“技术员同志，一吨是多少，我懂得；可是，一个耗是多少，半个耗又是多少？”

“耗是米的千分之一，标准制叫公厘，或者叫粴。”李蕙良说着，画着“厘”和“粴”。“半个耗就是它的一半。”

“它到底有多么粗细呢？”

“大概像一两根头发丝那么粗细吧。”

那个人赶忙往小笔记本上记着。李蕙良伸过头去看了看，在小笔记本上画着各式各样的钢材图样：方钢、角钢、槽钢、工字钢……此外，还有一些什么的百分比。这些东西，互相也没有什么联系，大概只为了满足一切的求知欲而记的吧。从他的态度和他的记录看，这位三十多岁的同志，给人留下一个小学生的印象。因而她想，他必定是位热心于参观的同志。

他记下“大概像一两根头发丝那么粗细”以后，停住笔，踌躇起来。

“像一两根头发丝那么粗细，到底有多么粗细呢？”

李蕙良急巴巴地再说不出话。在困窘中，她忽然想起掏出白色小计算尺，给他看了看粍的长度（幸亏带着它，救了急）。他不停地点头示意，在感激她，感激她的白色小计算尺。她向他打个招呼，匆匆地告辞；她要快快地走开，如果一步能跨两根枕木多妙。

赶到工段办公室的时候，李蕙良只见一张办公桌上睡着一个小女同志。头枕在砖头上，手脚悬在没有遮拦的桌边；看样子，如果她一翻身，很可能掉到地下；而她的小脸儿睡得十分舒展和坦然，没有半点恐惧。李蕙良本能地想到，要帮助她收拢收拢手脚；因为桌子小，随你怎么收拢，也搁它不下；这中间，反而打搅了她的睡意。

“谁，别闹着玩儿嘛……真讨厌……”小女同志烦躁地嘟囔着。

为了让她安睡，李蕙良出门来，无目的地走着。突然，她发现房侧有一条又宽又深的沟，断了路。在那里，有部分的管道工程正在施工；他们挖到工段办公室，已经把一个墙角挖得悬空起来。她知道，根据建筑的力学知识，可以证明房子是倒不了的。她想，既然是这样，那么手脚悬空在桌边又有什么关系呢？冒失！

忽然间，门响一声；听起来，只有谁发了怒才会这样关门的。李蕙良回头看见那个小女同志站在门口，眼睛瞪得溜圆，腮帮子鼓得像球似的。

她是工段的通信员韩淑梅。昨天轮到她值宿。因为两次事故的发生，闹得她一夜没有睡觉。她打算在天明捞捞梢，睡上一小觉；想不到来了一个愣家伙，硬把人家撞醒了。当她看见赔着笑脸的李蕙良的时候，火气慢慢地消了，却还有一股怨气：

“你干啥要来得这么早？”

恍惚间，李蕙良从声调上分辨出来，这正是一夜之间打过两次电话的、那个可爱的小积极分子，也是被黄主任在电话里斥责过的那个微不足道的小人物。

“夜班嘛！”李蕙良还在打趣。

韩淑梅打量着李蕙良：新洗的一套蓝制服还没有沾过一点儿灰粉，一双新花布鞋也不过初次蹚过泥水。然后，她翻个白眼儿，一撇嘴：

“哟，夜班哪儿有你这样的新媳妇！”

工地的通信员，多半是来自农村的小女孩子；由于经常出入这样大规模机械化施工的工地，她们见识得多。并且，当她们在办公室来来去去的时候，或是在你面前偶然有片刻停留的时候，总是不言不语，规规矩矩，甚而好像莫名其妙的小傻瓜；但不知道你注意没有注意，她们的小眼睛竟是那么灵活，盯着你的脸，围着你的身子在不住地溜溜地打转呢。是的，她们是善于察言观色的。在工地上，她们都算得上小观察家了。

韩淑梅不仅是这样的一个，而且是更聪明的一个。李蕙良早来的目的，想瞒也瞒不过她的。

“你要找工段主任吗？他当然还没来。你要找党支部书记，倒保险在！”韩淑梅抿嘴笑着，露着很自信的神气。

“党支部书记为什么要来得这样早呢？”李蕙良有意在测验韩淑梅。

“因为他和你一样，都是新来的。新来的同志，总要比旁人来得早些。你还不懂得吗？”

于是，韩淑梅在李蕙良面前立刻树起观察家的威信。

“党支部书记在哪儿呢？我想去看看他。”

昨天转党的关系的时候，她只是和党支部干事见了一面；作为一个党员，她当然是想见到她的党支部书记的。

韩淑梅领着李蕙良去找党支部书记。本来，工段办公室和党支部办公室，是在前后两排半永久性小红砖房的正对面，只要从右侧往后一转就是党支部办公室的门口。因为管道施工挖断了路，不得不回头绕过工段和检查站办公室的第一排小红砖房，从左侧拐到第二排小红砖房，经过工人休息室、娱乐室、工会和青年团办公室，她们才来到党支部办公室。

“你看，他在！”韩淑梅小声说。

窗子开着，窗框把一个人镶在中间，好像一座端坐的半身胸像：光头，浓眉，连鬓胡子。他两眼死盯住手里的小笔记本，全神贯注地默读着什么。

李蕙良一眼认出他就是刚才在路上见过的那位“参观的同志”。

这位党支部书记的名字叫于清。

他农民出身，被选过劳动模范，当过屯主任、村长、公安助理；这次调他转业的时候，他正在当区委书记。

那天，他从县上学习推广生产经验回到区上。文书递给他一个密件。他打开一看，冒了一头大汗，跑到地头上。农业合作社主任从来没见区委书记这么清闲过，便问道：“你要做啥？”“啥也不做。凉爽，凉爽！”“天气还没到热的时候呵！”“我心里有火呀！”当他从区上走的时候，农民们才知道他被调走了，都说他去“搞工业”，甚而有人说他去“做拖拉机”；所以他一见县委书记就说：“党这次给我的任务，实在重要！”县委书记嘱咐他说：“别光看工作岗位的重要，你要准备对付工作的困难！”“管它有啥困难，我也得坚持工作呀！”“你对工业建设是门外汉，千万要好好地学习！”“你放心吧，脑袋削个尖儿，也得往里钻呵！”

可是，他想不到偏碰上这样一位别扭的工段主任。在第一次见面的时候，他说：“我希望你给我介绍介绍工作的情况。”工段主任说：“这一切都摆在眼前，你一看就会了解的。”“在业务上，我啥啥都不懂……”“不必客气，干什么都一样，没有三天外行……”

于清受了打击。他不安慰自己，自己也并不气馁。因为他觉得工会主席和团支部书记很好接近，有什么问题，他都可以去请教他们；特别是他有一双长于跋涉的腿，可以亲自下现场去摸。

不过，在工地完全不像在农村。在农村，哪儿是东抹脸子，哪儿是西偏脸子，自己都能做向导；而且，怎么蹚，怎么铲，自己一概都能动手。在工地呢，都是叫号头的，谁懂得哪儿是哪儿，自己简直成了睁眼瞎子；而且，深一脚，浅一脚，好像到处都有荆棘呢……

工人们听说党支部书记来了，当然都在欢迎，有的还在提问题，请示。恰好，有个工人跟工程技术监督处的同志发生了争执，一把抓住于清：“党支书，你评评理！你看看，大螺丝钉有一吨重，他说可不能差半个耗……”

于清这下子傻了。

他记得某某知识分子出身的干部，在农民眼前闹过的笑话，但他要警惕农民出身的自己，万万不能在工人眼前闹笑话。你说是哑巴就是哑巴吧；党支部书记可不是闹笑话的人。

肩头落满灰尘和金属屑，他沉默地悄然地走了——这样地避开了人家向他提出的问题。他走得不远，听到背后有个调皮鬼按照他的脚步，喊着“左、右、左……”，“一、二、一……”只能听着，不好回头……

从此，他陷在基本建设的“复杂性”里面了。能做什么呢？只能关上门，拿小笔记本子记着，记着；摆弄几何学，什么AB线，什么OCD角……不管人家叫不叫你“白帽子”，或是笑不笑你“土包子”；反正他是不甘于“万金油”和“甘草”之类的自嘲；并且他硬要这样的“赶鸭子上架”——决心准备投考夜大学附设的干部技术补习班。昨天还是第一次出门去，参加党委召集的党内干部会议，听了党委书记号召建立责任制运动的动员报告。他回来的时候，听党支部干事告诉他来过一个女技术员转党的关系……

现在，她站在他的面前。从她的明亮的大眼睛里，从她的纯洁而热情的笑脸上，他可以感到她对党支部书记的敬意。

他贪婪地望着她——工人出身的技术员。这是他头一次看见党培养出来的、新型的知识分子，怎么能不叫人稀罕呢？这时候，他有一种特别的感受，比当年土地到手而得了救的感受更深。究竟是怎样的感受呢？他来不及加以分析。总之，他觉得党支部有了她，他的工作就有了办法。他望了她许久，吁了一口长气，是闷气呢。几天来，他憋着这口气，现在一吁出去，心里特别畅快，觉得自己紧绷的脸也舒展起来。

“同志，你来啦，好，好，咱们支部多了一份力量，咱们工段多了一份力量！”

“我刚出学校门，缺乏实际工作经验，以后要靠党的领导，要靠你的帮助呢！”

“好同志，我是泥菩萨过江——自身难保，还能帮助你吗？相反地，我刚才在路上已经拜你做了师傅，你也收了我这个徒弟。咳，我来了好几天，啥啥都没摸到门呢。黄土地的蝼蝼蛄，到黑土地就拱不动啦！你呢，可不同；你一到门口，就懂得怎样迈门槛！”

“可是黄主任还没有分配我的工作呢！”

于清一听，很不满意黄主任，但他并没有向她表示任何不满的意思。作为党支部书记怎么可以闹自由主义呢？即使与黄主任在工作上发生严重的分歧，他也不能这么办的。相反地，他认为应当团结黄主任，尽可能地给黄主任以支持。当然，必要时，需要和黄主任作斗争，那是另外的问题。

“我想他一会儿来了，一定会分配你的工作。领导同志怎么能不分配干部的工作呢。”

韩淑梅在窗外喊了一声李蕙良：黄主任来了。

五

工段办公室，是一大间屋子，在一头，单给工段主任辟开一小间；中间隔着一层木板皮，除了隔住眼界，隔不住别的。里外屋说话，还是如同在一个屋子一样；如果两屋同时谈问题，或开会，那就糟了，谁也不大容易听清谁说的什么，反正都是一片嚷嚷声。李蕙良跑进来的时候，正是这样情形。

她用两手在耳边拢着音，在仔细地听：什么基础灌浆的问题，什么磁力站回填的问题，什么操纵台收尾工程的问题……这一片呼喊声，搅得她头昏脑胀。

那么多人挤着，她想扒也扒不开一条缝。她的个子不算矮，而面前的男同志们差不多都比她高出半个头；挑了又挑，好不容易选中一个矮子，她用手把着他的肩膀头，踮起脚来，才能看见在包围里的工段主任：一张煞白的脸，一对冷漠的眼睛，在早晨比在夜里还吓人呢。

"同志们，对不起，你们听说了吧，三号油库发生了问题；所以你们的问题，我现在一个也不能处理！"

黄主任有一种矜持的态度，摆着坚定的手势，这是向人们表示，不容许谁再讲价钱。其实，有他说话这个工夫，顺便也可以解决一两个问题。李蕙良从旁看得明白：他要在大家面前摆一摆工段主任的威仪。是的，黄主任当时心里很舒畅，觉得一段之长，是可以大发号令的。于是，大家从办公室一个一个地退了出去。最后，只剩下李蕙良一个人。在黄主任面前，她已经退却过一次，又一次；这第三次，她再不想退却下去。而且，她把鬓角落下来的一绺头发往脑后头一甩，逼上前去。

"工段主任同志，我的工作问题呢？"她又逼近一步，逼到办公桌前。

"我知道你的工作问题，可是现在三号油库的问题，比你的工作问题重要得多，同志！"黄主任一边说着，一边在卷宗里寻找着什么。

“工段主任同志！”李蕙良要再逼过去，有办公桌挡着；只好从桌边把身子倾过去，她用她的目光和声音逼近那坐在皮圈椅里的黄主任，“你先分配我一点儿工作吧，随便一点儿什么工作都好，别让我在工地上闲着就行。解决我的工作问题，也许只要请你说一两句话……”

电话响了。黄主任俯身过去，取过听筒；随着，向后一仰，差点儿躺到皮圈椅里。李蕙良看他那仰面朝天的姿势，有一种十足的惰性，不知怎么的，觉得他好像是位老太爷呢。

“你是哪个？”

这依然是自持自尊的腔调。不知道是谁，从门边伸进头来一听，立刻厌恶地把头缩了回去。

“噢，是您，是您……”

黄主任的腔调，忽然一变，发出唯唯诺诺的声音。并且，他赶紧从皮圈椅里站起来，弯下腰去，好像在给电话机行礼似的。

这时候，也许只有这时候，在黄主任的贫血的脸上，李蕙良看到了尴尬和谦卑相混的表情。她想，他说的这“您”是谁呢？

“是……是……总工程师！”

是总工程师镇住了黄主任，而总工程师凭着什么，是他的威信，还是他的威风？总工程师究竟是怎样的人……李蕙良不可能想象，但又不能不想象。

“三号油库的问题……是，我知道了……呵？工地主任和党委书记走了……司留沙列夫专家呢？呵，是，总工程师……您要哪些图纸？呵？是……是……还有哪一张？是……总工程师，我就去，我就去！”

在黄主任刚撂下电话的时候，有个红脸蛋的女同志跑进来，把一沓子衬着纱布的折叠起来的纸张放在办公桌上。李蕙良一看，便知道她放的是图纸，她本人是保管图纸的技术员，而且是聪明的积极工作的技术员；不然，她怎么能不等黄主任的吩咐，而一听电话就能知道总工程师所需要的图纸呢。

在领取图纸簿上，黄主任郑重签过字以后，抱起图纸，准备就走。因为总工程师要他去，那可是不敢怠慢的。在工程技术上，他最信服总工程师；在历史关系上，总工程师曾经是他最尊敬的老师。

可是，李蕙良上前去，加以鲁莽的拦阻。黄主任激动起来，一挺瘦瘪的胸脯，想要闯出去。忽然，李蕙良蹦个高，两脚踩住门槛，两手把住门框子——用整个身子全力以赴地封住门口，别的什么，她都在所不计：你说霸道就霸道，你要比武也可以比武似的。这时候，他们沉闷下来，只使人感到他们呼吸急促，胸脯不住地起伏。

在喧闹紧张的工地上，突然出现这样仅有的、无声的、无所作为的办公室。窗子开着，窗外有一片晴朗的天气，而屋内依然是这样阴暗。

昨天这个时候，晨光似乎进过屋，并且在悬挂的奖旗上闪耀过，跳动过；而现在，晨光只留在窗前，迟迟地不进来。同时，往常窗前不断地过往行人，而今天几乎不见行人的影子，不知道人们是不是一到这儿就止住步，或是走了回头路。

但在相距很近的对面窗前和窗内，早晨的光波照常地荡漾；于清照常地在端坐，正视，手里捧着小笔记本子，口里小声地叨念着什么。

“党支书，你别躲着啦，事情就出在你的眼前……”

谁，这样地冤枉人呢？党支部书记，可不是怕事的人。

于清走出办公室。为了就近，他走到对面的窗前。

于清先批评了一下李蕙良。当他批评她的时候，说句老实话，自己也觉得有点儿屈心：只是为了积极地要求工作，她有什么过错？他之所以要这样做，也不过为了便于向黄主任提出意见：

“黄主任，要是你太忙，来不及考虑，是不是可以交代一下，先叫她帮助谁做点儿啥工作。”

黄主任的贫血的脸上，有一对发红的眼睛，特别显著。因为窝了火，他准备燃烧起来。

“你说吧，叫她帮助谁做点儿什么工作！”

黄主任发火了。

于清也生了气。看黄主任瞪着眼睛，他也把眼睛一瞪：于清也不是好欺负的，但于清是党支部书记。于是，他为难了。

“我……我……”

“这不是在乡下，七嘴八舌头；这是在工地，哼，一长制！”

“好么，我现在就命令你分配李蕙良同志的工作！”

黄主任一听这声音好厉害，再一看，不见于清，在窗前忽然出现工地主任吉明：眉头皱得紧，脸绷得凶；充血而发红的眼睛，好像要烧死人似的……他不敢再看下去。因为他已经看出工地主任发脾气了。工地主任了不得，顶头上司，可以撤他的职呢。他一想到这儿，便胆怯了；脖颈一软，头低下来，视线沉到自己抱着的图纸上：有了，有了一个微妙的办法。为什么不早些想到它呢？总算好，现在也还来得及。

“哪！”黄主任把图纸塞到那堵着门口的李蕙良怀里。

李蕙良用手掂了掂图纸，轻得很呢。但她想到它的意义，是好重的——属于第一个五年计划的、有社会主义建设的巨大价值。这时候，她不想向黄主任再要求什么了。她已经十分满足。有生以来，她从未感到过这样的满足，满足到什么都不缺少的程度。满足的她，明亮的大眼睛，闪出得意的光辉；口一开，不由得她笑起来，竟笑得那样厉害——要是想把那笑收敛起来，自己都没办法。她只好赶快让开门口，请黄主任先走，她跟在他的身后，还是笑眯眯的。

太阳升起，散着热力。

在泥水的地上，蒸发起水汽。在潮湿的空气里，人们感觉有如海洋的气候。

黄主任和李蕙良挤在人群里走得很急，像是在赶航行的时间似的。

在高炉炉体和平炉烟囱的陪衬下面，在各种架空的管道的环抱里，竖着一架高耸而巨大的桅杆式起重机，出现一座用各样钢材建构起来的、巨型而壮观的房架子；透过烟气和水汽相混的浮动的氛围，有如海洋上的钢铁的浮城一般。在那里，飘着红旗，冒着蓝烟，散射着金黄色的火花，并且传出各种动力所组成的交响的乐曲。

李蕙良被这美妙的声色所迷，越走越急；而黄主任比她更着急，因为他一直想着，那里有总工程师等着他呢。

他们一进现场，身旁开来一辆大吊车，随着拥上一些卸设备的工人们，黄主任一晃，闪过去，李蕙良刚要一冲，有个打小旗的人，用小旗子把她挡住了。等她从辊道基础旁边绕过去的时候，已经找不见黄主任。她只好站住，向四处望着，望着。这么大的现场，如果不靠广播呼唤，而单凭个人的眼力寻找，怎么能从千万人里找到一个人呢？她要走，但哪儿是三号油库？

“参观的同志，请你闪开！”一个戴红胳膊箍的保安员喊着。

李蕙良管他喊谁呢，动也没动；她不能设想一个技术员，会像那位党支部书记给人那种“参观的同志”的印象。等那个保安员又推了她一下，她才知道人家原来喊的就是她。并且，保安员还说：“你看，你这位参观的同志！”他的话还未说完，从房顶上已经掉下电火来；如果不推她一下，电火恰好掉在她的头上。

电火从哪儿掉下来的？李蕙良顺着电火纷纷下落的线路望上去，在很高很高的钢梁上，原来有那么多的电焊工在焊接头；再从他们所在的钢梁向四外望开去，一条条钢梁结成的一片巨大的钢网上，各个角落都有人在劳作：拉线，铆钉，铺预制板……好像他们是在把天覆盖在上面，或是他们把天割碎了。她再对照一下地面，地面好像一片无边的海洋，人们也都是游泳的好手，都各有各的美丽的游法和姿态。虽说自己在童年也下过水，但那小河怎么能比这样大的海洋。是的，自己又读了四年的工学院，那也不过读了几本“游泳术”。现在下了海，自己却浮不起来；不然，保安员是不会呼唤“参观的同志”的。

都说海水浮力大，李蕙良要浮起来。

晌午，天气已经够热，却还不能算最热；最热的地方，先要数食堂。

这是一所临时性的建筑，四壁是废模板搭的，窗子是碎玻璃条拼的；要是核算成本，只有棚盖用的洋灰，属于成品。现在，已经盖起半年多，棚盖挡雨是挡住了，就是隔不住太阳晒，晒得它反而成了太阳的加热站，热得人一进去就是一身汗；特别是开午饭的时候，馒头出了蒸笼，人倒进了蒸笼。

圆桌面溜明锃亮，像镜子似的晃眼睛。只有广播员为了午间播送娱乐节目，提前吃完饭；而其他的人们，还都在排着队。

李蕙良进来观望的时候，忽然听到有人喊她，随着看到从队里伸出一个头，是何柳。她被他一把拉到队里，近近的，紧紧的，两个人几乎只占了一个人的位置。

何柳说着，鼓励李蕙良到二工段去工作。李蕙良很快告诉他，她在三工段已被分配工作，为了这，特意把怀里抱的图纸举到他的面前。

“看！”

“可是黄祖安分配你的工作，是纯事务性的。拿图纸用得着什么技术，简直是多余的工作！”

他不管自己说得是不是妥当，但相信自己说的真实。并且，当他说的时候，他已经忘记是排在队里，挡住了身后的人。因此，有人在喊：“你倒是走呀！”他身后的人，不得不推着他往前蹭……这样一来，弄得人家都在注意：他是不是在跟爱人说什么甜言蜜语……

是的，他们从前同学的时候，曾经发生过感情关系……何柳拉李蕙良到本工段工作，有工作的需要，也有个人的目的。

论说，在一个生疏的场所，能够碰见一个老同学，总是应该高兴的。不过，现在李蕙良并不是这样想；因为在何柳的眼睛里闪着一种不寻常的光，唤醒她的警惕：什么都不能要你的，你那过分的殷勤，你那多余的感情……要你的，只是一点儿必要的帮助。

“你能帮我找到黄主任吗？”

“能！找他容易，事故在哪儿，他就在哪儿，反正事故总是跟着他老黄的！”

“说实在的么！”

“说实在的，咱们吃过饭再去找他！”何柳手里早已准备好了两张饭票，并且很快就要轮到他取饭菜。

“我不吃。我要先找黄主任！”李蕙良急迫地催促着。

何柳不肯走。并且，他要拉住她，似乎要拉回来她曾经给过的而后又收回去的那种感情。

李蕙良僵着，咬着抱在怀里的衬在图纸背面的纱布的线头。

这时候，韩淑梅带着观察的明智走过来，不等李蕙良开口，她便先说了话：

“你要找谁，是不是要找黄主任？”

李蕙良对小观察连连地点着头。

于是，韩淑梅告诉李蕙良可以找到黄主任的那个地方。

何柳在一边听着，对着韩淑梅在生闷气，气得连什么都不想吃了；可是，他一个人还在端着两个人的饭菜。

韩淑梅说的那个地方，横着一条铁路线，排成一垛一垛的为加热炉车间铺地而准备的缸砖，无形中形成了一个缸砖的临时仓库。

李蕙良到这儿一看，果然黄主任在呢。在两垛缸砖的夹道里，他坐在两块缸砖上，吃着。看来，工程师善于利用地利：阴凉，清静，和那充满着蒸汽的滚热的食堂一比，这儿就等于避暑的别墅。因为怕打搅他，她躲在一垛缸砖的后边，一直等到他吃完饭，叼上烟卷往回走的时候，才赶到他的面前去。

“我掉在后边，找不见黄主任……我找过许久，才找到三号油库……可是，黄主任跟总工程师已经走了……”李蕙良像个孩子在倾诉着。

午休时间，黄主任怎么能办公呢？他什么都没有说，一直走到他的办公室。这时候，有两个同志正在工段主任的办公桌上下象棋。一见黄主任来了，他们赶快搬家——抬起一张纸棋盘，劲大了怕拉破纸，劲小了怕把纸拉不平；同时，他们既怕碰了黄主任，又怕碰了老将——马后炮正在将军呢；所以弄得他们缩脖端肩，全身都在痉挛。

现在，黄主任倒在皮圈椅里，头搭在椅圈上，脚搁在办公桌上，在打盹呢。这样美哉盹睡的写意，突出地显出工地人们享受的最高点。李蕙良望着他，觉得这一阵好憋闷；想起来，有点儿滑稽呢。人家的工作，都是分配的。她的工作呢？是讨来的。不，是硬抢来的。不，不，是工地主任逼出来的。哎呀，好不容易得到的工作呵。可是，工作刚刚开头，就犯了错误。你呵，你呵，糊里糊涂……外屋的吵闹，打断她的想头。她探过头去一看，那屋里人们挤得满满的，好像各类棋种的赛会一般，非常紧张，热闹。

这里外屋只隔了一层木板皮，不知道怎么却隔成了两个世界。

她今早站在这儿的时候，曾想应该把那层木板皮加厚加固，甚至加上防音板；而现在她想的，却完全相反——应该把那层木板皮完全拆除了。

到了办公的时间，黄主任睁开眼睛；这是说，他可以开始工作了。

“黄主任，我今天错了，应当检讨……”李蕙良有一种请求的口吻。

“今天上午，你影响了总工程师的工作。等总工程师来吧，你应该向总工程师检讨。”黄主任的贫血的脸，仿佛是盖在霜下的一片沙漠。“总工程师是位温情的导师；但在检讨的时候，也要注意，总工程师也是位不讲情面的暴君！”在黄主任的沙漠的脸上，添了一种畏惧的颜色。显然，他怕因为她的错误牵连上自己。

“温情的导师”，“不讲情面的暴君”，究竟是怎样？李蕙良完全不可能想象，但仍然不能不想象……

六

坐在皮圈椅里的黄主任，在给总工程师准备着三号油库的图纸，一张一张地摆好，要等总工程师来了一看，就可以知道这是有过准备的。

李蕙良站在办公桌前，按照黄主任要的号码，把图纸一张一张地递给他。她在工学院学的是土木建筑，现在图纸拿在自己手里，反倒没有机会识图；这时候，她想起何柳说的话：是纯事务性的多余的工作。

“他来了！”黄主任自言自语地说了一句。随着，他立刻让出了自己坐的皮圈椅。

现在，李蕙良看到的这位黄主任，好像换了一个人，换成早晨在接总工程师电话的那个黄主任。但她仔细地打量一下，他比起早晨的模样，也有若干的不同；在他的脸上，再寻不到尴尬的痕迹，而只剩下了自然的谦卑的神情。

看他这种恭迎的姿态，李蕙良以为总工程师已经到了门口，或是正在进门呢。于是，她也跟着慌了神。但她等了许久，并没有见人进来。

“总工程师在哪儿呢？”

“那儿！”黄主任指着前面的窗外。

李蕙良从窗里望出去，看见总工程师离门口还很远，而且走得那么慢。

总工程师是走得慢的。在匆匆忙忙的行人里，只有他一个人安安稳稳地在迈方步。如果用尺子量一量，他的每个步子，大致可能是相等的。这说明不了什么问题，只不过是他的一种老习惯——走出现场以后，不论赶上什么天气，碰着什么事，他经常是这样不慌不忙地一步一步走的。他穿着半新不旧的蓝布制服、黑布鞋，如同一般职工穿的一样。这也说明不了什么问题，也只不过是他的一种老习惯——多少年来，不论做工程师和当教授，他经常是穿这类布衣服布鞋的。

在总工程师进门之前，黄主任已经赶到门口，好像他是在迎接贵宾。

的确，总工程师是值得人们尊敬的。他姓郑，名世通。他六十三岁，有过三十多年的工程建筑的经验；如果把他的工程留念照片拿出来，足够举办一个个人的展览会。不说别的，单说与水有关的一类工程，比如建设黄窝水库、葫芦岛和连云港，特别是治黄，在工程技术上，有的是他完全负责的，有的有他参加指导的。在同行里，绝大多数都是他的后辈，像黄祖安称他郑老师的人，多得很的。

当他还没到门口的时候，他先有礼貌地摘下帽子。头顶几乎秃光，仅仅两鬓剩下几根可数的发丝，看来也不怎么牢了。不过，他有一副洁净的脸，闪着润泽的光辉；比起他的年岁，也不像那么老的老相。而且，炯炯的眼光，给人这样一种印象：他的精力饱满，不下于任何的年轻人，但任何年轻人都赶不上他稳重、庄严。

可是，这位老前辈是很随便的。他一见站在门口的黄主任，就拍了拍黄主任的肩膀；进了屋，他碰着谁，就跟谁打招呼。照样，他也和李蕙良握了握手。他握手的时候，虽说有些旧习，点头哈腰的，但不觉得他有什么庸俗的浮夸和虚饰。

“总工程师，我今天犯了错误，影响了总工程师的工作。”李蕙良说着，挺着身子在等待将要袭来的一阵暴风雨。

不知道总工程师是不是没有听见，他什么都没说。他坐在黄主任的皮圈椅里，忙着掏出眼镜，但用手拿着，没有往眼睛上戴。

“今天上午，图纸拿在她手里的；现在，她对您检讨呢。我对您解释过，她是新来的，叫李蕙良……”黄主任站在总工程师面前，谨慎地说。

总工程师拿着眼镜，像拿着放大镜似的，在图纸上移动着，眼睛跟着移动。在聚精会神地移动中，他是不闻不问的。

“噢，上水道，下水道……烟道，烟道……噢，电缆，油管……噢，噢，五十三号基础，三号油库！”总工程师断续地自言自语地说。

总工程师既然正忙于工作，李蕙良也不好再抢着说什么；检讨也好，受批评也好，她想总是有机会的。于是，她也把注意力转移到图纸上，一看：好个复杂的地下建设，也许比今天所见的空中和地面的工程，还复杂得多呢。

总工程师在图纸上画过几条红线以后，他要黄主任跟他到现场去。当然，李蕙良要拿起图纸跟着走的，这回可要跟得紧，是连一步也不敢掉的。

可是，总工程师走得太慢：一个方步，一个方步。这样的走法，真让李蕙良着急呢。她几乎是一边跟着，一边停着。看人家一个一个地一伙一伙地从身旁赶过去，她更急，急得要死。她知道自己是个急性子人，但并不认为在这一点上性子急；她觉得不管谁走路，也不该走得这么慢的。“慢”，她是老早认识过的，但现在才理解它所包含的意义——可贵的时光在作无谓的虚掷。

突然，灵机一动；她赶上前去，和他们并排走；她以为这样可以带动老人，稍微走得快些。结果，她抢先了，老人撤了后；人家还是照样地走：一个方步，一个方步。她既不能单独行动，只好打回头，迁就老人怎么走就怎么走。因为图纸夹在腋下，两手还是空着的，她想有本书也好，可以读读；有钢针和毛线也好，也可以织个什么东西。但这些，她都没有，只能听黄主任对总工程师絮絮叨叨地说着：

“三号油库竣工的时候，技术监督处处长来看过，检查站也检查过，都说质量很好，完全合乎规格。可是现在……”

黄主任抑制着心情的不平，以一种委屈的语调，在争取总工程师的同情。真的，如果总工程师能帮他说一句话，那是多么大的支持力量。

总工程师没有回答，连哼也没有哼一声。他只顾走着，一只手用帽子遮着眼前的阳光，一只手拿手绢擦着头上的汗。

这里是通往现场的运输要道之一，却糟透了。因为运输安装设备和建筑材料超载过重，而原有的路基又太薄，有些地方压翻了浆；由于万能车和翻斗车的颠簸，震荡下来的混凝土浆的凝结，有些路面弄得疙疙瘩瘩的；加上昨夜下了半夜大雨，有些地方都成了泥坑和水洼，连下脚的路眼都没有了。

总工程师照样走着方步，从容得很；而李蕙良已经感到脚下难走了。

进了现场以后，他们中间发生了更大的变化。现场不比坏路坏，却比坏路更难走。因为头上过着吊车，落着电火；地上尽是沟坑、崖坎；前后左右拥挤着人们，互相容易磕碰。特别是推手推车的跑得飞快，只要一听“躲开”，你得赶快让路；不然，他们一旦停不住，也许要推到你的身上。这时候，总工程师仍然照样地走，不，反倒走得优哉游哉，仿佛不是他躲着吊车、电火、沟坑、崖坎以及手推车，而是吊车、电火、沟坑、崖坎以及手推车都在给他闪开；而李蕙良呢，狼狈起来，似乎随处都有障碍，随时都可能发生危险，连碎铁丝子和乱绳头子都要绊得她一栽歪一栽歪的。她想请总工程师等一等，但年轻轻的人，怎么能在走路上向老人讨饶呢？后来，她眼看着黄主任跟上去，而自己掉下来。幸而总工程师站住，等了她一下；从此，她再没掉下过。显然，这是总工程师一边走，一边在等她的。今天，她来现场两次，现在她第二次感到难受和羞惭。

“青年同志，你在今天以前对现场有过什么幻想没有？也许以为现场是多么好玩的地方。现在你该知道了，现场是多么不好走的。说句内行话：用不着考工，只要看你在现场一迈步，就可以鉴别你的工龄。不过，这不要紧，谁都要走这第一步的。我以前一进现场，也跟你一样。”总工程师对李蕙良说着。

差不多四十年前，这位总工程师也是以一个见习技术员（那时候叫实习生）的资格，第一次来到工地的。他要感谢那位指导过他的老工程师。在他初进现场迈第一步的时候，那位老工程师拉着他的手，怕他丢了似的。这个印象给他的影响最深，回忆起来，像在昨天似的。在他做了工程师以后，凡是他碰上初进现场迈第一步的青年，便效仿那位老工程师留下的先例，他也拉着人家的手，怕人家丢了似的。现在，在他身边走着的是个女同志，他只能这样走着，等着；他不愿意拉她的手，也不愿意多说什么。虽然，他是直爽的，坦白的，但他向来避免以任何美德而取悦于人的嫌疑。

走到三号油库门口往地下室去的时候，黄主任一步抢到总工程师的前面去，而总工程师把李蕙良挡下来。

"图纸！"总工程师从李蕙良手里把图纸要过来，卷成一卷，从背后插到自己的衣领里。"你就站在这儿吧！"总工程师又用手按了按李蕙良的肩头，好像怕她站不稳似的。

"站在门口，真没意思！他为什么叫我站在这儿呢？"李蕙良想不通，"图纸插在衣领里，怪难受的！他为什么要把图纸插在那里呢？"她也是莫名其妙的。

地下室有水响的声音。她要仔细地听一听，特意把头探到门里去。

"总工程师，您注意这水很深……这水是哪儿来的呢？我看，不是昨晚上下大雨流下来的，就是昨晚上救火从水龙头漏下来的……总工程师，您想呢？总工程师，您的意见呢？……"黄主任絮絮叨叨的声音。

"我说么，我说你参加工作迟些，是不是还没有学过什么叫主观主义？"总工程师响亮的声音。

李蕙良听着，只能听着。她不知道他们在地下室做些什么。一直等到他们从地下室上来的时候，她才得细心地端详端详他们：衣服湿了，袖头和裤腿都湿得透透的。这时候她明白了，总工程师为什么要把图纸插到衣领里、为什么要叫她站在门口的意思。但她还在想：图纸是珍贵的东西，是应该这样爱护的；而自己不过是平平常常的青年，有什么值得这样爱护的呢？总工程师的头一歪，让她从衣领里取出图纸去。在图纸刚一拿到手里的时候，她感到图纸还有一种微微的未曾散开的体温；当然，图纸完全没有湿。至于她呢，一直是站在这儿的；当然，她也完全没有湿；不，不，她湿了，湿了，是由她的眼睛湿起的……

出了现场，总工程师准备跟黄主任和李蕙良告别而后，到苏联专家休息室洗个脸；这是他每出现场的老习惯，目的不在洗脸，而在保护眼睛。可是，他和黄主任握过手而后再和李蕙良握手的时候，他的手被她握住，走不脱了。

因为早打算好，李蕙良一握住总工程师的手，就不想放开。并且她觉得这手是那样潮湿的，无力的，软绵绵的，似乎他并不想握你的手，或是怕弄脏了你的手才这样的。尽你握吧。于是，她握住这手，越握越紧；她已经感到它的血流的温暖和皮肉的颤抖，甚至感到他的心灵的跳动而使自己的心灵也受了震撼。她抬起自己微湿的眼睛，盯住面前震撼过她的心灵的人。这表示她愿意向他检讨，和倾听他的批评。

当时，总工程师心里，明明白白的。没有枉费这番保护的工夫，他的眼睛可真精明。工地技术人员的问题，可以瞒过任何人，就是瞒不过他的眼睛。特别是有关黄祖安的问题，其实都用不着眼睛，只要用鼻子闻一闻，就可以闻出问题是什么味道。根据味道，他可以加以细致的分析和做出正确的判断。今早的事情，他本想暂时搁起，等有机会再说的。可是，这个女技术员一再检讨，他觉得不该这样委屈她呢。于是，他站定下来，向李蕙良投出一种等待的眼光，意思是说：你要说什么，请说吧。

“总工程师，我今天上午犯了错误，影响了总工程师的工作，应该受到总工程师的批评！”

“青年同志，我告诉你吧，你没有错。你作为一种工具有什么可错的呢？”总工程师一笑，有一种幽默的风趣。

“影响了总工程师的工作，就是犯了错误！”

“如果有错误，也不能算你的，应该算在黄主任的账上。”总工程师转向黄主任，态度还是温和的，“我承认你在技术上是位好工程师，可你为什么今天在现场不照顾照顾这个青年同志，你又为什么要她做你的工具——自动化保险箱呢？”

“因为三号油库的问题，太急，太急，您又在那儿等着我，所以……再有，我总希望有个人能担任这个工作，可是技术员们都不愿意；恰好她急着要工作，当时工地主任还给我下了命令，我就让她做了这个工作……其实，这是个很重要的工作。总工程师，您知道，这不是别的，是图纸……”黄主任低着头说。

在现场的出入口，有那么多人不断地进进出出，还有许多人不断地向总工程师打招呼；他们也不一定有什么问题要请教，只是要向总工程师表示一种敬意罢了。可是，总工程师却要不停地点头、做手势、说说话，以表示他应有的回敬的意思。于是，他拉着黄主任和李蕙良离开这儿，躲到一架卷扬机那边去。看起来，他还是有许多话要说下去的。

“我知道，图纸是重要的。不过，这个工作，你自己是完全可以做的。比方，我要用哪一张，你就领哪一张；你要用哪一张，你就翻哪一张，岂不方便，何必要人多转一道手？如果要检查浪费，我看这也是一种。你去年来，正赶上三反的时候吧，你是不是只当看了一阵热闹？”

“您知道，我的工作是多么忙的，万一丢了一张呢，是图纸，不是别的东西。听说公司有规定，丢一张图纸，要坐三个月监牢呢！”黄主任的声音，有些发抖起来。

李蕙良插不上话，只是悄悄地站在一边。本来事情是从她起的，至少她是当事人之一，而现在她却处于置身事外的旁观地位。说实在的，她心里不安得很。她想：无论黄主任怎样，可以不管；要是把总工程师惹火了，怎么办……

总工程师很不满意他这个学生——黄祖安，这么多年来，依然违反《礼记》的“贵人而贱己”之道；所以他的态度变了，在故作镇静的神色之下，埋伏着重重的怒气，同时他的话里，充满一股烟火味。这味儿，是熏人的。但黄主任挺着，服服帖帖的，好像情愿在挨熏，熏里还有香气似的。因为他一向信仰这位老师，相信老师对他的深情厚谊；即使被老师训斥的时候，他也如此的坚信不疑。

“你放在保险箱里，你丢不掉了；但她一旦保不住险，丢掉了呢？”

“女同志，心细呀，丢不掉的。”

“我问你，假若她丢了，是不是要坐牢呢？”

“这个……”

黄主任困顿起来，似乎想要躲藏；但身边只有卷扬机，只能把一切的东西送往高头显眼的地方；而那类地方，是他更不想去的。

“你说呀！你可以说，她坐牢和你坐牢是不同的。你坐了牢，怎么办？老婆，孩子……她呢，还没有结婚吧，只是一个人，年轻轻的，坐几个月牢，又算得了什么！”

李蕙良惶惶的眼神，无处可望，头一仰，只见一片过眼的云烟。

七

晴朗的夜空，布满着星，明亮的路灯，照着稀有的一两个行人。

屋里，四壁没有光亮，非常地暗；可见防空窗帘比昨夜挂得严实，没有一点儿透亮的地方。

李蕙良躺下很久，睡不着。她所经过的这平凡而又不平凡的一天，有许多事情在激动她。她闭住眼睛，却闭不住耳朵，它还可以听见各种动力所组成的交响乐……而且，她闭住的眼睛，也还是亮的，它还在看着：红旗，蓝烟，金黄色的火花……

她听着，看着，在享受着一种新的美妙的快感。

在来工地以前，她曾经想象过工地上的情形，也曾经经历过许多梦想的幻境；其实，在她的脑子里，终归是空的，等于一所空房子。但现在，到了工地刚刚两天，骤然搬进来那么多人，把这所空房子住满了。你们住吧。你是领导人，你是父辈朋友，你是导师，你是弟兄，你是姊妹……你们都是可敬可爱的同志们……你们住吧，住吧。可是，有些人，至少有一个人，应该把他撵出去！撵……出……去……

……自己哄自己，说“睡吧，睡吧”；自己给自己催眠，数

"一二三……一二三……"李蕙良还是没有睡得成。

躺在她身边的党委书记夏大姐，早睡着了。在她的鼾声里，可以听得出她睡得多么满意，多么香甜。

李蕙良一直蜷着腿，拘紧着身子，想动一动，始终没有动。不管谁醒，可不能让夏大姐醒；工地的党委书记多么重要，明天的工地需要她的清醒的头脑。可是，人嘛，不能硬挺着；她到底动了，伸了伸腿……

"你怎么还没睡着？"

是夏书记的声音。刚才她还在睡着，睡得那么酣；现在突然说起话来，好像未曾睡过似的。

"睡不着，就是睡不着！"李蕙良无可奈何地说。

夏书记开了电灯。然后，她用胳膊肘撑着枕头，手把头托起来；因为乍一醒来，觉得灯光强烈，她又用另一只手遮着眼睛。

在灯光里，李蕙良睁着一双明亮的大眼睛，迷迷瞪瞪的。

"睡吧，时候不早了，准过十二点了。"夏书记在部队多年，惯于军中生活，在睡梦里，她也善于清醒地掌握时刻。

"夏书记，你快睡吧！"李蕙良觉得对不住党委书记呢。

"你也睡吧，睡吧！"

"我也睡，只怕睡不着！"

"你年轻轻的，怎么也害失眠症？"夏书记亲切地问着，仿佛母亲在对待别离多年的大孩子，需要重新了解一番。

"我没有害过失眠症，这是头一回睡不着！"李蕙良有点儿发急了，好像她遭了亲人的误解一样。

"那你是不是受了咱们邻居的传染？"

李蕙良听得懂夏大姐所指的"邻居"是谁，也听得懂夏大姐所说的不过是句把玩笑话，但她竟认真起来：

“不，不，我希望我一切都跟他相反！”

夏书记模仿李蕙良的声色，严肃地反问了一句：

“你——一个共产党员，难道你什么都不希望他跟你相同吗？”

“他呀，他太不负责任……”李蕙良无意中表示出自己的意见，并且带着一种不可容忍的激动的情绪。

“咱们不是正要搞责任制运动吗？”

“可是，他的思想问题严重呵……”

“咱们党可以把社会改造好，也可以把人改造好，难道你不相信这个伟大的改造力量吗？”

李蕙良眼巴巴地望着夏书记，没话可说，只得点头了。

随后，她睡着了。在睡梦里，她重新碰见那个被她撵出过的“房客”。她向他招着手，是她在表示请他回来住的意思吧。

但他回不回来住呢？

第三章　风风雨雨

一

今天，李蕙良跟夏书记提前上了班。她知道，夏书记为了要检查有关建立责任制运动的一切工作，所以来得这样早；她呢，这样早来做什么，自己却不知道。反正，她觉得上班越早越好；即使上班无事可做，也比待在家里闲着好些。

在工地办公室的门前，她跟夏书记下了小汽车，分了手。到三工段办公室去，她还得往前走上一段，要是坐通勤大汽车，大约还有一站远。这一站，本来有好几条相通的路线，但她没有加以选择。有什么选择的？随便走哪一条都可以。现在她走的这条路，不算坏，间或有些下脚的路眼，但她也没有拣着路眼走。拣它干吗？索性蹚着泥水快快地走去就是。她想，横竖是，工地一带交通线差不多都给风雨破坏完了，而自己的新花布鞋也快要糟践完了；如果在路上一耽误，万一挨了雨，那更糟糕。

因为，天又阴起来。重重的阴云，已经封闭了整个天空；而地面的阵阵的狂风，正在到处横行。显然，今天又是一个风雨的日子。

就在这样风雨的日子里，工地正在开始一场风雨的斗争——建立责任制运动。

沿着这条没有任何边沿和遮拦的赤裸裸的路，在一夜之间竟竖起了许许多多的标语和漫画的宣传牌。她从中走过，好像走过一种展览的彩廊。只要着眼一看，她就明白了那些线条和彩色所组成的各样美化和丑化的形象，是在表扬着什么、批评着什么的。如果以工段论，二工段受的表扬最多，而三工段受的批评最多，特别是关于三号油库的问题……

因此，她越走，头越低，最后低到不能再低的程度，鬓发盖着通红的脸颊，睫毛遮着发羞的眼睛，好像要用自己的头发和睫毛把自己藏起来似的。其实，路上也不会有谁认得她这个新来工地的见习技术员。

在三天以前，她本来有可能调到二工段去，但她放弃了那个机会，而偏要到三工段来。现在，在这种对比的宣传牌之前，这简直等于她放弃了荣誉，而另外遭到一番耻辱。

说起来，没有到那二工段，她也没有什么可悔的；因为她的荣誉心，并不在于非分的荣誉。既然来到三工段，她就不作任何逃避的打算；因为属于三工段的耻辱，当然三工段每人都该各有一份。

她那样低着头走，竟一点儿也不注意自己的脚步；相反地，她有意放纵脚步，溅起泥水，并且让泥水落到自己身上，好像自己在拿自己的花布鞋撒气、自己在找自己的别扭似的。

她急忙赶到工段办公室的时候，在阴云和浓烟包围当中的这种临时性的小屋，显得十分昏暗，使人感觉好像还未曾破晓。她从外屋走到里屋，没有看到一个人影子。只见对面窗内开着灯，在灯下有一个人——党支部书记于清。他还是像她昨天所见的那样：端坐，正视，手里捧着一个小笔记本子，口里在叨念着什么。但她，完全没有事情可做。仅仅作为“自动化保险箱”的她，在黄主任没有到来之前，能有什么可做的呢？于是，她只好在屋里兜圈子……

突然，她听到外屋门砰地响了一声；听起来，只有谁发了怒才会这样关门的。随着，她又听到外屋的桌凳乒乓地连续响了好几声；她想这是谁，大发雷霆，胡闹一顿。

“谁呀？”

“我，我！”

李蕙良熟悉这个恼怒的声音。所以她问：

“是小韩吗？”

从外屋走进来的，果然是通信员韩淑梅。她一生气，总是那个样儿：眼睛瞪得溜圆，腮帮子鼓得像个球似的。

“你叫我干吗？”

“你说呢？”

“你要问我为啥生气吗？”在愤怒中，韩淑梅依然保持着自知之明的头脑。

“是呀，你为什么生那么大的气呀？”

“你说，叫人怎么不生气呢！你看见没有，那些漫画，多难看呀！就说‘三号油库摆船’那张吧，在船上坐了那么多人，鼻子不是鼻子、眼睛不是眼睛的，都是谁呢？”韩淑梅越说，火气越大，声音也越高了，“不管都是谁，反正我是不坐那只船的！哼，要坐呀，叫工段主任坐，叫党支部书记坐……”

“小点儿声！”李蕙良拉着韩淑梅的手，顿了一下！一方面在制止着她的喊叫，一方面让她看一看坐在对面窗内的党支部书记。

“哼，我才不小点儿声呢！”韩淑梅激动了，声音更高起来，“我就是说给他听的！哼，我还怕他听不见呢！”

果然，坐在对面窗里的于清还是照样地坐着，拿着，看着，叨念着。

“小韩，你对于清同志有什么意见，可以当面提么，可不能在背后耍这样态度！”

“怎么是背后呢，这不是当他的面吗？”韩淑梅指了指对面窗里的于清，“谁叫他装听不见呢！”

“他真没听见！你看，我给你喊他！”李蕙良走过去，扑到窗边喊起来，“于支书，于支书！”

“是叫我吗？”于清仰起脸，懵懂地望着。

“是呀！”李蕙良认真地答应一声，但回头一看韩淑梅溜掉了，只见门边伸出来半截小红舌头；显然，这是韩淑梅故意现出的顽皮的本相；所以李蕙良在于清的等待之下窘住了“……”

“有啥事情？”于清问起来。

“……也没有什么事情……”李蕙良踌躇了一下，才想到这样一个话头，“党委书记要来找你呢！”

“啥问题呢？”

“我听说她要检查有关建立责任制的问题……”

“前天，就是你来转党的关系那天，我才听到党委书记的动员报告……”

“于支书，运动已经开始了！”

“哦，开始啦？”

“是呀，开始了！路上贴了那么许多的宣传品，你刚才上班没有看见吗？”

“没有，什么也没有看见！我刚才来的时候，天还没亮呢！”

李蕙良听着，觉着于清的懵懂的语声之中有一种崇高的感人的东西。这东西，多么容易让人同情。

“于支书，你是不是要出去看一看呢？我可以陪你去！”

“我是要去看一看的，党号召的运动么！”

李蕙良盯着于清走出门来；可是，夏书记来了，又把他迎回去。

雷声响了，也许大雨快要来了。

李蕙良伏在窗边，向对面的窗内望着，听着。

“关于建立责任制运动，你布置过没有？”夏书记清清楚楚地问着。

“没有！”于清认真地回答。

“你和行政交换过意见没有？”

“没有！”

“你和工会、青年团交换过意见没有？”

“没有！”

“在党内有过什么布置没有？”

“没有！”

于清只是那样地回答着“没有”，“没有”。李蕙良听起来，是多么不中听的，简直一句比一句不中听；但她也听得出他说得一句比一句沉重，开始洪亮的声音终于变得有点儿喑哑了。而且，她看到他的脸色随着他的声音的变化，也逐渐地显得沉重起来。在他那壮年的健康的面容上，在他那舒展的眉间、眼角，已经增加了那么多的皱褶；只是一刻间，他好像苍老了好几年。同时，李蕙良也注意到站在于清对面的夏书记——一直保持着安详的温和的态度，并且她越问声音越小，好像怕她的声音吓着他似的。

“你那天去听过动员报告没有？”

“听啦！”

“于清同志，你既然听过动员报告，那你为什么没有一点儿动作呢？”

“党委书记，你别再问我吧！这都是我的错误……党的指示，我没有贯彻，我应该受到党的处分……”

“问题不在这儿！于清同志，我一定要问你，你为什么没有一点儿动作？”

“党委书记呀，我跟你说实话吧！你那天作的动员报告，我都没有听懂呵！咳，到了工地，真是擀面杖吹火呀，一窍不通……”

狂风刮起。风力之大，几乎可能把开着的窗扇刮掉。随着，一片有力的大雨点斜打过来；李蕙良觉得，大雨点把脸打得好疼的。于是，她赶紧关了窗子。这时候，她只听着，雨淋着玻璃的唰唰的声音；再一看呢，被淋的玻璃好像漂在水里似的；而夏书记是不是还在，于清是不是还在说什么，她再也看不见了，听不见了。

大风雨没有停止，甚而连停止的象征也没有。李蕙良想到上班的同志们，恐怕都被阻在路上了吧。

可是，出乎她的意料，忽然黄主任来了，同往常一样准时地走进办公室。

一路上，他被大雨淋得透湿，好像从水里捞上来的水鸭子似的；从头到脚，浑身上下都在流着水，连他那副金边眼镜的玻璃片上，还挂着水珠。

这一点，不知怎么的，从她对他的厌恶情绪之中，引起她对他的尊敬之感；即使是初次的、暂时的、些微的尊敬，但毕竟是尊敬呵。这样，当他脱雨衣的时候，她便自然而然地赶上前去，帮他把雨衣往外拉一拉；因为被大雨淋透的雨衣，好像摽在他的身上，脱不得。

“谢谢！”

黄主任说得很客气，而他心里对这个和他闹翻过的女技术员，却有了一点儿好感。

李蕙良帮他脱下雨衣，顺便看了一眼，质量还是不错的；然后，她随手把它往立柜上一搭。

“晾在这儿吧！”

“谢谢，你坐吧！”

李蕙良没有坐。从上班以来，她还没有在这个办公室坐过。

黄主任首先要擦一擦他的眼镜。在衣袋里摸了好久，他摸出来一个精美的眼镜盒，打开一看，盒里已经灌过水，一块小擦镜绒，湿得水淋淋的。

李蕙良看到这个情形，便掏出自己的手绢，粗糙一点儿，可干爽得很。

“给你！”

“谢谢，你坐吧，坐吧！”

李蕙良还是没有坐。因为办公室的椅凳，经常搬来搬去，现在只剩下那两把专为两张办公桌配备的皮圈椅。她知道有一把是黄主任坐的，当然不能去坐；另一把呢，她不知道是谁坐的，从昨天到现在一直空着，倒可以坐坐。但她看了看它那贵重的材料和庄重的式子，怎么好意思坐呢？年轻轻的，要是坐在那里像个什么样子，用不着人家说什么，自己都要发笑呢。

“不……不坐……”

“你不坐，也是闲着，现在终归没人坐。你坐吧，坐吧！”

李蕙良只好去坐。但她是缓缓地近乎胆怯似的坐下去的。

“原先谁坐这儿办公？”

“副主任。”

“哪位副主任？”

“过去战场上的功臣，现在工地上的瘸子！”

说话特别的黄主任，专好使用那种特殊的别有用意的词汇。所谓“导师”兼“暴君”，李蕙良已经会过一面，是一生忘不了的一面；但所谓“功臣”兼“瘸子”，又是怎样的人物呢？她是想不通的。

“副主任哪儿去了？”

“他休养去了，一时回不来。你坐你的吧！”

这是说，她在办公室暂时可以有了一个座位，是顶好的座位：有皮把手，有皮靠背；在皮座底下，有弹簧的设备；一坐上去，软乎乎的，真的，好舒服呵。可是工作呢？没有。难道光闲坐着吗？她一想到这儿，真叫人恼火呢。她也不知道，这恼的是自己，还是黄主任，反正她可以体会到，刚才她对他的那种尊敬之感已经消逝得干干净净。

她想问问黄主任，可不可以给她一点儿什么工作做做。但她一听他打电话的声音，很不是味儿，好像一碰到谁，就要跟谁吵起嘴。

黄主任正在暗自发急。湿衣服贴在身上，好像另外加上的一层皮，他要把它从身上掀开，却不容易；要把它从身上剥掉，倒是可以，但工段主任怎么可以赤身裸体呢？并且，他给调度室打了几次电话，都没打过去，除了手把着听筒，也没别的办法。

忽然，风小了，雨也小了。在淅淅沥沥中，李蕙良听到窗外有呼喊的声音。她立刻离开皮圈椅，赶到窗前去。当她开窗子的时候，觉得格外痛快。因为动动手，也算她做了一件事，总比那样闲坐着，有点儿意义。打开窗子，她看见于清从对面窗里伸出来的光头；由于呼喊，脸涨得通红，半脸连鬓胡子扎煞起来。

“黄主任，请你来，咱们党、政、工、团开个联席会议吧！”

显而易见，于清的工作，是经过夏书记的布置，着起急来。他从窗里尽可能地探出半截身子，伸出一只粗胳膊，一张大手掌，招着，不，抓着，似乎一把要把黄主任抓过去。

黄主任拿起手把着的听筒，送到窗外，给于清晃了晃。

“你看，我还在给调度室打电话催人呢！”

“今天的会，重要得很，建立责任制嘛！黄主任，一定得请你参加！”

“请问，开会重要，还是施工重要？三号油库要抽水，四号油库要赶进度；我从调度室催不到劳动力，请问谁负责？”

他们两人僵起来。黄主任早已从窗外收回听筒，并且把头也缩到窗里来；而于清依然在雨里淋着他的手，他的头。

这之间，李蕙良一直站在窗旁，看看那边的于清，又看看这边的黄主任；那双明亮的大眼睛，在他们中间不住地转来转去。

“黄主任，你开会去吧；我帮你打电话，反正我也没事做！”

本来，她是小心翼翼站在这里的。为什么忽然说了话？为什么又要用那么高的嗓门？显然，她跟黄主任说的话，也想叫于清听得清，并且觉得心安理得地应该这样做：一则黄主任可以去开会，二则她也有了工作。这后一点，更是她求之不得的。

可是，黄主任听过她的高嗓门，愣了一下。在他那贫血的苍白的脸上，张大一双眼睛——害失眠症而发暗的，特别在这阴暗的天色里，好似一对小黑窟窿。

“你能负责吗？”

“能！”

“能把劳动力催来吗？”

“我要尽可能地催。”

“不是这样说，是一定要把劳动力催来才行！要你负的是这个责任，你能负吗？”

“能负，能负这个责任！”

李蕙良投出一股坚定的目力，避开黄主任黯然无力的眼光。

于清在窗外招着手，在催请黄主任；因为工会主席和团支部书记都到了，正在等他。

黄主任动身是很慢的。当他迈步的时候，迈得那么机械，竟像牵线木偶的动作似的。

二

李蕙良一拿起听筒，立刻可以听到交换台有人在应声，是娇嫩的耐心的女高音。可是，她要了许久，都要不到调度室。有一次，她好不容易要到，又被一个来找黄主任的愣小伙子给打断了。而且，事后她还受到黄主任的批评，说她不该让那个人到党支部办公室来找他，弄得他几乎没法开会；最后，他告诉她，也可以说警告她，再不许她向任何人泄露他的消息。从此，不管有什么人要找黄主任，她都不肯说出他的所在，而把他竟像密件似的保密起来。

“黄主任在吗？”

有人进来，带来一股侵人的凉气。

李蕙良只顾低着头要她的电话。

“不在！”

“他哪儿去了？”

“不知道！”

“咦，同志，你怎么这样别扭呢！”

李蕙良听到这种坦率的语调，很耳熟的，放下听筒，抬头一看面前站着的这个人：湿漉漉的苍白的额头，有一道很深的帽印；陷入的水汪汪的眼睛，正在凝眸而视。她认识他——牛成，是从前的一个小朋友。

事情发生得过于突然，是梦吗？

她在这意外相逢的惊喜中，细心地，把他端详起来。他从前唇边的淡色汗毛，现在都成了黑胡楂；从前光滑的眼角，现在添上显著的皱痕；这几年不见，她感觉他老得太多，想必是他吃过许多苦吧。他手里提着一顶大草帽，在滴着雨水，身上穿着一件白色的、胸前有个红“疗”字的长罩衣，湿得透透的，已经透过来里面制服的蓝颜色；想来刚才他一定走在路上，是挨过那阵暴雨的。她注意过他手拄的拐杖之后，留心到他那只硬邦邦的腿；但她设想不出这是装的假腿，还是成了死关节的残废；总之，看来他的腿疾，是千真万确的。这忽然影响到她的心绪，使她立刻敏感到一种说不出的当年的内疚和隐痛……

当年，他们都住八卦沟，同行的父辈，有老交情。虽说他比她大几岁，但也算同辈的少年朋友：他叫她——小玉，她叫他——小牛。特别是在八一五之后，他们简直成为同行的伙伴，难友。

那一天，苏联红军的坦克部队——活动的威力强大的钢铁堡垒，通过夹道欢呼的人群，进入市街。竖起的大炮，写着曾经进攻柏林的口号；在滚转中的履带，带着曾经远行欧洲的泥土；这是说，这些坦克曾经打败过法西斯德国而后绕过半个地球，又攻垮"满洲国"。在西操场上，日本兵支好枪架，排好队形；他们规规矩矩，垂手立正，依然保持着军人的纪律性；但他们破旧的军装却掩饰不住战败者的无力的肢体、颓丧的情绪。一个矮粗胖的日本司令官，陪着一位高大的苏联将军，一边点着人数，一边数着枪支。就在这样的形势之下，苏联红军把日军缴了械；然后打开石家岳日本军用米仓，救济本市长期以橡子面度日的市民们。

"走！"

小牛和小玉，跟着背米的人们到石家岳去。小玉背上一大袋子米，把腰压得弯弯的，像在匍匐而行的样子。因为她走得慢，被人们甩在后面。她把米袋子往地下一摔，自己坐在苹果园的路边哭起来。

小牛返回来，劝她，而她的小嘴，哭得更厉害。他出于无奈，便吓了她一句：

"别哭，这山上有狼！"

她不怕呢。因为她知道狼在白天是不下山来的。

"小玉，你到底哭啥呢？"

"背不动……又渴又饿……"

小牛跳进路边的苹果园，摘了一个初熟的苹果给了她：

“吃吧！吃了，就好啦！”

小玉咬开苹果，在扑鼻的清香气里，一尝甜酸而爽口的浆汁，就觉得不渴了，也不饿了，似乎可以背起再重些的东西。

从这以后，她认为苏联红军来了，给她带来了最幸福的生活，不仅吃了大米，而且吃了苹果呵。

可是，苏联红军撤出以后，“中央军”一来，什么都完蛋了。有钱的人们背了一袋子“金元券”，可以买回来半袋子米。没有钱的人们，靠着卖东西，或拿东西去换吃的。小玉和小牛既没有钱，也没有东西，但他们有他们的办法：

“咱们偷苹果去！”

他们纠合一群邻居孩子，趁着不见星光的黑夜，跑到石家岳，爬进苹果园。他们在地上一摸，就可以摸到苹果；再摇摇树，又有许多苹果掉下来；只要当心呵，别让它打着脸。他们不管这些，只顾往袋子里装苹果，谁装满了，谁就往外逃。小玉装满了的时候，人家都逃掉了，剩下她一个人在园子里绕来绕去，迷路了。

山上传来嗥嗥的嚎声，吓得小玉哇的一声哭起来。

那已经逃掉的小牛，一听到小玉的哭声，又爬了回来。

“别哭！你要是饿了、渴了，你就吃苹果！”

“不饿不渴……”

“那你哭啥！”

“我怕狼……”

“你怕狼，哼，你不怕人家听见吗？人家有的是看园子的，又住了‘中央军’，有放哨的……”

小玉闭嘴，憋住哭声。可是，守园人和哨兵早已听见，并且把他们捉起来。

小玉连累了小牛，想悔也悔不及。小牛干瞅着小玉，要救又救不得。他俩实在憋气呢。

从黑暗的苹果园出来，他俩被押到光亮的屋里。烟雾重重，充塞一种奇怪的气味。炕上摆着玻璃炕琴，铺着红毡，有一对小妖精陪着两个老烟鬼（石大爷和陈司令），正在抽大烟。

“把他俩交给陈司令！”石大爷闭着眼睛，喷着烟。

“怎么办呢？”陈司令也闭着眼睛，喷着烟。

“打，打断他俩的腿，叫他俩再没法偷苹果！”

“送军法处照办！”

他俩想不到陈司令这个狠毒家伙，竟有好心肠的士兵，私自从厨房拿来干豆腐，给他俩裹好腿，才执行命令，打了一顿军棍之后，就把他俩释放了。

第二天，小玉去看小牛，听说他走了，但下落不明。从此，她常想到他，干豆腐裹得少，比她少得多呢；腿是不是打坏了，是不是落下什么毛病……

好像在梦里似的，现在忽然出现了他，他的腿……这自然影响到她的心绪，使她立刻敏感到一种说不出的当年的内疚和隐痛。

“是那次落下的残疾吧？”

“不是，不是，你不记得那次咱们腿上都有保护品吗？”

牛成说着，说着，放声大笑起来；那种朗朗的笑声，显得他快乐得很。

李蕙良了解他这个人的性格，生来就是这样乐观的。她记得，那次挨军棍的时候，他连眉头都没皱过；相反地，他咧着嘴，似乎还是乐呵呵的。现在，她一听他的笑声，心里多年的负担，本来可以放掉；但她一看他那只硬邦邦的腿，不知道怎么一回事，还是觉得跟自己有点关系，好像它跟自己根本有一种骨肉相连的关系似的。

“那为什么腿……”

“因为地主和国民党没有把我的双腿打断，连美国人都不甘心呢！可是，美国人也没有替他们达到目的，也没能够把我的双腿打断！小玉，你看！”牛成先用一只好腿，跳了几下，后来拄着手杖，走了几个快步。“你看，没多大妨碍吧？要去偷苹果，还是没问题。小玉，不过咱们现在用不着再偷了。”

牛成告诉小玉，在石家岳挨过打的第二天，他一气就跑到城外参加了八路军；到抗美援朝的时候，他又投身到志愿军。

他俩别离这些年。小玉一直处于顺境，是一帆风顺呢；而小牛，是经过不少风险的。因此，他激起她一种崇高的感情，羡慕之至呢。

“你在部队干了这么多年，都担任过什么工作？”

“战士，班长，排长……”

“最后呢？”

“最后……”

李蕙良看出来，他还像从前一样，羞口呢。

“你说呀！”

“营长。”

牛成腼腆着，仿佛他不配他这个军衔。

电话响起，是四号油库女工长梅玉兰打来的。本来，李蕙良对工地上的女同志，都有几分敬意（她想这也许是出于女性的狭隘的情感）；但她对这位没有见过面的女同志，一听声音，就很不喜欢。哼，干吗，哭鼻子呢。为什么一定要找黄主任，还不是倒苦水吗？她觉得，让这样人哭哭啼啼地唠叨不休，要是给乐观的牛成听见，连她都替她不好意思的。所以她说了两句“黄主任不在”，赶紧把电话挂上。

“黄主任到哪儿去了？”牛成接着问起来。

“你问这个做什么？”李蕙良避免回答。

“我就是来找他的么。你告诉我，他到哪儿去了？”

“……”李蕙良犹疑起来：“泄密”吗？不好；“骗人”吗？不好；但她也不知道应该怎么说才好。

“你到底知道不知道他到哪儿去了？”牛成逼着李蕙良。

“知道！”李蕙良不能不这样说。

“那你为什么不告诉我呢？”

“因为他不许我告诉人！”

“可是你告诉我没关系，我本来就跟他一块儿工作么！”

“哦，你在这儿做什么工作？”李蕙良受了震动，好像听到了什么奇闻似的。

“……”

李蕙良看出来，他又像刚才那样，羞口呢。于是，她将了他一军。

“你不告诉我，我就不告诉你！”

“我是要告诉你的。”可是，牛成没有直接说出他的职名，好像他和他的职名是不相称的；所以他腼腆地指了指李蕙良坐过的那把皮圈椅，“我原来就是坐在那儿的。”

李蕙良惊讶起来，眼睛瞪得更大：工段的副主任，原来就是他呀，难怪黄主任说他——“功臣”兼“瘸子”。真的，这样的副主任，在她看来，是多么难得的。因为她想，如果有他在，他一定会分配她的工作。可惜他不在呀，因为他穿的那件白色长罩衣上分明有个红色的“疗”字。她知道这是“疗养院“的意思。

“我听黄主任说，你在休养呢。这么大的雨，你跑回来做什么？”

“我听说三号油库发生了问题，我怎么能放心呢；别说下雨……”

是的，就是下炸弹，他还不是带着一个营的战士、曾经照样在朝鲜的战场上冲锋吗？

李蕙良最理解他这一点，果敢，顽强，一向是不畏艰险而勇往直前的，要不小牛还能成其为小牛吗？黄主任所在的地方，她当然要告诉他，要不她还能成其为小牛的朋友吗？

三

送走牛成，李蕙良继续给调度室打电话；她知道，在这上她是负有责任的。准备打上一个钟头，两个钟头……她一定要打通电话才罢。在这之前，再不管有什么人来，她都打算暂不接待。但她没想到一拿下听筒，交换台便马上给她接通了线。不过，听到嗡嗡的响声，调度室没有人接电话，她只好“喂喂”地叫着。正在这时候，她发觉有个人闯进来，因为闯得猛，还给她带来一股凉风呢。并且，她听到这个人噎在喉咙眼的抽抽搭搭的声音，不住地在问：“黄主任呢？”她一听，这分明是刚才给她打过电话的四号油库女工长梅玉兰的语声。但她没有理梅玉兰，只顾叫着：“喂……喂……”在自己不断的“喂喂”之中，她同时听着梅玉兰的娓娓的委屈的声音。

“……什么问题，都是你工长的责任……做周计划的，是你工长。组织施工的，是你工长。完成节约计划降低成本任务的，是你工长。一旦出了质量事故，一旦赶不上施工的进度，上黑板的，通报的，批评的，都是你工长……可是，工长要解决问题，到处找不到负责人，到处碰钉子。可是，到处都有人跟你扯皮，到处挨骂受气……”

“喂……喂……同志，你先坐下……喂……喂……你先坐下消消气……”

“消消气，哼，把人都气炸肺了呢！”

李蕙良一边听的时候，一边在想：你为什么那样满腹牢骚呢？假如有牛成在，你敢这样的发牢骚吗？难道你不怕他笑你软弱吗？她开始瞟了瞟梅玉兰：你是怎样软弱的女同志呢？

梅玉兰穿着白帆布工作服和长筒胶皮靴子，浑身泥水斑斑，连她那油黑的头发、嫩嫩的脸蛋都沾着泥水点；乍一瞧，她像是从泥水里滚来的。体态窈窕，面貌清秀，是个漂亮人物，可惜她带着强烈的懊恼和沮丧的情绪。眼睛红了一圈，眼边污了一片；显然，她刚才是哭过的。并且，她的眼里，还在涌着泪水，要是谁一碰她，也许又要掉下来的吧。真的，她这个十足的青年知识分子，是经不住碰的。

李蕙良不想碰她。碰她干吗？因为她有她的刚强的性情，觉得哭鼻子工长是不屑于她一碰的；但她的确又有一副女性心肠，一看到女性的可怜相也就不想再碰了。由于厌弃和同情的两种不相容的情绪，使梅玉兰成为她心上的一个矛盾人物。

“喂……喂……同志，你等一下，咱们谈谈……”

“你负什么责任？你能不能帮我找到黄主任？”

“喂……”李蕙良一听到调度室有人答应，便集中精力在说话上，“我是三工段，三工段……我们三号油库要抽水，四号油库要赶进度，你们答应给我们调的水泵工和混凝土工，怎么还没有拨过来呢？……怎么？你不负责？喂，喂，你们谁负责，请他快来接电话！”她等了许久，没有等到调度室的负责人。她把听筒往下摔，生起气来。“官僚主义！”

“同志，你看你，碰了钉子，也要发脾气吧！”

梅玉兰这样地说了一句，是表示她的发脾气，也一定有她的道理。

不错，李蕙良发了脾气，但她与梅玉兰的发脾气，是大不相同的。她不想哭，相反地，信心百倍地勇气十足地坚持斗争下去。她要亲自去跑一趟调度室，或工地主任办公室。她想：既要负责，就应该负到底。可是，拦住她的梅玉兰，赖赖叽叽的。

“同志，你先慢走，你能不能帮我找到黄主任？”

“我找不到黄主任。不过，你有什么问题，等一下，我可以告诉他。”

“同志，你能负责吗？”

“这有什么不能负责的呢？”

“那我告诉你，四号油库这个工长，我干不下去了，请黄主任调换我的工作吧！”

这是什么话，简直胡来。李蕙良对于这个心上的矛盾人物，这时候统一起来：厌弃。

“你不该这样说！”

“同志，你想想，你们从调度室要不来混凝土工，我们怎么赶进度？你看看，那位机装队长，简直是个凶手……”

“同志，你更不该这样说！”

“我就这样说，凶手，凶手！”

“难道他杀死人了吗？”

“他没杀死人，可是他骂死人！”

在梅玉兰眼里，布满阴云，闪电般地闪出王德成的凶脸。同时在她的耳里响起他带来的一阵暴风雨，不，是一阵大冰雹，不，是一阵可怕的弹丸。在她想，它比石坚，比冰寒；它可以寒透她的心，打死她这个人。于是，她忍不住地哭起来。这是号啕的大哭呢。哇哇的哭声，有点儿震你的耳。泪水像小瀑布似的，在你的面前泼下来。让你看来像是：她此后不想再哭，而愿意在这一次把泪水都哭尽；或者她过去从未好好地哭过，而要在这一次哭个痛快。你知道，她曾经是怎样的养尊处优的独生女吗？

在怀抱里，一家之主的妈妈叫她“宝贝”。在信上，老学究的爸爸写的是“爱女”。因为功课好，她在学校被列为“优等生”。由于能弹一手好钢琴，在大庭广众之中出过头，她被称为“小姐”“女音乐家”和“巾帼天才”。在她短短的生活历程上，受尽家庭的娇惯，学校的宠爱，社会的优容。全国解放的时候，刚好她大学毕业了。旧时代生活的饥寒，与她根本无缘。新社会工作的艰苦和意义，她也并没有清楚的认识。她几乎还是原来的她，还是原来的一盆花。怎么经得住风雨呢？何况又是王德成那般的雷霆万钧之势。

李蕙良和梅玉兰两个人，是真正的两个人，她们出身的环境，完全没有相同之点。她不能充分地了解她，和她的哭。开始她被她哭得心烦意乱，而后来她看她哭得可怜，竟被她把心哭软。于是，曾经统一起来的这个心上的矛盾人物，现在又分裂开来。这是说，她对她又有了同情。

“同志，别哭吧，咱们可以跟他讲道理嘛。”

“他不会讲道理，只会骂人……”梅玉兰停住哭声，“我要是你这个脾气，早跟他打起来了……”她忽然用耳一听。“他来了，你试试看！”

因为王德成的嗓门特别高，人还没有进门，声音早进屋里了。当他进屋的时候，他那轰轰的声音，竟成了一种爆炸物。

“……梅玉兰，你逃，逃得了吗？你不负责，谁负责？我倒要看看你们工段有没有负责人……”

王德成就是这样吵吵嚷嚷地出现在李蕙良的面前。

他穿在身上的油污而破烂的工作服，如同一大块破抹布，脸被油泥污得一片黑，类似一种什么烟熏火燎的东西。在他那张黑脸上，几乎只有眼睛和牙齿是另外的颜色。眼睛通红，像一对在燃烧的小火坑；而牙齿雪白，又像一个冷冰冰的大冰窟。说真的，这位雄赳赳的机装队长，是令人望而生畏的。

梅玉兰一见他，就一个劲儿地往后缩，缩到门旁，准备必要时，可以逃。

但李蕙良挺身迎上去。这时候她的心理是：如果说梅玉兰可以同情而不大可以理解，那么王德成可以理解而不大可以原谅。因为在她的少年的记忆里，像梅玉兰这种人的印象，几乎是一片空白；而像王德成这类的影子，可以说，多到重重叠叠。从他的手脸，从他的眼神和口气，可以让她想象到他过去必然是个工人，而且是个这样的工人：人们一提到他的高明的手艺，都用赞美的眉眼，伸出一双大拇指，好像要把他抬举到天上似的；可是，一提到他的坏脾气，真叫人泄气，只好伸出一双小拇指，甚而跺一跺脚，似乎要把他踩到地下去。这个工人，现在成了队长，是可敬的队长同志呢。可是，可敬的队长同志，你为什么还是那样的粗暴呢？

“同志，请你冷静一下好吗？”

“当然好呀，谁不懂得气大伤身哪。只要你们今天把三号油库的水抽干，把四号油库的跳板拆掉，我马上给你们赔笑脸！”

“三号油库的水，是要抽干的，今天怎么来得及呢？四号油库正在赶进度，今天怎么能拆跳板呢？”

“这样一说，那你们妨碍我们的卸运、安装，影响我们的施工计划，谁负责？”

梅玉兰还是站在门旁，仅仅向前一倾身子，一伸脖颈。

“你们设备，到处乱放，影响我们搭跳板，没交通线，至少有一天。谁负责？”

“那好，咱们今天彻底算算账！”

王德成向梅玉兰一冲，扑个空。梅玉兰在门口一闪，逃了；可见在扯皮问题上，她只能甘拜下风。王德成呢，也并未得到全胜，他依然不肯饶她的背影。

“你逃吧，我看你能逃到哪儿去……你，你……你臭丫头蛋子！”

也许是为了女性的自尊，也许是出于正常的义愤，李蕙良生气了。她脸涨得通红，眼睛射出火光，把嘴一撇，好轻蔑的一撇呵。然后，她又把嘴噘起来。嘴唇天生有点儿翘，这样一噘，特别显得突出。好像要让人看一看，她这两片薄薄的嘴唇，可不好惹的，根本是一双锋利的刀片呢。

“同志，你冷静一下好吗？你要知道，骂人，多么羞耻！”

“你，你也要教训人吗？”王德成的充分火力，恰好找到目标。“你，你跟梅玉兰一路货，臭丫头蛋子，臭知识分子！”

“不错，我是个知识分子！可是，我是共产党培养出来的，我是毛主席培养出来的！我认为我的知识，来得最光荣！我知道你是工人出身的同志，我敬重你！可是，今天工人同志们都在响应党的号召，学习文化，学习知识；也许只有你，满意你的无知无识，反而要骂人家臭知识分子……”

当李蕙良争吵的时候，那股激烈的语势，如同山洪突然暴发了似的，横冲直撞，澎湃而下，是不容有任何的拦挡的。

王德成面对着她，被碰得晃晃荡荡，连他的鼻眼，似乎都有点儿歪扭起来。显然，他是全无精神准备的。生龙活虎的他，惯于那般海阔天空的挑衅，怎么能预料到竟遭遇如此的强大的对手？但他不想告饶，也不想求救，只打算全力以赴的最后的挣扎。

忽然，在他们之间插进一个第三者。

这个人，大约有四十多岁的样子。脸盘刮得干干净净，又光又亮。一身哔叽制服，平平展展，只有裤腿保留一条明显的垂直裤线。特别是他那副非常出众的尊严的神气，似乎不允许任何人对他触犯，连路上的风雨，都必须闪开，而让他永久地保持着这般的整洁，这般的尊严。

当他一进屋的时候，便高声喝道：

“吵什么，住口！”

“……你骂人家，你不觉得也侮辱了你自己，也侮辱了咱们工人阶级……”

他没有吓住李蕙良，但把王德成吓跑了。看来，这个人很不简单。

“叫你住口，你怎么不住口，你是谁？”

“李蕙良，见习技术员。”李蕙良问心无愧，坦然得很。

“噢，见习技术员，为什么不听我的命令？”这位不简单的人，手往腰上一掐，挺一挺胸脯。

“你给人家下命令，人家也不知道你是谁……”

“噢，你不知道我是谁，我可以告诉你。我叫魏从吾，工地副主任。我就是用这个名义给你下的命令！”

于是，李蕙良重新打量一下他的外表，但不论怎样，都改变不了他给她的印象；她可以想象他是医生，工程师，或是总公司某个业务处的处长，而不能设想他是工地副主任。为什么工地副主任身上没有一点儿现场的油泥的痕迹呢？最后，她只凭他的自我介绍，承认了他的那个名义。

“副主任同志，我要把问题交代清楚……”

“住口，扯皮问题，扯不清楚！”

“不是，不完全是，问题在三号油库、四号油库，还在调度室……”

“越扯越远！住口，我命令你！”

“好吧，我住口。”李蕙良觉得实在闷气。

“现在住口，迟了，你已经犯了错误！”魏从吾摆着尊严的神气，下了一个结论。

让李蕙良服从命令，是可以的。但让她承认错误呢？她暂时不能（因为她在黄主任面前受过教训）。相反地，她承认她对三号油库和四号油库负有责任（因为她在黄主任面前接受过任务）。她想，她应该去找工地主任吉明。

吉主任办公室里，有人正在谈问题。而且，在办公室门外走廊的尽头，无形中形成“等待室”，那里站着的、走着的，和坐在一条长椅上的同志们，都在等待去见工地主任。为了便于

“轮班”，他们按来的先后，自觉地排好次序。李蕙良来得最迟，应该轮在最后，但她比人家都急。她不住地转来转去，没有在一处站稳过脚跟。有一个坐在长椅上的男同志，为了尊重妇女，特别给她让了座位；但她没有坐，便闯进办公室去。她这种自决的优先行动，弄得人家也无可奈何。

她一进去，看见在小圆桌周围坐着几个人，首先从中认出吉主任。因为他坐在这整洁的办公室里，白色的沙发上，显得极不协调。衣服皱皱巴巴，涂着泥水和灰浆。脸色灰暗，非常憔悴。她昨天在路上见他，记得还不是这样，只隔一夜，怎么好像老了好几岁。但他那充血的眼睛，仍然炯炯有光，精力旺盛，感觉敏锐。在她没有开口之前，他已经窥破她的心事。

“李蕙良，你有重要问题找我吧？”

李蕙良点点头。

“咦，你怎么不说呢？你别以为我忙，我经常是这样。即使忙些，我也不能在你嘴上贴封条呀，同志，你也不要在心里打埋伏呢。同志，说吧，说吧！”

在这无拘无束的气氛中，李蕙良要说的话，统统地说了出来。

吉主任听过之后，没有批评任何人。他了解魏从吾的作风问题，但不能背着本人而在他的下级面前批评他，如果批评的话，也要在党的会议上，或工地主任会议上。同时，他知道李蕙良也并不是完美无缺，她当然有她的偏激，不过在她的偏激之中，她有一种非常可宝贵的东西；如果批评她，而伤了这种东西，那是很不好的，所以也不急于批评她。至于调度室干部、机装队长、四号油库工长，他一时来不及考虑到他们的毛病。因为他首先要给李蕙良解决实际问题。

"调人问题，我负责给你们解决就是。另外你还有没有问题？有的话，你就说吧，说吧！"

"再没有问题了，受黄主任的指示，我只负这个调人的责任。"

"不，希望你能负更多的责任，更多的责任！"

四

当天下午，吉主任派来一个混凝土队和一个水泵组。队有五十多位，而组不过三个人。队长马海泉，就是老水鬼。组长侯金升，就是小调皮。这俩都是工地上有名人物，却不可同日而语，老水鬼以他的模范事迹，到处在受欢迎，而小调皮呢，所谓他到哪儿，臭到哪儿。

当他们在现场列开的时候，黄主任一面在估计这批人马可能发挥的突击力量，便不觉沾沾自喜；一面心里在佩服李蕙良，这是她的功劳呢。于是，他又给了她一个"重任"，负责这个队和这个组的技术指导。他也没有征求一下本人的意见，就当众这样宣布了。

这一下，李蕙良头晕起来：哎呀，真要命。黄主任的"干部政策"，令人实在摸不准，一时叫她只做"自动化保险箱"，一时又提拔她为"技术指导"。请问，一个见习技术员，怎么指导得了两项技术绝不相同的工种？即使说混凝土的一种吧，怎么指导得了施工经验丰富的老水鬼？难道真好意思在这位老人面前指手画脚的吗？简直笑话。她不想挑挑拣拣，只不过要提提意见。这会难为黄主任吗，黄主任会说她知难而退吗？这些考虑，她想完全不必要。

可是，老水鬼不赞成，反对得很呢。从昨天一见她，他巴不得她能有一个工作岗位，巴不得他这个老鳏夫的“亲生女”尽快地能成器，现在怎么能让她打退堂鼓呢？再说，人家孩子是大学生、技术员，一定有本事，保险是有一套的。因此，他要尽一切打气和加油的能事，不住地说道：“我给你撑腰！”“一切都有我！”

这样，她只好硬着头皮顶上。

因为混凝土搅拌厂缺乏运输车辆，暂时供应不上临时追加的混凝土量，混凝土队还不能及时开始四号油库的施工，所以现在她以全力投入水泵组，开始了三号油库的抽水工作。

想不到一开头，她就感到难下手呢。侯金升，果然名不虚传，真是个小调皮。而且他带着两个小淘气，徒工小梁和小霍，简直是两个猴崽子。（其实，论年岁，他们三个人合在一起，也顶不上一个老水鬼。）就是这三个小鬼，实在难摆弄。

小调皮不满二十岁，有一张小黑脸，一口小白牙，他笑嘻嘻的，见谁要跟谁闹着玩似的。但黄主任宣布过“技术指导”之后，他马上变了相，脸子一沉，重了许多斤。不管技术指导说什么，他只是哼呵哼呵地答应。这时候，她已经看明白：这小家伙还有点儿封建意识，是重男轻女呢。因此，她嘱咐自己当心；他是一匹小骡子，要防备毖毛儿、尥蹶子呢。可是，他一溜，踪影全无。

至于小梁和小霍，当然跟师傅一个鼻子眼出气。在她的面前，他俩也摆出一副大丈夫气，还要用鼻哼她呢；而背开她的时候，他俩就一个劲儿地贪玩耍。为了这，他俩竟把水泵撂在半道上了。

这儿摆上这么一个障碍物，当然妨碍现场的通行和运输。如果影响到吊车往下卸设备，那么王德成必定要骂娘了。

“你们赶快把水泵搬开，搬到三号油库去！”李蕙良严肃地说。

“咱们只能听组长的吩咐，是不？”小梁跟小霍说，表示技术指导无权干涉他们。

等到李蕙良把组长找来之后，而两个组员又不见了。

“同志，你是组长，你得负责呀！”李蕙良催着小调皮。

“组长是得负责！可是，组长一个人也搬不动呀，它是个铁家伙嘛！”小调皮挤眉弄眼地说。

“那你赶快去找一找他们吧！”

“谁给我看着这个玩意呢？”

“没人动它！”

“我说的是，万一有人摆弄坏啦，谁负责？”

“我负责！”

小调皮这一去就不见回来，还得李蕙良去找他。她找来找去，找不见；最后，她不得不跑到老水鬼面前去求援。

“怎么办呢？”

“这好办，我给你去找！”

果然，老水鬼一下就把小调皮找到。

这是五大基础之一的所在，前天灌完混凝土，昨天拆完跳板，今天从地下露出来围着模板、裹着草帘子的巨型基础——正处在一个土建的工序结束、而另一个机装的工序还未开始的养生期间。在这期间，它无形中成为这纷乱现场的“世外桃源”，空闲，清静。小调皮躲在里边，眯着眼睛，吸着烟；显然，他在捣蛋，跑到这儿做了“隐士”，故意要跟你捉迷藏。

“咦，这地方不错。”老水鬼无所谓地说了说。

“老水鬼，来！”小调皮把半截烟递给老水鬼。

“不要！”老水鬼摆着手，“倒要问你个问题。”

“啥问题？”

“你说说，什么人过得最舒服呢？”

“地主呗！”

“地主已经打倒啦，不算啦！”

“再就是资本家呗！”

“你没学总路线吗？资本家正在改造呢！”

“那我可不知道啦，你说吧！”

“我说？”老水鬼从小调皮手里抢过烟屁股，往地上一摔，“依我说呀，不干活，躲在这儿，最舒服！”

这一下子，老水鬼把小调皮镇住，干活去了。可是，小调皮领着两个徒工安好了水泵，开了电门，只听机器咕咚咕咚地转动，笼头却排不出水来。

“糟啦，糟啦……”小调皮在念秧儿。

“出了什么毛病？”李蕙良急了。

“咱们有言在先，你负责任！”

小调皮仰着小黑脸，龇着小白牙，一口把李蕙良咬住，不肯轻饶她了。

李蕙良灵机一动，发觉他鬼头鬼脑的。终于，她窥破他怀着的鬼胎：哼，这小骡子又要糟践人呢。于是，她拍一拍他，给他使了一个尖锐的眼色，这是告诉他，她把他的诡秘已经挑破。

小调皮一咧嘴，哼了一声，这是表示他打开天窗说亮话：

技术指导，你的眼力不错，我就要憋憋你，跟你试巴试巴，请你拿出技术指导指导吧。

难住了李蕙良。只学过土木建筑，她哪儿会摆弄水泵机械呢。最后，她又不得不跑到老水鬼面前去求援。

“怎么办呢？”

“这好办，我告诉你，可是我不去……”

按照老水鬼说的，她回去找到水泵上那个小轮子——开闭器，把它一拧，龙头立刻喷出水来。

因为不知道她跟老水鬼学了这一手，小调皮没有来得及躲，竟被喷了一脸水。他一缩脖，悄没声儿地窘起来，从此服了这“女流之辈”。小梁和小霍当然要跟着师傅学，在李蕙良跟前，也只好乖乖的了。

李蕙良看着降伏的小鬼们，忍不住心里好笑：亏得老水鬼有这条妙计……

李蕙良一到四号油库，发起愁来，整个混凝土队一直在窝工。

工人们意见纷纷呢。明显得很，这样下去，他们怎么完得成任务，完得成定额呢？

梅玉兰怕他们质问她这个工长，躲在一边去，眼泪汪汪的，像个受气的媳妇似的。

老水鬼也完全无能为力。他只能低着头，跟自己憋闷气。或是皱着眉头，骂自己两句。

黄主任在办公室，手把着电话机，在催混凝土搅拌厂：“同志，我们窝工呢……”

李蕙良呢？她跑混凝土搅拌厂，已经跑过两趟。能责备厂长吗？当然不能。人家是位非常老实的同志，都给她交过底。比如他们的搅拌能力、运输力量和供应任务，以及供应无缝钢管工地、高炉工地和大型工地的混凝土量。干脆地说，他们的工作量已经达到饱和点。那为什么还接受四号油库临时追加的任务呢？人家早已声明过，除非是：一、某个工地要有临时削减，可以转拨；二、本库要有修好的车辆出库，可以酌情供应。

其实，谁都知道，各个工地都在展开劳动竞赛，有哪个削减任务呢？一番空论而已。至于车辆，谁知道哪时修好哪时出库呢？至少暂时还是空头支票。

工地的笛声响起来。办公室的职员们下班去。现场的工人们在换班。只有窝工的混凝土队，仍然在抱蹲。因为他们不能动，老水鬼、梅玉兰和李蕙良，当然得加班。在这种情形下，特别是在建立责任制运动中，作为工段段长的黄主任，怎么好准时下班呢。从参加工作以来，这是他第一次的破例，是迫不得已呵。

这时候，在他们几个人里，李蕙良反倒成了中心。不论他们过去跟她的关系怎样，溺爱过她也罢，厌恶过她也罢，仅仅和她见过一面也罢；而现在他们都希望她第三次跑混凝土搅拌厂，看看车辆究竟怎样。

跑跑腿，她完全不在乎。但她怕的是厂长下班走了。一路上，淤塞着泥浆和灰浆混合的稠糊儿汤。她豁出一双花布鞋，两脚也不大容易拔得快。从远远的地方，她就看见门前摆的一辆捷克式小吉普车；不用问，她就知道这一定是来接厂长下班的。并且不一会儿，小吉普车一动，就向她开来。除了把车拦住，她再没有别的办法。于是，她在路中间一站，张开两臂。车停在面前，她一看车里坐的，果然是厂长。

“厂长同志，你们车辆怎么还没修理好呢？”

“同志，我告诉你吧，我已经去动员过两次，司机同志们连饭还没顾上吃呢。同志，不相信的话，你可以亲自去看看。”

说心里话，她不满意他，而又不能不满意他；她想挑剔他一些什么，而他又没有什么可挑剔的；因为作为厂长的他，能做的都做了，最后还用吉普车把她送到车库。

这里，灯光通亮，照明几辆在修理中的万能车和翻斗车。李蕙良走着，探探这个人的口气，又问问那个人的底细。结果，她查明可能最先修理好的，是苗广文那一辆。

是一辆万能车。车旁，散着一些修理用的工具。苗广文钻在车底下，在摆弄着什么。他不时地伸出手来，摸着工具；因为看不见，他全凭手的感觉，才能摸到他需要的那一件。

“苗同志，你还得多大工夫修理好？”李蕙良弯下腰去问。

“一个钟头吧！”从车底下喊出来的有些暗哑的声音。

“苗同志，是不是可以再快些呢？”李蕙良把“快”说得特别重些。

“快，还要怎样快呢？”从车底下钻出来的苗广文：一副流着汗的脏脸，一双汗湿的脏手，好像他正在洗脸还没来得及洗完似的，“一个人只有两只手嘛！”

“你看，我这儿还有两只呢！”李蕙良把双手举到苗广文的眼前，“我做你的助手！”

在苗广文再钻到车底下之后，李蕙良就在车旁一蹲，按他要的工具，供给他；必要时，她还可以帮他擦擦螺丝钉，换换抹布。实在说，作为他的助手，她还是不错的一个。因此，提前修理完这辆车。

在车开往工地去的时候，李蕙良坐在苗广文的身旁，看见车头冲开的稠糊儿汤，向外飞溅，仿佛什么爆炸物炸开的一般。她明知道他开得不慢，可是她还要催他。

“快！”

“……”

她听着，听不清他究竟说些什么。

因为他这一天一直是那样地急于抢修，现在经过抢装，又是这样地急于抢运，把喉咙都急哑了。

“我们窝工呢，快，快！”

“……”

苗广文干嘎巴嘴，说不出话来。他只好用一只手掌握轮盘，而用另一只手给她做手势。这表示，如果单靠他这一辆车，即使再快些，也完不成四号油库的任务；何况这车开得已经够快了，难道看不见车轮溅起的“汤团”惹得路上人们反目吗？

“那就希望你们赶快给我们增加车辆！”

“……希望……车辆……”

苗广文拼命一喊，哑嗓子也只能发出这样不成句的嘶嘶的声音；因而他必须要靠复杂的表情和有力的手势，加以辅助。他用这样的奇形怪状，在说明一种玄妙的道理。他告诉她：她所希望的事，要靠厂方，完全靠不住；要靠的话，只有靠老天爷……

李蕙良愣着，只感到莫名其妙；虽然，她已经发觉这黄昏的天色又阴了。

这几日，每天都有晴有阴。晴的时候，总没有晴过一整天；一旦阴起来，至少要有一阵大风雨。大概再用不着广播电台报告气象，大家都已熟悉气象的规律了。

这时天气，比早晨更加阴沉。满天阴云，如同一幅巨大的黑色天幕似的，把天完全遮盖起来。

风一刮起，大雨便倾盆而下，瀑布似的。据说，六十年来，没见过这样大的雨势。

各个工地混凝土的施工，立刻受到影响，有的开始在削减任务，有的干脆暂时停工。因而，混凝土搅拌厂把最初收回的车辆逐渐地增加给四号油库。

现在李蕙良明白过来，厂长说的“削减”既非空论，苗广文比画的“老天爷”也并不“玄妙”，这一切原来都这样的现实。

由于混凝土供应的增加，老水鬼混凝土队欢腾起来。他们如同饿兽扑食一般，一吞而尽。不论在搅拌、运送、浇灌、捣固，任何一个工序，他们都展开红旗竞赛，加速了工作的进度。

他们的第一个工序，首先从搅拌台开始。这个高大的搅拌台，设在露天的场外，没有任何遮风避雨的东西；而在搅拌台上工作的搅拌组，每人只有一件劳保用品——长筒胶皮靴子，所以他们比别组更艰苦。他们不仅要站在混凝土浆里，而且要挺身于风吹雨淋之中。因而，片刻工夫，他们的衣服完全被雨淋透，雨水从身上往下流，从靴口灌满一靴子，而后又从靴口往外流。简直说，这时候胶皮靴子也不成其为什么保护品了。于是，有人干脆把它甩掉，并且有人顺便把上衣也脱掉。他们觉得这样打赤脚、光膀子，干得痛快，反比穿什么都好。可是，工会小组长怕他们伤身子，干涉他们。李蕙良和梅玉兰给他们借来的雨衣，也只是有限的几件。她俩把自己身上穿的雨衣脱给他们，最后还剩下邹振山裸露着上身。在明亮的灯光照耀中，他那如同赤金一般的臂膊和胸脯，一闪一闪地流着发光的银流。在他的抖擞的精神和有力的动作之下，他那忘我的劳动的热情，不由得使人对他有一种崇高的敬重之感；当然，也为他感到某些焦虑。

李蕙良正在为他想着：“怎么办呢？”

她要问梅玉兰，但梅玉兰又有什么法子呢？她要找老水鬼，但老水鬼钻到地下怎么好找呢？没有想到，她一进现场，在许多晃晃的人影里，一下就发觉了他。

因为他的打扮，完全不像一个工人，或一个队长，而只像一个老渔翁。他戴的是斗笠，穿的是蓑衣，是工地不可多见的别致的穿戴。凡是一见这套穿戴，人家就知道他必定是老水鬼。而且他也常对人夸耀这种东西，说它是大礼服，是宝贝，而事实上，不论下雪天和下雨天，他总穿戴它；即使在晴天的时候，他也常带在身边，每当午休，可以把它当垫子坐一坐，或是当枕褥躺一躺。总之，在他的生活里，算是离不开它了。在这个晚上，它当然更加成为他工作的必需品了。可是，他一听李蕙良说邹振山还光着膀子的时候，立刻脱掉蓑衣，给邹振山送去。

“喂，给你！”

“哎呀，别糟蹋人啦，我也不靠打鱼为生，要那个玩意儿干吗！”

“快，快接过去！”

“我的老队长呵，你不知道我是混凝土工吗？穿上那个玩意儿，让我怎么动胳膊，怎么干活呀！”

这时候，老水鬼才明白，是呵，蓑衣是没有袖子的，让邹振山穿上怎么好劳动呢？唉，老糊涂啦。于是，他用大手掌往脑袋上一拍，拍得好狠心，啪的一声，连斗笠都拍掉了。随手拾起斗笠，但他没有往头上戴。

“邹振山，来，把这个家伙给你！”

“老队长同志呵，你饶了我吧；你让我挨挨浇、洗个澡，洗个痛快吧！”

“不，邹振山，我给你下命令，你赶快伸手接过去，伸手，伸手……”

邹振山从搅拌台上无可奈何地弯下腰去，伸过手去，接过来斗笠，但他自己没有戴，给老水鬼戴在头上；并且，他就势按了两按：老队长呵，你怎么只想到惦记你的队员、想不到你的队员更惦记你呢？

李蕙良看着，能帮他们谁说话呢？她，谁也不能帮。她只能这样悄悄地站在一旁，深深地受着感动。这时候，忽然有个人从她面前一晃，使她记起早晨的一个印象。因为那个人穿的雨衣和黄主任穿的雨衣一模一样。她想：好，有办法了。她冒雨跑了一趟办公室，硬把黄主任的雨衣借来了。可是，恰好在她离开这个工夫，邹振山发生了事故——在搅拌台上一滑溜，他就摔了下来。据说摔得不太重，但他摔的是头呵……

不一会儿，邹振山回来了。他头上，在医务所给他扎了一圈绷带；他身上，在医务所穿上一身雨衣。李蕙良凑到他跟前，仔细地看了看：雨衣是新的，一点儿也不会透雨；绷带也是新的，但已经渗出来一片红颜色……她手里拿的雨衣，显然用不着了，怎么办呢？她自己可以解决——再给黄主任送回去。但受了伤的邹振山，怎么办呢？她知道，这只有等老水鬼处理。

“你回家休息吧！”老水鬼说。

“大雨天怎么回家呢？”邹振山说。

“那你到现场里坐着去！”

“那怎么坐得住呢？”

结果，邹振山又跳上搅拌台，继续他的搅拌工作。不论从他的姿态还是从他的动作，都可以看得出，他现在之所以能够坚持劳动，凭的不是体力，而是意志和热情……

天黑了。雨越大，车越多起来。混凝土的需要量，不仅足够了，而且搅拌台积压起来大批的“存货”。虽说暂时停止了三号油库的排水工作，但小调皮他们三个小生手于事何补呢？结果，存货照旧销不出，还得在大雨里淋着，让雨水把灰浆漂走……

“同志们，快呀，保不住质量啦！”老水鬼喊着。

质量，是大问题。梅玉兰急得不知所措。她看老水鬼用手一扑，跳上搅拌台去，她也跟着用手一扑，却摔在地下，沾了半身泥。那么高的搅拌台，凭她这个窈窕的身子，怎么能跳得上去，怎么能不摔呢？其实，在她这个知识分子说来，这一摔也不是小事，让她开始感到体力劳动，并不像她所想象的那么容易和简单。即使她真的跳上去，也还是抵不上人家小徒工呵。即使她顶上个劳动力，又能怎么的；由于手推车有限，反倒引起工序之间的平衡问题。难道工长不该考虑吗？可是，现在她的心灵的深处，只在不满意她自己：你原来是这样无能的呀。活了二十多年，好像她今天才开始认识她自己。

在紧张中，李蕙良依然保持着冷静的头脑，躲在一边，实验混凝土的“塌落度”——百分之五十以上，这证明质量已经太成问题。因此，她向梅玉兰和老水鬼建议：

“为了保证质量，暂时停工吧！”

他们一致同意，而后分了手。

“同志们注意，快呀，快呀，保不住质量啦……”

老水鬼重新跳上搅拌台。他这一跳，比刚才跳得更利索，只像打了个飞脚。在这上，他也自觉称心得很，别看人老了，腿脚可还是当年的腿脚，蹦呀，跳呀，照样敞开儿。

现在，梅玉兰自己知道，望尘莫及，不想学他这一着，便转身往苏联专家休息室跑去。说老实话，她在这夜路上跑着，都免不了要提心吊胆的。你看，苏联专家休息室，在大风雨中，只像海上的一座灯塔。她走进去，不见一个人的影子。窗门被风吹开，屋里淋着雨，充满着凄凉的气氛。她打电话的时候，声音有些发抖，仍在感觉这里有点儿恐怖呢。

“黄主任，质量有问题！”

“质量有什么问题，赶进度要紧！”

“要是保不住质量，也就保不住数量，还是暂时停工吧！”

“不能，万万不能，好不容易把车要到手，怎么可以停呢！”

“李蕙良已经跑去停车……”

“……”

这时候，李蕙良正在路上，迎着一列混凝土的车辆跑着。在车灯射出的闪闪的白光里，只有她这一个单单的飘飘的影子，穿的是单衣、单鞋、单帽呢，早已被大风刮掉，而大雨还在向她射击，仿佛是无数闪光的箭头似的。当她跑近车列的时候，头车不住地响起喇叭，这分明是叫她让开路；但她面对着车，在路中间站住。这一站，她站得那么牢，插在泥水里的腿脚，好像楔在地里似的。然后，她挥起双臂。

“停住！”

“……躲……躲开！”

是从头车窗里探出来的半个头影，从哑嗓子拼出来的嘶嘶的声音。

“停住，停住……”

“……躲……躲开，躲开……”

这样对垒的局面，不能持久；因为车走着，即使走得最慢，也总是在走，并且越走越近；当走近屹然不动的李蕙良面前而只差一步的时候，头车立刻刹住，接着，后边几辆车也都跟着停下来。

“你……你干吗挡车？”

“你们干吗送这么多，堆在搅拌台上，灰浆都叫雨漂走了……”

“你们要的么！”

“现在不要了，你们开回去！”

“咦，要，是你们；不要，也是你们，岂有此理。躲开，躲开！……”

“开回去，开回去！”

“躲开，你再不躲开，我车子要轧过去啦！”这哑嗓子经过一番吵嚷，越嚷越响，这时候已经响起了一种亮音。

“你轧吧，我倒要试试你车子有多么大的压力！”李蕙良因为这样不断地喊叫，竟把响亮的嗓子叫哑了。

风吹着雨，雨溅着风。在这风雨交作的夜空里，不住地闪起电火，响着雷声。

随它风吹，雨打，电闪，雷鸣，李蕙良反正站在那儿动也不动，好像她在那儿已经生了根。

停在她面前的车辆，灯亮着，马达响着，满载混凝土的车厢，浸泡雨水，溢着灰浆。因此，司机们终于掉转车头开回去。

看着一列车走远，李蕙良才回工段办公室。在跨进门槛的刹那，她恍恍惚惚地以为雨停住，喘息一下，她才意识到，不是雨停住，是她到屋里了。仿佛刚才在路上她是个机械人，而现在才有了血肉，神经，感觉，有了一个人应该有的一切。这时候，她才发觉自己浑身都湿透，如同一个水人似的，走到哪儿，湿到哪儿，回头一看，有一条小河跟她泛滥起来。

黄主任没有注意到她，究竟湿成什么样子；因为他正在跟梅玉兰打电话，还带着不小的火气呢。

“……同志，你别啰唆吧。我说要赶进度，你就赶进度；我说不能停车，你就不能停车！”

可是，李蕙良向他汇报了“停车”的经过。他发了脾气，把手里拿的还在“喂喂”的听筒，啪的一声，摔在桌上；听声音，可能摔裂了缝。

“我们刚刚把车子要到手，你为什么又把它挡回去？你这个技术员，有什么权利擅自主张？四号油库赶不上进度，完不成任务，谁负责？”

“主任同志还不了解情况……”

“我在工地，我还不了解情况！”

“可是，主任同志坐在这里……”

门嘎的一声开了，随着一股有力的风雨侵入，老水鬼蹦进来。他一进屋，就把斗笠和蓑衣往地下一扔，“扔掉它也没有啥可惜的；它妈的，这一路上它已经经不住风雨。”他抹了抹脸上的雨水，说道，“黄主任，咱们今晚上这个活，可不好干啦！”

“老水鬼，你们是模范队嘛，有困难，克服克服……你这位劳动模范，也得叫大家加加油呀！”黄主任一边说着，一边拍着老水鬼的肩膀。

“别说加油，加味之素也不行啦！”老水鬼拨开黄主任的手。他压根儿就讨厌这一套，拍拍打打的。

“你的意见呢？”

“停工！”

本来，黄主任要给老水鬼一点儿厉害的脸色；但老水鬼是有名的劳动模范，可不敢碰……

“为什么停工？”

“怕出质量问题呗！”

“何以见得？”

“试过塌落度呀！”

“塌落度是科学的根据，可是科学上的误差呢？”

“要说科学，我可说不出子午卯酉……咱们都懂得混凝土的性子，要是灰浆漂走啦，只剩下碎石和沙子，反正是凝固不了的；即使凝固了，也不能说没有问题。黄主任，先天不足的人，总是短命鬼！”

黄主任拿起听筒，拨着电话；而桌上另一台电话的听筒，一直没停地响着：

“……喂，喂喂……”

李蕙良拿起这听筒，避免打搅黄主任，就用手拢着音，小声地说：

“梅玉兰吗？你再等一等！”

“还要等一等！”梅玉兰的不耐烦的声调，“这么大的房子，就是人家一个人，怪害怕的！”

“工长同志，你别害怕，这还有我跟你说着话呢！”

“怎么不害怕呢．这么大的风雨……风都把窗门吹开，大雨直往屋里灌……”

“你去关上嘛！”

一个响雷，轰然的一声，震得房子一颤……

“呀！吓死人……玻璃震碎了……”这听筒里的声音，好像从扩音器里播送的那般响亮。

黄主任打过电话以后，郑重地宣布着：

“魏从吾副主任的命令！坚持工作！是么，人家志愿军在朝鲜坚持了两年多，咱们怎么连一个晚上都坚持不了！”

老水鬼愣了。李蕙良赶快把手里的听筒递给黄主任。

“我到现场去！”黄主任这么说了一句，就把听筒放在电话机上。然后，他跟老水鬼和李蕙良打了个招呼：“走！”

但老水鬼和李蕙良没有跟他走，他们留下商量一下，给吉主任打去一个电话，汇报了现场的情况。当他们赶到现场的时候，已经有些工人把黄主任包围起来，闹成一片乱哄哄的声音：

“你看，只剩下水泡的石头子儿！”

“标语写的是：百年大计，质量第一！”

“为啥还不停工？”

“再来个三号油库吗？”

被包围的黄主任气得发抖，但没有哼一声，连一口大气也没有出。梅玉兰夹在中间，一边要拉走黄主任，一边又在劝说工人们。真是左右为难，她觉得工长实在难当呵。

李蕙良跟老水鬼悄悄地说了一些什么以后，老水鬼便用肩膀头从人群中挤了进去。

“同志们，散开散开，各回各的工作岗位，执行黄主任的命令，继续工作！”

老水鬼这番话，显然是为了教育某些工人加强劳动纪律的观念，和维护黄主任的领导威信；可是，一向态度坦白、口齿伶俐的老水鬼，怎么忽然说得那样尴尬，心发虚，口也拙起来；这才叫人想到，原来他说的话，并非出自他的本心，而是由人授意，甚至可以猜得出这授意的人是谁呢。

吉主任来了。和他一起来的，还有党委书记和总工程师。他们一起检查一番，然后做了决定：四号油库的混凝土工程，暂时停工；而三号油库的排水，立即继续开工。

“这回我们水泵组可有意见！”小调皮说。

“先去工作，有意见，会上说！”李蕙良说。

小调皮再没说第二句，带上两个徒工去开水泵。这是说，他对李蕙良是心服口服了。

但黄主任恶毒地瞟了李蕙良一眼：会上，拿我开刀吗？

五

午休时候，韩淑梅还没吃上饭。她要在开会之前，布置好这个作为会场的工段办公室。不知道她从哪儿弄来这些各式各样的座位：高凳，矮凳，和一头触到墙而另一头又出在门口的长条凳，靠椅，圈椅，和瘸腿的一坐上就会栽歪下去的转椅。这么多的椅凳，摆满一屋子；她只想给人准备足够的座位，连过道都不给人留了。

“喂，你摆个大摊子，叫人家怎么下脚呀！”

小调皮来得最早。但看来，他仿佛不是来参加会的，而是在市场闲逛着。他懒散地甩手甩脚，拨弄、踢打椅凳。是这样，他一闲下来，就很无聊，总要摸摸这儿碰碰那儿的。

“小调皮，你老实点儿！”韩淑梅把小调皮往转椅上一推，“你坐坐吧！”

小调皮一屁股坐下去，摔了个倒栽葱。他爬起以后，一边喊着“黄毛丫头”，一边追着韩淑梅。韩淑梅沿着椅凳之间的缝隙逃避、戏耍小调皮。这一阵子，他俩把满屋的椅凳撞得一塌糊涂。末了，韩淑梅一恼，便急皮酸脸地叫道：

“要开会啦，别闹啦！你看看，你把人家闹得乱七八糟！”

小调皮消停下来，帮助韩淑梅重新摆好椅凳，并且从腰上工具袋里掏出钳子，修理那只瘸腿的转椅。只是一小会的工夫，他就把它收拾好了。随后，他坐在转椅上，转圈圈玩，好像在儿童游艺园玩转盘似的。

天晴，屋里铺了半地阳光。但来开会的人们，都穿着胶鞋或胶靴子，甚而有的带上雨衣或把雨衣就披在肩上。这种印象的相互感染，使人有些神经过敏：注意，不测的风云呵。老水鬼还是他那老一套：蓑衣，斗笠；像昨夜那样大风雨，应有的风镜和口罩都有。可是，他到的时候，已经没有空座了。因为人们尊敬他，赶快给他让座。他道着谢，不管谁的座都没坐，偏偏凑到没给他让座的小调皮那儿，把人家拉起来，他坐下去。

“你这是干吗？”小调皮歪歪着头问。

“你坐着也不老实，还是让你站着好。”老水鬼笑眯眯地说。

人们哄笑起来。不知道是谁，故意在逗小调皮说：一物降一物，卤水点豆腐。

“你注意，它经不住你！”小调皮拉着老水鬼，就这样聊以解嘲吧。

“经住你，怎么经不住我？”老水鬼晃了两晃，试试转椅是不是经得住。

“你看你这个大块头，一天比一天胖啦！”

“不干活，光开会，还不胖吗？”

算一算，各种会议可真不少，而且经常占用工作时间。再算一算，老水鬼作为劳动模范和混凝土队队长，每个月也许有一半时间是开会开掉了。当然，其中有必要的会，有解决问题的会，而他呢，笼统地一概都反对。

在这一点上，仅仅在这一点上，总工程师和老水鬼完全一致。他俩所不同的是：老水鬼常常把它挂在口边，所有的会又都出了席；而总工程师却把它放在心里，事实上除了有关技术问题的会议，多半请过假。现在，总工程师听过老水鬼的俏皮话以后，突然开口幽默地说了一句：

“怪不得，我这么瘦！”

人们又哄笑起来。这时候，恰巧李蕙良走进来，乍一听，她以为人们都在笑她呢。于是，她低着头，往后挤去，好像从烈日之下奔往阴凉地去似的，以便尽快地把自己隐蔽。忽然，她听见有人在喊她，抬头一看，是总工程师和老水鬼。她没有过去，只用眼色示了示意。可是，在于清郑重唤她的时候，她不得不去了；因为他是这会议的主持人——建立责任制运动的领导者，也许有什么要指示的。

现在这儿的于清，比前两天憋在党支部办公室的于清，是大不相同的。头剪得秃秃的，连鬓胡子刮得光光的，脸色新鲜，精神活跃，特别是眼睛显得生动而灵活。

这些年来，从土改斗争到区委工作，他曾经主持过千百个会。经过长期锻炼出的一副清新的头脑，一口讲话的才能，使他在会上能阐明会议的意义，能做总结，特别擅长于实事求是的思想分析，是以理服人而不给人扣帽子的。假如把他放在县委的会议上，他也自信可以主持得相当完善。在这方面，他的确是胸有成竹的。可是现在呢，经过夏书记具体的安排，经过党、政、工、团的讨论，和全体党内外干部的酝酿，他还是心虚呵，脑涨呵，硬怕技术问题把他弄迷糊。幸而有李蕙良在身旁，就像心上摆了一部活的技术辞典，用不着你动手它就给你翻开看呵。

他一看表，真糟，开会时间到了，黄主任怎么还不露面呢？

其实，只隔一层木板皮，黄主任就坐在隔壁的办公室，伏在办公桌上，把头埋在肘弯里。什么都不要看，什么都不要想呵。其实他想得更多，无数片断的记忆，不住地复现。

唉……一切都已追悔莫及……当初为什么要读书？读掉那么多年，读掉了父亲的全部家产。为什么偏要学工程？一出事故，就要拿你开刀。现在，一动身，一迈过门槛，就是你的身败名裂之所。现在，要尽可能地挨一挨，一分一秒都好……

“黄主任，开会吧！”于清的呼声。

完了，完了……

黄主任无精打采地搬起皮圈椅走去，没走出门，就把皮圈椅放在门槛里。于清请他过去，但他不，说这儿就好。因为在这儿一探头，要看谁都可以；否则，一眯，大有隐身术的妙处。

天阴了，还没有什么动静儿。但会一开始，就是一阵暴风雨——个个的发言都严厉地在批评三号油库的问题、黄主任的问题。

“……”小调皮开口了，但说不出话来。他在干咳，似乎嗓子特别干渴；平时随便惯了，在会上反而显得拘束起来。“……我是个水泵工，为什么昨天晚上拿我当混凝土工用？三号油库本来是一口洋井嘛，咱怎么排得干净？”

他一听是这个小嘎开了炮，不由得他大生其气，苍白的脸，已经气得发青。生来孤傲的他，把心一横，哼了一声：黄某是不能这样轻易屈服的呢。

“咱不懂科学，可也得说两句。”老水鬼口齿清楚，声音响亮，“说啥呢？大家都说水的问题，咱也就说说它。水，有两种：一种是天上掉下来的，一种是地下冒出来的。掉下来的，可以排得净，冒出来的，可就排不净呀。三号油库的水，要是排不净，那不就是地下冒出来的吗？三号油库既然冒出来水，那不就是质量事故吗？”他走过去，头探到门里，瞧了瞧黄主任。“同志，你赶快认账吧！”

“你就是这样肯定了三号油库的质量事故吗？”黄主任从里屋往外一闯，几乎撞到老水鬼，“我请问你参加过三号油库的浇灌吗？你了解三号油库的施工情况吗？”

老水鬼被黄主任质问得没话可说了。他悄悄地回到他的座位去。可是，不知道谁突然喊了一句：

“希望原来三号油库的工长梅玉兰同志发言！”

于是，会场骚动起来。人们移动着眼光，都在寻找梅玉兰；而她恰恰坐得最远，坐在最后的角落里。她不怕参加会，但最怕在会上发言。特别是这个会，联系到三号油库的问题，联系到自己的责任，她感到有一种可怕的东西，在威胁着自己；所以她一进会场的时候，就悄悄地钻到这里，像个小猫似的，把自己迷下来。当她听到有人点到她的名的时候，在众人的注视里，她再没处躲闪了。她的心跳着，浑身哆嗦起来：要站起，而腿是那么软的，站不大稳；要说话，而舌头是那么硬，说也说不大清：

"……我……我说……那时候还没有工长制，三号油库是领工员负责的……"

"那你呢？"

"……我……我以先只是一个技术员……后来到煞尾工程……我才担任工长……也只是个名义……"

在梅玉兰眼里，终于涌起汪汪的泪水；她还没有来得及掏出手绢，泪水已经掉下来。

小调皮一听她的哭声，立刻把耳朵一堵，并且赶快从她的身旁躲开；要不是有墙挡住，他还要躲得远些。实在的，他太不喜欢人家这样的哭鼻子。哭什么，像小寡妇上坟似的。

可是，李蕙良站起来，往梅玉兰身旁凑了凑。

"梅玉兰同志先坐下吧。"李蕙良说着。她一方面解脱了梅玉兰的窘迫，一方面自己也准备发言。她手里捧着会前写好的一张纸，看着，说着，"我是一个刚从学校出来的学生，是一个刚到工地的学徒。如果我有什么说错了，请大家帮助我，批评我。"她那双明亮的大眼睛，向人们望了望。"我不了解三号油库的施工过程。不过，昨晚上，我参加过四号油库的浇灌工程。"她把四号油库的施工经过，介绍一遍，"如果不是及时地停了工，也许要发生返工的问题……"

"不是'也许'，是'一定'！"总工程师插了一句。

"因此，我们从四号油库可以看到三号油库的问题，和黄主任领导作风的问题……"

李蕙良正在说着的时候，黄主任又从门里跳了出来，质问道：

“三号油库究竟是什么问题？”

“质量的问题！”李蕙良干脆地答道。

“领导作风究竟有什么问题？”

“黄主任有一种资产阶级经营管理的作风，对工作完全不负责任……”

“这么大的帽子，我可不能戴……”

他们这样地争论起来。于清拦着，没拦住。直到总工程师站起来的时候，他们才住了口。

“本来，”总工程师停了停，似乎在考虑什么，“本来，党委书记和工地主任都准备参加这个会，可是他们有事，一位要到市委去，一位要到大公司去，所以我一个人来了。我说的，不能代表他们的意见，只能算是我个人的看法。如果有错误，欢迎各位指正。”他又停了停，似乎还在考虑什么。“根据大家的发言，特别是老队长的发言，已经给三号油库做了结论。当然，问题是在混凝土，还是在防水层，这还有待以后的研究。不过现在，我要告诉大家，特别要提醒黄祖安、黄主任。三号油库发生质量事故，问题非常严重。因为它乃是润滑系统的主要部分。如果工厂可以比做一个人，那么油库就好比人的心脏；心脏停了，人还能活吗？油库开不动，工厂能开工吗？所以三号油库的问题，可能影响到整个工程的竣工，可能影响到整个工厂的生产！面对着这个问题，我——总工程师有责任，而黄祖安——工段主任更有直接的责任！”他的脸色一沉，摆出师长的尊严。“可是，黄祖安，你看你对待这个问题是什么态度呢？哼，简直要赖皮！”

从会议开始，在人们发言的时候，黄主任不是把反感的眼光投过去，便是不屑于一瞥地闭住了眼睛。只有在总工程师发言的时候，他才服帖地低下头去，低到需要用手撑着前额。他机械地吸着烟，一支接着一支。在他的脸上，没有任何的表情，几乎等于一个蜡质的模型；而总工程师最后的一句话，等于放了一把火，把它连烤带熏地弄坏了，出现了那类的不红不紫的颜色。随着，他从里屋走出来，但他背对着总工程师，面对着门，好像旧时小学生背书似的：

“我敬重总工程师，我同意总工程师的结论。我应该受到什么处分，我接受什么处分。”他狠狠地吸了一口烟，接着，叹了一口气，喷出了一股蓝色的烟，“不过，我要问一句。过去三号油库的超额奖，在三工段的每个同志都是有份的。现在三号油库出了问题，难道只是我一个人的责任吗？”

这时候，暴风雨起来，忽然从门口撵进来一个人——流着大汗、喘着大气的牛成。他头戴着褪色的旧军帽，手里拄着拐杖；和平时一样，他还是那么一颠一瘸的。和平时不同的，他的肩头扛着一个小行李卷，他的病态脸色，充满着焦虑的神情。当人们一见他而给他鼓掌让座的时候，他羞愧地用手制止着，赶快找了一处空隙，撂下小行李卷，顺便就把它当做座位坐下了。他一边听着人们的发言，一边翻阅着会议的记录。最后，他要求于清给他一个讲话的机会。

“同志们，我没有准备，不想说啥，只想表示一下态度。为了拥护建立责任制运动，为了三号油库的质量事故和我所负的责任，我要求疗养院允许我提早回来，并且把行李搬来，准备住在工地，准备抢救三号油库，准备检讨和接受处分！”牛成用手撑着拐杖，站起身来，“黄主任，我作为你的助手，作为工段副主任，我和你应该负有共同的责任，接受共同的处分。

不过，我希望你能彻底改变态度，彻底检讨！”

大家盯着黄主任，等待他的最后的发言。可是，在这沉闷的屋里，只听到窗外一阵阵的暴风雨的声音，雷轰轰的声音。而没有听到黄主任的任何的声音。

第四章　雾中

一

昨夜晴了，整整地晴了一整夜；好多天了，不曾见过如此月明星繁的夜呵。

今天破晓现出的天空和工地，完全笼罩在雾中。这种重重的灰白色的大氛围，给人一股秋凉和一片迷惘的感觉。

不知道在哪里，也摸不清在哪个方向，好像随时都在你的身边，有一股强烈而激动的声音——广播台在宣布工地党委会和工地主任会议的决定：

“……由于三号油库的质量事故，给国家造成极大的损失……三工段主任黄祖安停职反省；三工段主任职务，暂由三工段副主任牛成代行……二工段副主任何柳保留原职，暂调三工段负责三号油库返修问题，并派见习技术员李蕙良担任何柳的助手……”

李蕙良在摸着路走，有一种说不出的懊恼；而耳边的声音，又使她感到一种意外的振奋。因此，她用力地冲破雾围，走得快起来。她闯进办公室的时候，发觉自己比别人来得都早——是签到簿上的头一名。

其实，应该说牛成比她来得更早；因为他自从搬到工地以后，就是睡在办公室的。不过现在他还在睡着罢了。

她一听牛成的鼾声，便迈进里屋去。被大雾包围和侵袭的屋里，充满潮气，玻璃窗上都像贴了一层玻璃纸。在暗淡和冷清的气氛中，她看见睡在办公桌上的牛成：在被里蜷曲着身子，缩着头；在被外边只露着头发，乱糟糟的，一团乱草。

“喂，牛主任！”李蕙良作为技术员和领导的关系，只能这样地叫他。因为没有把他从酣睡中叫醒，她禁不住自己的稚气，薅住他的头发，摇起头来；凭着同过苦难的少年的友谊，是可以这样要要的。“喂，小牛，小牛……”

“噢，噢……”牛成一叫，就醒了。他把头上的被子撩起，一看是李蕙良；于是，在他那漠然的脸型上，爆开一阵孩子的嬉笑，随着他伸出来一只大拳头。“等我起来，可不饶你，小玉！”

李蕙良仔细一瞧他的笑脸，多少还有一点儿当初顽皮的模样；只是他摇晃的拳头，显然比从前大而有力。是的，人都长大了，都成了干部。所以她松开手，不好再跟他胡闹下去。并且，为了他起身的方便，她把脸扭开，在回避他。在男女关系上，她一向是这样严肃的。

其实，牛成身上穿的，什么都没脱，只要跳下办公桌，穿上鞋子，就一切都穿好了。

他拿起拐杖，凑到李蕙良跟前，刚要一伸拳头，马上又收拢回来；因为他见她已经收敛稚气，而恢复了女技术员所有的那般庄重。这样，他也随着她的庄重，老成起来。这一下，他脸上老了好多好多年，而且露出来一种病态。

显然，李蕙良注意到他这一点。

“我不该把你搅醒……”

“醒了好，要不还得睡懒觉！”

“昨晚上是不是没有睡好，工地上是不是睡不好觉？”

“不，睡惯就好了。在工地上干活嘛，谁也免不了要睡在工地上。”

“我是不是要搬来呢？”

“我看不必。”

“何柳呢？”

“何柳同志要搬来，他的担子够重的呢。现在的问题是，先得给他准备个办公的地方。”

“黄主任不是要去反省吗？他暂时用一用黄主任的办公桌嘛！”

可是，现在黄主任的办公桌，还搁着牛成的行李呢。

仿佛何柳已经来到办公室，马上急于要办公似的，牛成赶忙在卷铺盖。一下不小心，他把搁在皮圈椅上的洗脸盆碰掉，所有漱洗用具都撒到地上。

“你看，我这一来，把办公室搞得又脏又乱！”牛成赶快把铺盖卷塞到角落里去。

“办公室脏点儿、乱点儿不要紧；只要你把现场的问题，搞干净，比什么都好。”李蕙良帮他拾着掉在地上的东西。

“对，咱们的现场，要整顿好；可是，咱们的办公室，也要整顿好。别让何柳同志进屋一看，很不顺眼。”

于是，他从撕掉昨天的一张日历开始，撕到墙上贴的一些过时的图表，最后乒乓两下，连墙头挂的三面小奖旗也统统地捞下去。这像在大扫除，却又像要大倾出。

“咦，你怎么把奖旗也扯掉了？”李蕙良奇怪地问。

“本来不该挂的！”牛成摊开一面奖旗，把灰尘和金属屑拍打下去，让李蕙良清楚地看一看，旗上贴着的黄色的字，“三号油库提前竣工”；而后，他揉了揉，把另外两面奖旗也揉在一起丢到纸篓里去，好像把什么脏东西丢到垃圾箱里去似的。“谁要它，骗取荣誉！”

李蕙良从纸篓里拾起另外两面奖旗，好好叠起，往桌上一摆，怕它受屈似的。

牛成看着，激动起来。

“要它干吗？不名誉的工段，咱们不背这个荣誉的包袱！”

算了，李蕙良又把奖旗甩掉。她知道牛成那个牛脾气，性情执拗，为人朴素，是与外表堂皇而心术复杂的黄主任大不相同的。

门开着，上班的人们陆续走入。

门外，雾气腾腾。屋里，光线模模糊糊。在这朦胧气氛中出现的黄主任，特别引人注目。

他那副贫血而苍白的脸，无精打采，晦气重重；那副贵重而光彩夺目的眼镜，被哈气完全遮住，恐怕视觉已经失去作用。

其实，他根本不想见人，一路就是这样走的。甚而，他有时连耳朵都要堵住。因为路上广播的声音太响，震得他全身发抖。他觉得两腿抖得迈不动步，只好走走停停……以致从来准时上班的他，今天竟然迟到。即使迟到半分钟，在签到簿上，他也得把名字签在“迟”的后边。当签名的时候，他忽然头脑麻木，一个应该熟悉的名字，都记不大清楚；随后，他一看自己的签名，发觉在“黄”字头上，竟掉了一笔。但他没有再添，就把笔撂下去。人已经完蛋，何必还在乎名字；多一笔少一笔，又能怎么的。

今天和往日不同。往日，他来办公室的时候，经常有人跟着他，或在等他，显得他像是一个不可缺少的人物；而今天，再没有人跟着他或在等他了，看来他不过近乎一个编余的冗员。在这上，他特别敏感，并有自知之明。他一挨近办公桌，就打开所有的抽屉，一边整理文件、表报、记报；一边在分类：一、需要处理和保存的，一份一份地移交给牛成；二、可要可不要的，丢在桌上算了；三、可以作废的，统统撕掉。当他这样做的时候，两手动作，机械简单，有如某种简单的机械；一副贫血而苍白的脸，呆板沉滞，死气沉沉。

一霎时，尘土飞扬，碎纸满地，刚刚经过整理的办公室，反倒弄得乱糟糟。窗门闭着，空气非常沉闷，闷得你连呼吸都憋得慌。而且，要整理的东西，一时又来不及整理完毕，这样下去，怎么得了。

“除了急件，其他的还都摆在你的抽屉里吧！”牛成说。

黄主任微微地摇了一下头，似乎他连摇头的力量都没有。

“黄主任，你离开，也是暂时离开，反正不久你要回来的。”牛成又说。

黄主任摇着头，缓缓的，轻轻的，几乎与打颤颤相同。这叫人感到他已寒心透顶，消沉已极，不仅要离开这个工段，而且要离开这个工地，甚而要离开这个讨厌的世界。忽然，他冷笑一声。这是他下了决心：再不回来。

“黄主任，我们希望你回来得越快越好！”李蕙良说。

她说得简直不知好歹。人家已经想到“再不回来”，你还说什么“越快越好”呢。

“哼！”黄主任一哼，气来了。

“黄主任，在你离开这个期间，我要是有问题，还要去请教你呢。”李蕙良又说。

“你请教何柳吧！”

黄主任一说这句话，就显得他生气勃勃，依然洋溢着旺盛的精力；眼睛贼亮，向李蕙良投出一股厌恶的光：哼，泼辣货，跟你有什么好说的；如果没有你，谁会有这样的下场呢。

黄主任已经走开，而何柳还没有来。

牛成和李蕙良都在等他。他们要到现场去，也去不得，总是怕离开办公室的当儿，而恰好他就来了。这之间，牛成只能坐办公室，跟来的干部谈问题。李蕙良呢，闲着无事。这相似在旅行之前，碰上火车误点，并且不知道它要误多少时间；可是，只好这样的傻等，即使无聊，也无可奈何。

同时，党群工作同志们为了组织动员群众力量，保证三号油库返修任务的完成，也跟他们在死等。

工会主席和青年团支部书记，梭子似的来来去去，在探听何柳的消息。

坐惯办公室的于清，也感到不安起来。他几次地推开窗子，把头伸到雾里，像伸进气缸里似的，问一问何柳来了没有。这样，他把头弄得潮乎乎的，好不舒服；而结果呢，枉然。

何柳，何柳，俨然是个中心人物。

牛成和李蕙良是初次相逢的少年朋友，在这稀有的雾天、难得的空闲当中，本来应该有许许多多话要说，但谁也没说什么；要说的话，他们也离不开何柳这个题目。

“他是不是嫌咱们这个烂摊子？”牛成问。

“……”李蕙良回答不出。

“他是不是嫌我压他一头？那咱们可以请示工地主任，由他代理黄主任的职务，是不是？”

“……”

“咦，你怎么不开口呀！他是你的老同学，你一定了解他！”

“同学的时候，我们来往倒是密切；可是，分手以后，我们没有什么接触。不过，我了解他很用功，很有能力……”

“难怪他那么快地做了助理工程师、工段副主任，现在又把三号油库的责任给了他。”

“他也有他的缺点，至少他也承认他有个人主义、自由主义……”

关于何柳的情况，李蕙良尽她所知道的都告诉了牛成；但限于个人的道德，她保留了一点——她和何柳过去私人的情感关系。

当初，何柳和宫少达，曾经是同班的同学，而李蕙良比他们低两班。那时候，他们都跟她要好，都给过她很多很多的感情。在她说，对于他们两个人，最后总有一天，她必须舍弃一个，这个或那个；甚而不管哪个，她都要把他们舍弃。可是，在这个决定之前，她一个也不放，宁愿暂时多受些不必要的纠缠、烦恼、熬煎，而免得日后的长久的不欢，以致离散。有相当长的一段时间，她曾经把他们两个人摆在自己心里的小天平上衡量过，总是不相上下。（这是她的幸福，也是她的苦痛。）比如：何柳轻浮，宫少达憨厚；何柳热情，宫少达冷冰冰。他们是完全不相同的两个人。她在踌躇，难于下个决心。后来，她从政治上把他俩加以细致地品评，就把自己的情感的砝码，加在宫少达的一边，而何柳的一边自然就轻了，轻多了。爱情这个东西，只能是涌水的泉源，而不能是蓄水的枯井。叫她有什么办法呢？她知道何柳是没死心的。这两年来，她经常收到他的信，并且带着若干的暧昧字眼。特别是最近在工地相会以后，他公开地追逐她，好像猎犬捕捉山兔似的。人总是人，即使可以比做什么野物，却也不能比做山兔。她可不是那类容易驯服的小动物。

太阳已经升高起来。但在浓雾的围裹中，它只是一盏悬在高处的、天明而后未曾熄灭的红纱灯；它的光，只能照明它的本身。

韩淑梅消息灵通，忽然传来一个关于何柳的消息。她说：何柳的工作，发生问题，他可能不来了。但她说不出问题究竟是什么原因。

牛成急了。他连忙给工地主任打电话，打了多次，都没有人接。最后，他拿起拐杖，准备去找工地主任；并且嘱咐李蕙良留在办公室，如果有什么人来找他，要她拿笔记下是什么问题。但她把他拦住了。

“看家，我不如你；要是跑路呀，我可比你强得多得多呢！”

李蕙良到工地办公室，没有找到工地主任吉明。她要找人问一问，但这时候，在走廊上，如同星期天那样清静，不见一个来往的人。

她踌躇地踱着。

在走廊尽头的“等待室”，隔上美观的镶有花玻璃的木板屏风。在屏风上面和两侧留下的门口，有那么浓的烟气浮腾，涌出。她踱到那里，感到烟气呛嗓子。她想里边是谁，在烧什么东西？于是，她从屏风一边探进头去，看了看，一切都改观，已经装设起来一个很不错的办公室，有崭新的写字台，皮转椅……在皮转椅上，倒背脸坐着一个人。一只胳膊搁在桌上撑着头，一只手捏着烟。他吸着，不住地喷着烟。看来，他吸烟吸得早已够多了，烟灰碟塞满烟头，空间充满烟气；而他把自己埋在这烟气里，还在紧吸。

“同志，你知道工地主任到哪儿去了吗？”李蕙良谨慎地问。

“嗯？”那个人待搭不理的。

她顺便走了进去。她一边走着，一边用手扇着眯眼的烟气。当她走到写字台旁边的时候，才看清那个人的侧面，是苍白的，贫血的。她认出他是黄主任。

“黄主任到这儿来了？”

“工地主任的吩咐嘛！”黄主任狠狠地吸了一口烟，喷了再喷。

“你刚才见过工地主任吗？”

“见过。”

“他到哪儿去了？”

黄主任一翻眼：这与他何干呢？

“黄主任，你知道何柳同志可能不到咱们工段来了！”李蕙良说，带着抑制不住的激情。

黄主任冷冷地一笑：这又与他何干呢？

“黄主任，你看这怎么办？”

“没关系，还有你们呢。”

“呵？还有我们？”李蕙良翻着明亮的大眼睛。这真叫人莫名其妙。

“那还有你呢！”黄主任的脸色变了，阴暗了；淡淡的口吻，大有含沙射影之意。

“我？我怎么负得了三号油库的责任！”李蕙良惊讶起来。

“你负得了，一定负得了！”

“黄主任，你看我行吗？”

“我包你行！”

“那我有问题要请教你，你要帮助我！”

“当然！”

“那好，我就敢负这个责任，要是何柳同志真的不来了的话！”

他们谈着。她对他，什么都不介意；而他对她呢，在心里是怀恨的。因而，他以十分阴暗的心情，给她设下一个盖满鲜花的陷阱，故意怂恿着她，让她走上去。

她还笑呢。她完全不理解他那种报复的心理；相反地，她以为他对她彻底地改变了态度。

他吸着烟，喷着缕缕的烟气，有如绳索似的绕着她，绕着她，渐渐地把她束缚起来，蒙蔽起来；而她在这烟气里，如同在雾中一样，失迷起来。

一个女通信员帮她从二工段打听到了工地主任。要到那儿去，她才走。

二

一路上，从雾中摸到二工段办公室的李蕙良，被一面蓝门帘隔在外屋，她没有进里屋去。因为在她进门之前，她已经嗅到里屋的不寻常的气息。她拨开帘缝，果然看见不同寻常的工地主任。他那副严肃的面孔，看不见一点儿笑容；他那双严厉的眼睛，轮番地盯着他周围的几个人：总工程师、魏从吾、何柳、周凤琦。总工程师总是保持着他那种庄重的态度，但此刻他的手里在玩弄一张包香烟的锡纸，巧妙地捏成了一个小燕子。魏从吾照样还是第一次见面给她的那个印象：服装匀称合体，领扣扣得严严实实，有军人那般的整齐；从领口和袖口里，露着一圈白衬衣，有医生那般的清洁；头发梳光，脸刮光，大有理发师那般的美容术似的。可惜他只差一点点，恰好他没有任何的工地副主任的风度。何柳躲在一边，用两手不住地搓着头，似乎他又犯了头痛症。周凤琦本来已经够高了，可是人家都坐着，他反倒站起来，这样就显得他更高得多了。他不说话的时候，还算老实；一说起话来，指手画脚，练拳术似的。

“……咱们这个问题，可得摆在桌面上讲清楚。我们要个技术员，跑了多少腿，也没有要到手，反过来，又要把我的副主任拿去。三工段的工作要做，二工段的工作，要不要做呢？”

“周主任，你听我把全部的情况讲一讲，你就明白了。”总工程师慢慢地说着，手里摆弄着那个锡纸的小燕子，“调何柳，是我的主意。我为什么要出这个主意，为什么要割你这块肉？因为我从工程技术的观点看，三号油库的质量事故，比较严重，要拿个比较有把握的人摆上去，所以……”

“你就是这样把我的人调走？”周凤琦插了一句。

“我——总工程师，没有权调你的人，但我有权建议。工地主任一听，非常赞成，但怕你老周闹本位主义，所以工地主任特别嘱咐魏副主任要征求你的意见。当时，有我在场，这是我亲耳所听。后来，在会议上，也有我在场，这也是我亲耳所听，魏副主任说，跟老周已经谈过了，你老周开头有意见，末尾还是被说服了。是不是征求过何柳的意见，我记不得了。总之，根据魏副主任报告的情况，工地主任在会上才做了这个决定。事情就是这样，周主任！”总工程师张开双臂，让周凤琦看，表示他并没有什么挟歹的、藏邪的。

“魏副主任的确跟我谈过这个问题，我是一直坚持我的意见，从始到终，从始到终！”周凤琦指手画脚地说着，“哼，‘被说服了’？我倒要知道知道我是怎么‘被说服了’的，魏副主任！”

“咱们不扯这个‘被说服了’吧！”魏从吾一边说，一边弹着落在袖头的金属屑，“不能否认的是，最后你点了头！”

“我点头，我还举手呢！这是我的习惯，它能说明什么问题？”

“同志们，弄清情况是必要的。但要注意，咱们都在领导岗位，应该避免扯皮！”工地主任吉明的充血的眼睛，盯了盯魏从吾和周凤琦而后，又盯住何柳，“魏副主任跟你谈过没有？”

“谈过……”何柳只顾用手搓着头，完全没有预料工地主任这一问。

“你的意见呢？”

“我的意见……”

那时候和这时候一样，何柳的心理是复杂的，矛盾的。他不愿意到三工段去：领导弱，摊子烂，三号油库问题棘手，再说跟牛成也合不来……不管他有一千个顾虑、有一万个理由阻止他到三工段去；但三工段却有一股难于战胜的力量，有一双闪闪的、明亮的、富有魅力的大眼睛，吸引着他……

“老何虽然没有跟我谈过这个问题，但根据我的了解，他没有任何理由要到三工段去……”周凤琦代替何柳在表白。

“同志，让何柳同志说他自己的意见！”吉主任打断周凤琦的话。

“吉主任，我还在考虑呢！”何柳扭过脸去，避开了工地主任。

在这当中，总工程师重新提了一个方案；他主张把三号油库划给二工段，一则可以不调动何柳，二则三号油库仍旧可以由何柳负责。工地主任一听，点了点头；显然，他是在考虑总工程师这个意见。

可是，周凤琦恼了，他用力地摆着他的两手，摇着他的头。

“我觉得问题不能这样考虑，我们二工段不能给三工段揩屁股！”

何柳避开工地主任以后，一直面对着门口。恍惚间，他几次感觉有一种什么发光的东西闪烁着；当他注目一瞧的时候，在微微颤动的帘缝间，他发现了那双闪闪的、明亮的、富有魅力的大眼睛。于是，他用眼睛瞟着工地主任，悄手悄脚地溜了出去。

“蕙良，你来了！”他向李蕙良一扑。

“别吵，别吵！”李蕙良赶紧后退两步。

“你站在这儿做什么？”

“我找工地主任！”

“什么事？”

“什么事？”李蕙良盯了何柳一眼，“还不是为了你的事嘛！”

这间工段主任办公室，没有另外的人，何柳拉起李蕙良的手，把她从门旁拉到他的办公桌边。这里，是他发号施令的地方，有权过问一切的问题。

“为了我们什么事？”

“你还问呢，为你到三工段去的事呗！”

“你在门外不都听明白了吗？”

“可是，你的意见呢，你倒是愿不愿意去？”

“你说呢？”

何柳站在李蕙良的面前，有一副准备迎合的态度，仿佛她要怎么吩咐，他就怎么顺从，根本他的脑筋在她的头壳里，她在想的和他要做的一样。

可是，李蕙良并不满意他这种问法，皱起眉头，沉默许久。

“你为什么要这样问呢？”

“因为咱们在一起工作，我要看看你对我的态度如何。”

“我欢迎，欢迎你的领导！”

“真的吗？”

“真的！”

“那好，你等着我，咱们一同走！”

他要叫她坐下来等一等他，给她拉过来一把皮圈椅，是他一向坐的皮圈椅呢。他看她往他的皮圈椅上一坐，心忽然一沉，就跟坐在他的心上一样。这时候，他觉得他的躯体把她这个人装进去，跟她是那么亲密地在同呼吸。

何柳回到里屋，等到适当的机会，等到需要他表示明确的意见的时候，他说了话，不，他跟她一起说了话。

“我考虑过，反复地考虑过，但因为时间的限制，我不谈它了。现在，组织上既然做了决定（当然，这里没有充分考虑到周主任的意见，不能不说还有问题），并且广播台已经发了通报，我还是应该马上到三工段去，负起三号油库的责任（至于我负得好、负不好，那是另外一回事）。不管周主任还有什么意见，周主任终归是位老同志，有修养，有锻炼；他会尊重组织的决定，他会有全面的观点，一句话，他会放我走！”

因此，吉主任最后肯定了原来通报的那个决定。周凤琦愣了，搔起头皮。李蕙良躲在门外，偷偷地笑起来。当吉主任走出门的时候，她的笑容还没有从脸上消逝。

“听说，你要找我？”吉主任郑重地问。

“是，工地主任同志。”李蕙良严肃地回答。

“有什么问题？”

“没有什么问题！”

“噢，没有问题，为什么要找我？”

“不，工地主任同志，我说错了。”李蕙良放开声，笑起来，“应该说，问题没有了！”

在她和工地主任握手告别以后，她那刚刚收拢回来的手，忽然被人从身后悄悄地握住，她赶快一甩，就甩开了，多么厌恶何柳这样在人家面前、在工作当中公开地捉弄着感情。但她回头一看，是瞪着眼睛的周凤琦。

“好，你这个小玉，我没有把你整过来，你倒把我的人整走！”周凤琦对李蕙良摇着拳头，好像故意要吓唬孩子似的，“我要跟你打官司呢！”

李蕙良翻了翻眼睛，可真不明白他这是什么意思。

三

在雾中，人们的视力缩短到不能再缩的程度，一切只有出现在眼前的时候，才可以辨得清楚。茫茫的气体，把宇宙封住了。

李蕙良和何柳从这种迷离的封锁中往三工段走着。

何柳走得兴高采烈。他几乎要谢谢老天爷，给他造成这样如意的隐蔽之所。李蕙良一直在咒骂坏天气，简直把人罩在毛玻璃罩里了。突然，她险些撞到迎面扛过来的脚手杆子上，幸而何柳拉了她这一把。她向他满意地点了点头，表示道谢的意思。可是，他那只手就势挽起她的臂膊。她一向举止大方，不在乎这个。但她忽然觉得他的呼吸，有些急促，他的手掌心滚热而颤抖。这她才意识到他的心理，大概是想入非非了。她想：这怎么好？随便他想吧。反正她自有主张。

他们走着，谁也不说话，有时互相间只用眼睛瞟一下。忽然，她感觉他要开口了，并且可以想到他要问的是什么话。但他完全猜不到她怎样地回答他："是"或"否"。

"现在咱们要在一起工作了！咱们在一起工作好吗？"

"怎么不好？好嘛！"

"那么……"何柳的声音小了，懦怯了，但他的眼里闪出贪婪而锐利的光，如芒刺一般。"那么咱们将来在一起生活好吗？"

李蕙良一停，从他的手掌里挣出臂膊。她心里话，假如不是工作把他们这样地安排在一起，她要在这路上跟他告别，背道而去。

“不谈它吧，现在是工作的时候！”

“可是，现在不把它谈清楚，咱们没法开始在一起工作！”何柳忽然又勇敢起来。

“过去，咱们已经谈过，谈得够多了！我已经给你谈得清清楚楚，明明白白！”

“可是，现在情况有变化！”

“有什么变化？我和宫少达的关系，你也不是不知道！”

“正是因为我知道你和宫少达的关系……好吧，我告诉你，宫少达已经变心了！”

“怎么说？”李蕙良有些发惊了。

“的确，是可靠的消息。在你毕业填志愿书的时候，你没有尊重他的意见，你没有照顾他的感情，你没有留在学校，你来到工地；所以他生了气，变了心！否则，我不会对你又重新提出这个问题，难道我是那样不道德的人吗？”

李蕙良知道，他不是那样不道德的人。而且，她知道，有一些事实也正如他所说的一样。但她不相信他所说的“变心”，至少使她在犯疑，难道宫少达真会那样吗？

何柳又往李蕙良身旁挨了挨，尽可能挨得近些；他要叫她知道知道，不管谁离开她、丢开她，而他是不会离开她、丢开她的。

“你到工地以后，给他写过信吗？”

“写过，三封。”

“他没给你回信吧？”

“没有，一封也没有！”

“这还有什么可说的！事实就是事实！”

在这不敢设想的，但又不得不设想的残酷的事实面前，特别是在何柳的面前，李蕙良深深地感到隐痛，不作声了。如果还有什么声音的话，那就只有她的哭声了。但这个声音，她不想放出来，给何柳听见；而只能放在心里，让自己听吧。

火车横道口，交替地开着红绿灯。每辆汽车，都开着大灯。在许许多多的灯光的照明里，仍然是一片无形的天地。但它照旧是一个有声的世界，火车的笛鸣，汽车的喇叭响，人们嗷嗷的喊叫，宛如鸣警似的开着路。

在这样嘈杂的声响的间隙中，忽然听到一种嘤呜的哭泣声。

刹那间的失神，李蕙良还以为是自己哭了呢，而她摸了摸自己的眼睛，并没有眼泪呀。这样，镇静一下，她听出哭声是从她身后边传来的。她站下来，等了等，听清楚哭泣的是个女人，但在雾里看不清楚究竟是怎样的女人。当她好容易影影绰绰地看见一身花旗袍的时候，竟被何柳拉走了。因为他不愿意管这些闲事，她只好一边跟着走，一边回头问：

“喂，谁呀，谁呀？”

“呵……”在雾中飘来的痴然的声音。

“你是哪部分的？”

“哪部分的也不是！”

“你到工地来做什么？”

“找个人！”

“你找人，你哭什么！”何柳斥责起来。

“这么大雾，迷了路，已经绕了两三个钟头……”

“你怎么不打听打听呢？”李蕙良着了急。

“打听人，这个说往那儿走，那个说往这儿走，谁知道到底往哪儿走呀！”

听来，她走得够受了，说话都在大喘气呢。

“你究竟要到哪儿去呢？”

“三工段！”

“那倒巧，你快走两步，咱们一路走！”

李蕙良甩开何柳的手，站住等着。听声音，本来很近，为什么等了许久还不见人呢？

“我站在这儿等你呢！”

“我来！”

“快走两步吧，你怎么走得这样慢呢！”何柳是不得不等的，已经等得腻烦了。

“唉！”雾中传来一声无可奈何的叹息，“鞋子走坏了，跟不上脚……”

随着，在雾中逐渐地出现一身花旗袍，草绿底粉红花的花旗袍，出现一个白白胖胖的中年妇女——李蕙良见过两面的所谓“黄太太”。头发被风吹得乱蓬蓬，有一边的鬓发遮住半边的脸。腿瘸着，一颠一颠地往前凑。看样子狼狈不堪，走路更加艰难。原来是她失脚掉进泥坑，沾了半截腿的泥浆，歪掉一只高跟鞋的鞋后跟。这真叫人生气，世界上竟有不适于穿高跟鞋的地方……

当她看清李蕙良面孔的时候，臊不搭地揩了揩脸上的泪水；然后，她一把抓住李蕙良的手，好像落水之后抓住把手一样。

本来，李蕙良非常厌恶这种女人；而现在，她反倒觉得黄太太有些可怜；因为她可以想到黄太太是为什么在这样的雾天、辛辛苦苦出门的。

“你是来看黄主任的吧？”

“是……”黄太太点头，掉了眼泪。

“你看你怎么在这样的天气出来呢！”李蕙良说，带着同情的口吻。

“你还不知道他摊事了么！”黄太太哭出声来了，“我……我不来……怎么……怎么放心呢……”

是的，今天早晨，她一直送他出了家门口，看着他走，在雾里很快就不见了的。忽然，她神经过敏地想到他失踪了，发生危险了。于是，她没有回屋打扮打扮，就这样地跟踪追去。但她追到入厂正门口的时候，被公安员挡住；她跑回去，从街道办事处拿了介绍信，才被放进去。她一进门，仍然是一片雾，她挨着，打问着，就在工地的周围兜开圈子了。在这之间，她多么希望有个人把她送到三工段；可是，各有各的工作，谁能够送她。幸而，她碰上了李蕙良；抓住李蕙良的手，准备跟着一路走。

“黄主任，已经不在三工段了！”李蕙良告诉黄太太。

“怎么……他，他不在……”黄太太神经失常地呜呜地哭起来，“他……他在哪儿……是不是在法院呢……”

“你怎么这样想呢！”

“要不这样想，我还不来呢！”

李蕙良安慰她，告诉她，黄祖安在工地办公室。李蕙良并且指给她往工地办公室去的方向和路径。

在家里，黄太太自信是个能干的主妇，一切都有办法，一旦出了门，偏巧碰上坏天气，又坏了鞋子，她真觉得寸步难行呵。她想请李蕙良送一送，但又想李蕙良能答应吗？因为她记得那天晚上，恰好也是坏天气，是怎样对待过李蕙良的。现在，她后悔了，但已经迟了。

“李同志，你还生我的气不？”

李蕙良被黄太太这一问，问蒙了。

“什么？”

“那天晚上，你跑到我家来借宿……”

“你别提它了，已经是过去的事了！我还生什么气呢？”

“要是你当真不生我的气了，那我可要请你辛苦一趟，把我送一送。”

李蕙良一看表，快要到午休，便向黄太太点了点头。

这下出了黄太太的意料，不敢想象曾经被她驱逐过的人，居然这样慷慨地答应了她。她感动了。她用双手把李蕙良搂在自己的怀里，拍起来。

“我的妹妹……我的好妹妹……我一辈子也忘不了你……”

正准备要走，李蕙良注意到黄太太脚上的鞋子，一高一矮，一迈步又瘸起来。这个样儿，实在难看，而且走得太慢。她一想，反正自己脚上没有穿袜子，索性把自己的鞋子脱给黄太太吧；反正自己过去光脚光惯了，什么也不在乎。

“给你穿上吧！”

“不，不……”

李蕙良拿着花布鞋，一再要给黄太太，急于要给黄太太，要是黄太太肯于欠欠脚，她都想把鞋子给黄太太穿到脚上。不管脱下也好，穿上也好，在她感觉都是同样自然的平常的事，而黄太太何必那么固执，那么大惊小怪的呢。

黄太太再三谢绝。当她看到李蕙良一脱鞋子的时候，她的心一跳，脚一哆嗦，她已经感动得不得了。这会儿，她又看到李蕙良把鞋子送到眼前，怎么好意思伸手去接呢？本来，要是过去，在她看来，一双鞋又算什么；但眼下这双鞋，她觉得比什么都贵重，好像是一种什么圣灵之物而有一种感召的力量，把她感化——由凡庸的世俗超脱而升华到崇高的境界。所以她想：人家既然为你舍得自己，难道你就舍不得自己陪陪人家吗？于是，她也马上脱去自己的鞋子，跟李蕙良走起来。她脚上只穿着玻璃丝袜，差不多和李蕙良光着脚一样；由这一点开始，她和李蕙良有了姊妹之感。

她俩沿着这条泥路，一直走去。李蕙良手里提着花布鞋，等洗过脚，也好再穿。黄太太把自己的坏高跟鞋扔得远远的，不想再穿了。现在，她觉得这样光着脚反倒好，脚掌舒舒展展，凉森森的，怪有意思的。虽说这是生来第一次放肆的尝试，但她感到一种新的生活的开始。这，她要感激李蕙良呢……

可是，何柳站在原地，一直快快不乐；等到她们从雾中消失之后，他长出了一口气：倒霉，偏碰上这个丧门神，搅散人家难得的机缘；最要紧的，打断人家心坎上有关人家命运的倾心话……

四

何柳来到，是午休时候。办公室空起来，人们都在食堂吃饭。

雾气渐渐地消散，稀薄，下落；望开去，在地面上，好像铺了一张很厚的软绵绵的地毯。假如能在那上打个滚，该有多么痛快。

出现在这地毯之上的，飘着红旗的起重机的尖端，和大厂房的房顶，格外新鲜、美丽。

何柳没有找人谈工作，也没有到食堂去吃饭；一个人躲在办公室里，悄悄地在写信。

他平时经常写信，情绪十分宁静；因为这些信都是用手写出来的，仅仅是用手写出来的。但他现在写起来，可大不相同，觉得非常紧迫，呼吸困难，心也跳得厉害，好像这信是从心里跳出来的；每个字都有它的细胞、它的生命，并且在他的眼下活蹦乱跳个不停……

“信！”

是个惊人的声音。吓了一跳，他怕有人发现了他的秘密。后来，镇静一下，他才看见韩淑梅从窗口递进来的一封信。

“谁的？”

“李蕙良的！”

“她还没有回来。我先给代收了吧！”

“不行，不行，信上写的‘亲收’，那可要交给她本人！”

然而，何柳写的这封信，是个光信皮，没有“亲收”，连个姓名都没有；反正他自己心里明白，这封信是要亲自送到收信人的手。

他走出办公室，在通往工地办公室的路上，慢慢地往前走，以便去迎收信人那只手。

果然，没有多久，在这午休行人稀少的路上，他发现李蕙良的影子。他看了看她，还是光着脚丫走的，走得轻飘飘的；手里的花布鞋，仿佛是美丽的花蝴蝶。这时候，他心里一笑，开了花。于是，他飞快地扑上去，好似花是为蝴蝶开、花是该扑蝴蝶的。

可是，他扑到跟前想把信送给她的时候，忽然大失所望；因为他需要的手，多么有用的手呵，一手提着一只鞋，廉价地蹚过泥水的鞋。这叫他怄心了。怎么好？他只好先拿过来那双鞋，然后把信塞到她的手。

“是给谁的呢？”李蕙良一看光信皮，脸上一冷，故意问得这样冷言冷语。

“给你的，蕙良。”何柳小心地回答。

“写些什么？”

“是我刚才在路上准备要说的一些话……”

李蕙良打开信，一着眼便完。其实，用不着这一瞥，她已经想到信上写些什么。

“何柳同志，你不该对我再提这个问题！”

“有什么不可以再提的呢？”

“那我可再不回答你！”

“蕙良，我一定要请你回答；否则，咱们没法在一起开始工作……”

“工作是工作，生活是生活，两回事！”

“可是，这二者有密切的关系。要是你现在不明确地回答我这个问题，咱们此后没法在一起工作！”

何柳表示得那般强硬，一定要把李蕙良战胜似的。

李蕙良忍不住把信一揉，想再撕一把；但她为了照顾何柳的自尊，没有撕下去。她从他手里要过来那双花布鞋，把信还给他。

何柳接过信来，感伤起来；但他看了看信，觉得还好：皱是皱了些，总算没有破裂。

李蕙良抽身走开。何柳也紧跟着她走开，不，他还是无休止地逼着她问，逼着她走。但她最反对这样强压的逼供。难道爱情是可以鲁莽地逼出来吗？她被逼到办公室悬空的墙角附近，已经感到无路可走；她发了脾气，好大的脾气呢。

“你一定要我回答也可以，我告诉你，和我过去告诉你的一样，我不能答应你这个问题！”李蕙良咬牙切齿的，咬字咬得清清楚楚，“路，走错了，应该回头；可是爱情，爱错了，怎么可以回头？”

何柳一怔，哑住。

韩淑梅跑来，把信递给李蕙良。

这时候，李蕙良绷得很紧的脸，立刻舒展开，微微一笑，甜蜜蜜的，仿佛她收到比蜜更甜的东西。

何柳站在李蕙良的身旁，用眼瞟了瞟她手里的信：熟练的流利的笔锋，有一种生动而潇洒的风格。他知道，这种笔迹，只能是宫少达写的。突然，他感到紧张；但在紧张中，他却在保持应有的矜持。

其实，李蕙良读过信，结果也不过证实一下何柳传来的消息而已。

这时候，她那一度出现的甜蜜蜜的笑容收敛起，身子一软，好像在大病之中瘫痪下来。那痉挛的脸上，不住地在搐动。那嘴唇紧闭，咬牙切齿，嘎吱嘎吱的。

何柳看得明白，不觉暗暗自喜。

李蕙良心里，恨呢。

她恨过种种人。她恨过黑山和“黑帽子”，恨得不得了。她恨过日本关东军和宪兵，恨入骨髓。她恨过国民党和“中央军”，恨得要死。但现在她恨的这个人，完全是另外一个滋味——不恨不行，要恨又恨不下去。本来，是那么亲密过的人，可以原谅他吗？不，要恨，恨他轻言寡信，恨他冷酷无情……本来，是那么亲密过的人，难道可以这样恨下去吗？不，不，要恨，恨自己，恨自己幼稚无知，恨自己枉费心血，恨自己瞎了眼睛……瞎得很呵，连眼泪都流不出来……

何柳伸过手去，扶住她的臂膊，免得她瘫到地上；不，他用手托住她的胳膊肘，等她倒了，正好落入他的掌握之中。

“蕙良，现在你明白了吧？”

“何柳，不谈吧，我想休息一下……”

“他这个人，就是这样，朝三暮四的！”

“在我们中间，请你不要再提他吧！”

“哼，要不是他，我们的关系，还不会弄得这样糟；可是，你们的关系，并不是我弄糟的。我只是在他抛弃你的时候，伸出友谊的手。所以你应该重新考虑我提的问题。”

的确，是宫少达抛弃了她；但人究竟是人，不是别的什么东西，更不是什么剔庄货，急于减价出售。于是，她一气，就有了力气；她用力地一甩身子，把何柳托着她的手甩掉。

随着，何柳也激动起来。

“你，你为什么，为什么对我这个态度……”

“因为我跟你没有感情……”

“感情是可以培养的！”

“感情可以培养……你以为这是种地，撒下种子，就能发芽吗？”

从一根管子的管口，探出一个人的脑袋，有一双半睁半闭的睡眼在凝视。

“我说，在午休的时候，你们还吵啥？你们一定要吵的话，换个地方，好不好？人家在这儿还要睡觉呢……”

韩淑梅站在一边，一直在观察，但她单纯的心灵，理解不了何柳和李蕙良这样复杂而暧昧的东西；现在，要是和他们对比的话，她这位工地的小观察家，简直是个小乡巴佬。所以她跑到食堂去，赶快把牛成拉来。

不过，牛成——代理工段主任可不能让孩子随便摆弄；他躲在墙角这边，要先听一听。

“你怎么这样三番五次地打击我的情绪呢？现在不比咱们过去同学的时候，现在咱们要在一起工作；这样，咱们怎么在一起工作呢？”

“怎么不能在一起工作呢？”

“不能在一起工作！”

“你威胁不了人，我不怕！”

“你不怕，好嘛，让你负责！”

“我负责就负责，如果组织同意我负责的话！”

牛成一听，对的。悄悄来了的他，又悄悄地走了。他到党支部办公室，把这些都告诉了于清。并且，他主张让何柳回去，三号油库交给李蕙良负责。于清赞成这个意见。

因为没有找到吉主任，牛成和于清到党委书记办公室来找夏书记。这时候，恰好周凤琦也在座。为了何柳的工作问题，他正在气哼哼地打官司呢。

跟他对面坐着的夏书记，皱着眉头，沉默不语；但她脸上冷淡的神情，已经说明她不准备考虑周凤琦提出的问题。

因为作为党委书记的她，有她不可动摇的原则：凡是行政的重大问题，她坚持必须通过党委会集体的讨论，而行政其他的具体问题，她从不干涉，并且一般的都加以支持。如果行政上发生了什么错误，那么她就跟吉主任说:“咱们共同负责。”在三号油库的问题上，她就是采取了这样的态度。其实，三号油库施工的前期，她还没有到职，有什么责任可负呢？可是，当吉主任向上级写完书面检讨请她看的时候，除了提些意见之外，她还亲自动手添了几个字:凡是“我”下面，都添了“们”；最后在“吉明”旁边，添上“夏桂云”——她自己的名字。

她的领导作风，既然如此严肃，在何柳的问题上，她怎么能随便采取另外的态度呢？即使吉主任处理错了，她也不肯代替吉主任收回行政的决定，何况吉主任并没有错。所以她说:

“你作为反映情况，我觉得倒好；你要是当做问题提出，我不能考虑。”

“那我可有意见！”周凤琦显然在闹情绪。

“你有意见，你作为党委委员也可以在党委会上提出来，让大家来讨论。可是，你的意见，我还是不同意；当然，我个人服从多数。”

因为夏书记态度严厉，言语尖锐，周凤琦不得不消停下来；他老老实实地一坐，像一尊佛像似的。在这间隙中，牛成和于清向夏书记提出请求，由李蕙良负责三号油库返修问题。周凤琦一听，忽然高兴起来，立刻从沙发站起，两只大手掌一合，啪地拍了个响。

“巧得很，咱们的意见，基本一致。现在，咱们党委书记倒可以重新加以考虑。”

是的，夏书记不仅考虑了，而且同意了牛成和于清的建议（说心里话，她一直在关怀李蕙良的工作问题。她认为对于这样新型的工程技术人员，应该尽可能地给以充分的实际的锻炼机会，而使之尽快地成长起来)。但为了约束周凤琦的骄恣和维护吉主任的威信，她没有表示自己的态度，反而向他们投出批评的眼光。

“你们建议，为什么不向吉主任提呢？”

“我们刚才找过吉主任，他不在办公室。”牛成解释着。

“那好吧，我可以转告吉主任，你们先回去吧！”

牛成和于清走了。周凤琦没有走，并且站在门口向走出门去的牛成和于清喊道：

“你们到家，就先把何柳放回去吧！我们家里，有一大堆问题等着他哪……”

“不，不，不能先放何柳回去！”夏书记从中制止住。在周凤琦面前，她要用坚决的态度，给吉主任以充分的支持，“考虑这个问题的，不是我，是吉主任，吉主任。”

于是，周凤琦往广播台打了个电话。随着，整个现场的扩音器都响起来：

“吉主任注意，请到党委书记办公室去……”

当吉主任听到广播台召唤的时候，恰好他陪着苏联专家司留沙列夫检查完了现场工作，经过一番曲折复杂的历程而回到安静的苏联专家休息室，准备根据夏书记的意见，重新整理书面检讨而回顾起自己多半生的曲折复杂的历程。

他是清代最末一年生的，而他在孩童年代留下来的照片，头上还有一根小发辫。他生长在那样没落的封建家庭，徒有纨绔子弟的声名，实际是最清苦的学生。他在私塾苦读过《四书》《五经》，在中学借阅过马克思列宁的著作。九一八事变那年，他参加过反日游行大示威，而后他参加了党。

从此，他开始革命的工作，从地下工作到公开工作，从武装斗争到建立抗日根据地，从解放战争到建设社会主义的今日，他的工作是有过许多的变动的。但他有一点从未变动过，就是他个人与党的关系，一直是正常的，忠诚的。不管黑夜或黎明，不管暴风雨或晴和之日，也不管个人受表扬或犯错误的时候，他和党的关系一向如此。他做地下交通员的时候，他热爱交通站负责同志；他组织游击队的时候，他敬重政治委员；他担任市长的时候，他敬服市委书记；现在他是工地主任，他尊重党委书记。说实话，假如夏书记不是一位老大姐，那么他会跟夏书记更亲密一些。因而，有时他心里也在嘲笑自己，大概由于自己家庭出身的缘故吧，还残余着某些封建意识。但在这一点上，并不影响他和她之间的谐和，特别不影响他对她的尊敬。不论谁叫她“夏大姐”，而他只称她“夏书记”或“党委书记”。

每次如此，凡是听到“夏书记”或“党委书记”召唤的时候，他都是尽快地赶去的。但这次有些不同，因为重重的回顾，他感觉心情沉重，腿脚也沉重，便起身慢些，走得也慢些，大约迟到了半个钟点。

这么久，周凤琦倚在沙发上，一直没有动地方；他要拿的东西、没有拿到手的时候，他是不肯走的。夏书记认为他这样的等待，完全没有什么必要：但他既然赖住，她也不好把他撵走。吉主任一看见他的时候，皱着眉头，跟他握了握手。吉主任知道只要动一动二工段的干部，这个人不闹到党委会是不会罢休的。

“吉主任，不管周凤琦同志的要求，你是不是考虑一下三工段提出的这个意见。”夏书记把三工段的建议告诉了吉主任。

“夏书记，我同意三工段这个意见，行政上可以收回通报的决定；通过一下工地主任会议，也不会有什么问题。”吉主任停了停，踌躇一下，“问题是在总工程师。因为三号油库返修工程，包括许多复杂的技术问题，李蕙良代替何柳，能不能完成这个任务呢？在这一点上，总工程师可能有意见，至少他要考虑考虑……”

“对的，关于技术问题，要跟总工程师商量。”夏书记谨慎地说。

“这一点，没问题，我可以跟总工程师说得通！”周凤琦赶紧插了一句。

“周凤琦同志！”夏书记的口气严厉起来，“你跟总工程师谈话，需要注意，第一，他是你的上级，第二，他是民主人士！”

是的，人们以民主人士看总工程师；总工程师也以党外人士自居。他和党的关系，正同他现在走到党委书记办公室门口的时候一样：他一脚门里一脚门外地跨在门槛上停着的、可进可退的姿势。这时候，他要问一问：“你们还在谈问题吗？”这意思是，如果有什么不便于他听的话，他立即可以告便。“是找我吗？”这是表示，他知道到这儿不同于到现场，决不冒昧。在他听见夏书记说“请进”和“请坐”以后，他才走进去。一看周凤琦坐得那么大模大样，他便想到周凤琦必然坐的是原告席，而他只能处于被告的地位了。因而，他没有就近坐在周凤琦的身旁，而宁愿从周凤琦身旁绕过去，挤到夏书记那边坐下；他要跟周凤琦隔开，能隔多么远，就隔多么远，反正他不想碰着周凤琦——“老革命”是碰不得的。可是，在他听到党委书记和吉主任说明问题以后，他摆脱了那些不必要的顾虑，可以想说什么就说什么了。

“我是从技术观点出发，主张何柳负责三号油库；假如调动他有困难，或者有不妥当的地方，可以考虑重新调换一个同志。不过，李蕙良……李蕙良……只是一个青年，只是一个见习技术员……”

“不错，李蕙良只是一个青年，只是一个见习技术员；但是，我们必须认识，她是一种新生的技术力量！”周凤琦似乎是在进行着宣传鼓动工作，“在不久的将来，在我们全国范围展开的、大规模的、社会主义的工业建设，特别是一百四十一项的重点工程，我们就要依靠这种新生的技术力量！所以现在，我们就要培养这种新生的技术力量！”

“是的，工地主任常说，我们年老的一代要给年轻的一代让位的……”

“是嘛，人总要死的，这是自然的规律！”

不知道从什么年月开始的，总工程师在某些字眼上犯忌起来，比如“死”，是他最怕听的。可是，现在周凤琦触犯了他这个禁例，禁不住大生其气。于是，他索性开戒吧。

“是的，人总是要死的！尤其是我这个老头子，要比你周主任死得早！说不定哪一天，我在现场摔个筋斗，就不用再起来了。那时候，那时候，我能带走什么？什么也带不走！趁着我现在还有一口气，我为什么不愿意把我的技术留给后代呢？难道我是……”

“总工程师！”夏书记一边用眼色制止着周凤琦，一边向总工程师说明着，“我们了解你，你不是保守的人！”

“我们知道，总工程师非常爱护青年同志。”吉主任带着安慰的口气说，“我们也知道，总工程师对于三号油库的返修，不能不考虑负责人的技术问题。”

“你们二位是了解我的，知道我的。”总工程师看了看夏书记和吉主任，“我说心里话，在青年同志当中，李蕙良给我的印象是最好的；不过，要把三号油库交给她，我是不放心的！她不仅是个青年，是个见习技术员；而且，她是个女同志。即便我不考虑她的技术，我也要考虑她的勇气，她究竟敢不敢负这个责任呢？”

于是，把李蕙良找来了。

她已经洗过脚，穿上花布鞋，走得非常利索；但推开门一见在座的都是负责同志，她立时规规矩矩地垂直了臂膊，放轻了脚步，好像还是没有穿鞋子怕扎脚丫似的。她这样蹑手蹑脚地走进来的时候，略微把头放低些，让长睫毛遮着发湿而又发红的眼睛；但她一想到在领导同志面前，在工作面前，就把自己的忧伤和痛苦完全搁起，而以虔诚的心情，顽强的意志，挺起发软的身子，迎上前去。并且，她坚决地表示：

“如果没有人负责三号油库……如果组织上同意我负责的话，我负责就负责！”

总工程师把她拉过来，让她紧紧地挨近自己的身边，好像有什么无邪的私话要谈似的。

“我问你是不是敢呢？”

“敢！”

“不会像梅玉兰那样哭天抹泪吗？”

“总工程师呀，我也像梅玉兰呢。我从前哭过，我刚才还掉过眼泪……不过那是因为另外的事……”

“什么事？”

“不值得提的事！”李蕙良不敢抬起眼睛，把头低下去，有一滴眼泪，悄悄地落到地上，“可是，在工作上，不管碰到什么困难，总工程师，我保证，我不哭，我连一滴眼泪也不掉，我不会像梅玉兰！”

“这个工长的工作，要比梅玉兰工长的工作苦得多，要不分昼夜地滚在工地上，你——一个女同志方便吗？”

“没有什么不方便的。我今晚上就可以搬到工地住！”

最后，总工程师终于点了头，吉主任重新做了决定：李蕙良担任三号油库的工长。

夏书记和周凤琦站起，同时向李蕙良伸过手去；但是，周凤琦只是表示对她道谢，谢谢她帮助他打赢了官司，而夏书记为的是给她祝贺，祝贺她走上光荣而艰苦的工作岗位。

五

当天下班的时候，雾气完全散尽。晴朗的天空和清爽的地面之间，充满着黄昏之前的柔和的阳光。从密集的拥挤的人群里，李蕙良和牛成拖出来斜长斜长的影子，回到夏书记的宿舍。

此刻，夏书记还没有从工地回来；这恰好合乎李蕙良的心意：趁着夏书记不在家，搬走算了，免得打搅她；要麻烦，就尽着牛成一个人麻烦吧；反正从小在一块儿长大的，用不着客气。

牛成把拐杖搁在身旁，让一只腿用力地倚着床边；他在收拾李蕙良的铺盖，翻来覆去，也不过那两件，旧麻花被，破狗皮褥；但他要把它摆得整齐，如意。李蕙良这一把那一把地忙着收拾零碎东西；当然，还有她的胡琴。

“真是的，让你这位副主任给我当了小鬼！”李蕙良看了看牛成。

“说真的，我当小鬼倒在行，当副主任可不够资格；可是，一下子，又成了代理主任，小玉，你说咱怎么行！”牛成闷着头说。

“你打过仗，你还当过营长，你还说你不行；那我行吗？一出学校门，就当了工长。小牛呵，反正没有人手，咱们都得顶着！”李蕙良注意到牛成把她的枕头、衣包都搁进去，便转过来制止他，“不，分开，分开，分两个包！”

“这么一点点东西，还分两个包！”

“分两个包，好拿！”

老鲁来找李蕙良，说黄太太请她过去一下。做了好几天的邻居，没有过一次的来往；李蕙良知道这是今天的雾气把她们融合起来，第一次发生了关系。

“来，请到这屋吧！”黄太太在过道上，等候李蕙良。

李蕙良一看她已经不是今天在路上那个可怜样儿了，而且，重新经过一番的打扮。她换了一身杏黄色的透笼的丝绒袍，透出粉红色的衬裙；白白嫩嫩的脸，没有擦粉，单单抹了红嘴唇；她伸过来染着指甲油的小白胖手，亲热地把李蕙良拉到一间空屋里。

李蕙良一进门，闻到一股强烈的香味；显然，主人在屋里洒过香水。

窗上挂着绿绸的窗帘，床上铺着绣花而美丽的床单。最引李蕙良注目的，是在一张精美的小圆桌上，竖着有桌面大小的大镜子；在镜子前面，摆着那么多的化妆品：香皂，胭粉，口红，香水。看起来，主人是费过一番苦心装饰过这间屋子，特别设置这个临时的化妆台。

在明朗的光线里，浮动着一种安逸的舒适的气氛。

“请你看看这屋子怎么样？”黄太太有意地问。

“好！”李蕙良莫名其妙地答。

“要是你不嫌弃的话，你搬过来住吧！”黄太太这样一说出口，把李蕙良的手拉得更紧了，“要是你不嫌弃的话，咱们俩就认个干姊妹吧！你住在这儿，就像住在你家一样。随便你住多久，三年五载都好；住到你出嫁的时候，我就再不留你！”最后，她的嘴，贴着李蕙良的耳朵，说了一句贴己话。“好妹子，你早点儿结婚吧；在男人的眼睛里，咱们女人一过二十五，就老了！”

在这个曾经可厌的女人——狭隘嫉妒的黄太太第一次对年轻姑娘放开心胸的时候，李蕙良从她庸俗的谈吐中，却发现了意想不到的一副热心肠，感动得她把黄太太的手握紧起来。

“可是，黄太太……”

“咦，咱们还是姊妹相称，我姓白，名字叫茹珠。”

“茹珠姐，我告诉你，我不能搬到你家住……”

“你还生我的气吗？”

“不是的，我要搬到工地去！”

“工地上，烟雾腾腾的，怎么住！”

“工作嘛！”

大镜面上映着两副不相同的面孔，却露着一种相近的喜悦。

“工作，工作，那你在这儿少住两天吧！”

“不，我马上要搬走，正在捆行李呢！”

“今天是礼拜六，明天是礼拜天，你在这儿住一个晚上，明天再搬。”

“不，不！”

“你为什么这样呢！”

“工作需要！”

“可是，明天是礼拜日呀！”

“我告诉你，我担任了新的工作，我就要从这个星期日开始第一天的工作！”

“你担任了什么新的工作？”

“三号油库的工长！”

李蕙良笑眯眯的样儿，已经掩饰不住自己对这个工作岗位的心满意足。

在白茹珠看来奇怪得很。好大的工地，好多的工作，一个人为什么偏要自找苦头呢？

“三号油库不是出了毛病吗？”

“是呀，就是因为出了事故，我才担任了这个工作。”

“你愿意吗？”

“愿意，当然愿意！”李蕙良说得非常心安理得。

本来，白茹珠觉得她最了解“女人”，而现在怎么不了解李蕙良呢？李蕙良为什么热衷于那样的苦差事呢？她在遗憾中，搓起手掌。她要伸手挽救她的好友。

“蕙良妹，你不要担任这个工作！你换一个吧，换一个！”

“不，不，黄主任今天早晨还鼓励过我担任这个工作呢！”

“他真的这样说过吗？是不是你听错了？”

“真的，他这样说过，我一点儿也没有听错。”

过去，白茹珠跟她的丈夫一起生活过十多年。她认为她最理解他。连他眉眼上的语言和心里的声音，她都懂得。可是他为什么要那样的“鼓励”李蕙良呢？不是发疯了吗？现在她觉得不理解他了，完全不理解他了。想到这儿的时候，她作为一个妻子而感到痛苦。但丈夫毕竟是丈夫，她要替他在李蕙良的面前做些辩护和解释的工夫。

“……那是他失言了，失言了……三号油库的责任，可不好负……万一你听了他的话，那连我都要对不住你呢……”

“你放心吧，我不会让你对不住呢！”

在李蕙良回来的时候，牛成把她所有的东西统统打在行李卷里了。

“打开，捆两个包！”

“不，你看捆得多么结实！”

牛成为了要给李蕙良看看行李卷是怎样的结实，把它往地下一摔；但他的身子一歪，差点儿倒了。

“这缺德的腿，它不给你做主！”牛成拍了拍那只木棍子似的腿，“哼，当小鬼怕都不够格的！”

“我说打两个包么，咱们俩好背；你偏捆在一堆，这让你怎么背？打开，重捆！”

“不！”

牛成拿起拐杖，背起行李就走，而且一颠一颠地走得那么快，使得李蕙良要用小跑追着。追下楼梯，追到房门外，李蕙良才把他追住了。

“你一定要打开，咱们俩分担！”李蕙良拉着牛成肩上的行李。

“你别以为我残废了，完蛋了，我真不在乎这一点儿东西；你不信，我给你背个样儿瞧瞧！”

牛成一抡肩头，甩开李蕙良；他哼着喇叭腔和锣鼓点，扭起秧歌舞来。显然，他这个残废人要在她的面前显一手。忽然，他听到身后有人在送行，回头一看，在房门口站着那么一个妖里妖气的女人。这时候，他不哼了，不扭了；他可不能在这种人面前丧失副主任的身份。

在路上，走过一条街以后，李蕙良又拉住了他。

“你不打开，那就咱们俩换着背；我手里拿的，给你！”李蕙良手里提着一些零碎东西。

“你别闹了，你闹得我刚才都出了洋相！”牛成一耸身子，脱开李蕙良的手，就走开。

他们一边走着，一边拉扯着；工地离得还不算近，而夕阳已经拖长了他们的背影。

他们又一次停下争夺行李的时候，有一辆迎面开来的小汽车，突然停在他们的身旁；他们扑上去一看，碰上了下班回去的工地主任和党委书记。

“我要批评你，你怎么可以不告而别。”夏书记笑着，看着李蕙良。

“司机同志，把车子掉过头去！”吉主任从车窗探出头，注视着牛成的拐杖。

最后，是这辆车把李蕙良和牛成送到工地去。

第五章　星

一

李蕙良搬到工地的时候，已经是黄昏了。

在苍茫的天空，有几点一闪一闪的东西，是隐约的捉摸不定的星。

在烟火腾腾的气氛中，有数不尽的盏盏灯光，把工地照得通明。

当牛成帮助把行李搬进办公室的时候，李蕙良发觉他的铺盖早已搬到外屋去，而把里屋给她让了出来。屋里，原来斜对角摆的两张办公桌，现在拼成了一条条——不比床窄，倒比床长多了；在桌的一端，摆好饭菜，还有一瓶葡萄酒。显然，这是事先经过牛成的布置，请人把一切都给她准备好，单等她一到就可以大吃大睡的了。并且，她发现灯光下有两个女同志蹲着，用什么在垫桌腿。其中一个年纪小的韩淑梅，是她认得的小女通信员；而另一个比韩淑梅大几岁的，不知道是谁，她还没有见过一面。可是，人家一见她，就亲亲热热地把她抱住。这时候，她完全愣了，干瞪着那双明亮的大眼睛，不知道说什么好。

“我来介绍……”牛成腼腆地说着，把头低下去，“这是……这是你的大嫂。”对李蕙良说，他觉得应该这样介绍。

“咦呀，亏你这一介绍……”牛成的妻子撒开李蕙良，回过身去，对她的丈夫把嘴一撇，“把人家介绍得好恶心，大嫂二妹子的，像啥话！”

“好，好，我再重新介绍一下。”牛成扬起头，爽快地说起来，“这是任淑贞同志、团支部委员、俱乐部主任、模范电焊工……”

任淑贞向牛成一扑，用手把他的嘴捂住。

“够呛啦，够呛啦，你别替我宣传吧；人家连电焊工都不是啦，还模范呢！”

“现在她变过职名，是咱们工地的广播员！”韩淑梅在一旁给做了补充。

不管任淑贞是什么职名，反正她是牛成的妻子，是好朋友的爱人呵。李蕙良这下可要好好地开开眼，把任淑贞翻来覆去地瞧着，好像在品评什么心爱之物似的。只见她头后披着一头密密的短发，露着一圈白脖颈；小圆脸有些贫血，薄嘴唇也没血色；两条粗黑的眉毛竖竖着；一双俊俏的眼睛，略微有点儿吊眼梢。她给人一种乐观、泼辣和爽朗的印象。李蕙良觉得这样性格跟自己有相同之处，所以非常喜欢这个人。她心想，牛成娶到这样好的老婆，必然会感到婚姻的美满。当然，她因为朋友的美满婚姻也感到安慰和欣喜。

“可惜咱们还不认得呢。”

“我可早就知道你，牛成早把你的历史都跟我说过啦；今天早晨，我还广播过你的名字呢。”

雾里飘荡的清脆的声音，重新在李蕙良的耳边浮起。

“对，那个口齿不清的广播员，就是她！”牛成插嘴说着，显然带着几分故意讥笑的口吻，但它分明是属于一种显示爱情的奚落。

任淑贞把身子一挣，好像要跟牛成动手似的；但手被李蕙良握住，握得紧紧的。因为握得紧，李蕙良都感觉出广播员的手掌还未曾脱掉电焊工的茧子，在硌人呢。

“你为什么要改行呢？”李蕙良有一种惋惜的情绪。

“我不想改行，可是……可是……”任淑贞结结巴巴的，囫囵吞枣地说了一句，“因为人家都知道我爱说话，就叫我上了广播台！”

韩淑梅从旁用眼睛向李蕙良示意，并用手在自己的胸下画了一条弧线。

于是，李蕙良才注意到任淑贞隆起的大肚子；噢，原来她是孕妇。

骤然，任淑贞的脸红了，羞怯得连忙拉了拉衣襟；但她拉不直制服中间的扣线，至少有两个扣子是不听她摆布的。因此，她一举手，揍了牛成一拳头。

新婚当年，恼了，闹了，大半是假的；即使哭了，流的眼泪水，也甜丝丝的呢。

牛成笑眯眯地揉着挨过一拳的肩膀头。

“我根本不赞成女同志学电焊，早晚有一天爬不得高。”牛成瞟了李蕙良一眼。“就是当工长，你将来有一天也要发生类似的问题。”

这时候，任淑贞搂过李蕙良来，把嘴贴到李蕙良的耳朵上，她怕人家听见她要跟李蕙良说的什么话。

“我后悔，已经来不及啦！你不结婚吧！”

任淑贞说完，扑嗤一声笑起来，本来她说的是玩笑嘛。但李蕙良听得十分认真，不住地点头答应。

“好，我一定听你的话！”

因为李蕙良接到宫少达的信以后，的确曾经这样想过：“我不结婚了……”但她没有把自己跟宫少达的关系告诉任淑贞，这不是怕任淑贞知道她的心事，是怕牛成听到以后要为她的失恋而伤心呢。

韩淑梅早已摆好饭菜，斟满了酒。任淑贞把李蕙良按到皮圈椅上，让她的丈夫陪着李蕙良吃饭；她拉着韩淑梅往外走，走到门边又停下来。

“我这俱乐部主任得到食堂去检查一下会场。告诉你们一个好消息，咱们今天这个周末舞会，可够热闹的啦，有相声，有二人转……还要当场改造两个顽固分子。一个是咱们党委书记夏大姐，一个就是这……”任淑贞向牛成努了一下嘴，“他俩对跳舞，最顽固！可是，今天我们女同志已经布置好，一定要把夏大姐拖下海！蕙良，我听说你最不怕负责任，就让你负责这个家伙！”

任淑贞跑出门去，还可以听到她的朗朗的无忧无虑的笑声。

牛成知道：任淑贞是个最快乐的人。别人有唉声叹气的时候，但你从来没有听过她这种声音。她让你听的，只有她笑的声音。她走到哪儿，她的笑声就跟到哪儿；人还没到，笑声就先到了。她这笑，简直笑不完，白天笑，夜里也笑。她把你笑醒了，而她自己还在睡大觉。在睡梦里，人家可能说说梦话，而她只会嘎嘎地笑。而且，前几天有一次正当她这样笑的时候，曾经从床上滚到地下，险些闹小产呵……

“淑贞，注意，别摔倒！”牛成向门外喊过以后，又对李蕙良摇了摇头，“快做妈妈了，还是那么孩子气！”

“本来人家年轻嘛！”李蕙良在给任淑贞鸣不平，把“年轻”说得非常好听。

年轻，年轻，多么可贵，有海洋一般的热情，给你带来无边的快乐。可是，有时候它的波浪滔天，也会把你冲激得受不住，甚而感到难言之苦呢。牛成跟她不想说的话，倒想跟李蕙良说说。人要有爱人，也要有朋友呵。

“简直不懂事，总拉我去跳舞，她不想想我这条腿怎么跳得了。”牛成喝酒，像喝水似的，“你喝，喝吧。我告诉你，一赶上星期六有舞会，我都要躲着她呢！”

“可是，今晚上你可不能躲！”李蕙良用舌尖尝了尝酒，就闭住嘴，“我要对淑贞负责呢！”

在任淑贞的眼里，牛成完美无缺，她想为什么不能跳舞呢，即使他残废得再厉害些，她看她的牛成还是完美无缺，她还会想为什么不能跳舞呢。

任淑贞跑回，没有进来，只是手把着门框，探进头来；看样子，她缩头还要跑的。是的，她只为催一催他们快吃；然后她就得去催一个相声演员，这个活宝。

李蕙良看她跑得直喘，叫她进来坐坐。她不，摆了摆手。这样，李蕙良给她端起一杯酒。

“我没赶上参加你们的婚礼，现在我要敬你一杯！”

“好吧，我等等喝！”

渐渐地，窗外暗了。屋里灯光，显得亮起来。在光亮中，还只有他们两个影子。他们在等任淑贞，等到吃完饭，才把她等来。

李蕙良端起两杯酒。

叫李蕙良久候了，牛成觉得过意不去。

“你要人家等你，你看，你要人家等到什么时候！”

“咦，你说要等到什么时候？”任淑贞对牛成板着面孔，但向李蕙良一扭脸，她就笑了。“我要你等到我喝你喜酒的时候！”

“你刚才不是告诉我不要结婚吗？”李蕙良有意要难为她一下。

“我说是说呀，可是你也一定有一天，像我一样，自投罗网！”

“谁说我自投罗网？”王德成进来，摆出一副雄赳赳的面孔，好像准备要跟谁斗一斗似的。可是，他一见酒，斗志立刻涣散。因为一闻酒香，他也不知道心里怎么那样地痒痒，如同有小虫在心尖上爬着一般。他不客气地伸过手去，从人家手上夺过来一杯酒，倒到口里，接着，照样地倒了第二杯，似乎他渴极了，是要用水解渴的呵。当他要把空杯子还回的时候，才发觉原来站在面前的是李蕙良，是他要斗一斗的目标（因为这之前他只见酒，或端酒的手，并没有注意谁的手，或谁端的酒）。于是，富有燃烧力的他，着火了。“听说你当了工长，负责三号油库。到处找你，我要问问你，三号油库影响机装工程问题，谁负责？”

“我也要问问你，你是来喝酒的，还是来闹架的？要喝酒，你张开嘴巴！”任淑贞拿起酒瓶，准备往王德成的嘴里灌；可是她那么比量一下，又把酒瓶放下，“要闹架，你就闭住嘴！”

“我谈的是工作问题。广播员同志，你可管不着这码子事！”

“告诉你，今天是星期六，是一周的周末，现在是娱乐的时间；我这俱乐部主任可以管你——队长，不准你扯皮，叫你跳舞去！”

在耍笑中，任淑贞拽着王德成的胳膊就走。这样，他只好老老实实地跟她走了；因为火气再大，他也不敢碰她——双身子。

李蕙良摆脱了王德成的扯皮，但摆脱不了自己的焦虑。不错，现在是娱乐的时间；而这时间，是最容易过的。一旦到了明天，工作怎么开始呢？她自己不知道。牛成也不能回答她。于是，给总工程师打电话吧。

“总工程师，我明天开始工作。”

“很好。”总工程师平平淡淡的声音。

“可是，我不知道我应该做什么工作……”

“你是什么职务？”显然是总工程师故意要这样问的。他怎么会忘记她的职务呢？

“三号油库的工长。”

“三号油库有什么工程？”这越发问得奇怪。

“返修工程呗。”

“那你就应该做你的工长的工作，三号油库返修工程的工作。”清清楚楚，这是总工程师有意刁难人的口吻。

“可是，三号油库返修工程怎么开始呢？我要向总工程师同志请示！”

“好的，那你先准备一个施工组织设计吧！”

“施工组织设计”是书本上一个重要的术语。在她还没有来得及仔细考虑它的内容重要性的时候，任淑贞跑来，责备他们为什么这样地迟迟不去；并且说，她们已经把夏书记拉来了。

这时候，窗外传来一阵阵哄笑，娇喘的，清亮的，迸脆的，是出自天然狂欢曲的女声大合唱。

几乎每个星期六的晚上，或者别的假日的前夕，都是这样，只要能堵住夏书记，她们就把她从家里拖出来，拖到娱乐的场所去；即使如此胡闹一顿也好，反正达到了她们的目的——破除了她一个人的空闲和孤寂。

其实，任淑贞并没意识到这些。她以为世界上的人们都跟她一样的单纯。比如，一个人的身子要穿衣服，而一个人的心田用不着遮什么，永久应该赤裸裸。再比如，旧生活叫人已经苦够了，而新时代还有什么烦恼、忧愁和苦痛，要有的话，只应该有幸福和快乐，或快乐和幸福。特别在此刻娱乐时间之内，怎么可以不跳舞呢？跳吧，跳吧，跳它个一塌糊涂。所以她要李蕙良帮助她，两人架着牛成的一双胳膊，强拉硬拽地把牛成拖出来。

在门外，牛成一伙和夏书记一伙对照起来，在朦胧的天色之下，好似发生两起野蛮的绑架。但指挥的，都是任淑贞一个。她不住地喊着：

“喂，同志们，加油，加油呀！”

“呀，我的腿……”牛成叫起来，“我去，我去，你们松开手，让我自己走……”

音乐起奏，有一只提琴拉得很好听，使人感到特别愉快轻松。

屋里，悬空挂着红绿绸子；电灯上，用红绿绸子包起来。在这样辉煌的灯彩照耀中，充溢着欢腾的气息。

原来的饭桌，都已收拾起来，让出来整个地面，依然显得非常拥挤，连自由地任情旋转的余地都没有；人们只能小心翼翼地跳着，否则谁知道要碰到谁呢。

因此，李蕙良和牛成被挤到乐队的一边，不，是他们侵占了乐队的地盘，叫人家拉提琴的都感到碍手。她给他讲了讲跳舞的方法，然后一试不行。因为他有一只手是要拄拐杖的。没办法，她只好跟他对调一下男女的姿势；当她在伸手去搂他腰的时候，使他感到羞怯而在退缩。可是，牛成一想，不好这样，就按她的吩咐，听她打的拍子，对对付付地跳吧。

“咳，这腿多别扭！”

“一二三四……一二三四……”

她一边数着，一边在浏览周遭。的确，她原来没想到过工地上会有这么多跳舞的爱好者，一对一对的，跳得那么兴高采烈。老炊事员和韩淑梅配成一双，真像爷爷跟孙女儿；但他俩跳得非常好，步法谐和，姿态美妙，使人觉得他俩在这畅心悦意的陶醉里成了忘年交。忽然，有一对从人群中闯开一条胡同，把老小俩闯得一栽歪，放肆地跳过来。她注目一看，是王德成和梅玉兰两个。梅玉兰在对方粗壮的臂膊的围抱里，身子硬邦邦地挺着，脸孔死板板地皱着，这是说她有一股厌恶的情绪，而又处于无可奈何的被动地位。王德成相反，有滋有味地大跳而特跳，眉飞眼舞，忘其所以；显然，他完全意识不到他这种拉夫式加以横冲直撞的鲁莽，活像“二人搬”。但他这怪相，却让李蕙良想起，不仅想起明天扯皮的勾当，而且想起明天忧心的事。

“一二三四……明天……”李蕙良跟牛成说着，“总工程师叫我准备施工组织设计呢……一二三四……”

“噢？”牛成觉得奇怪，“你怎么准备得了呢？它包括方案、设计、计划、组织，反正施工一揽子都在内。要准备，也应该总工程师、苏联专家准备，至少应该黄主任准备。你要问问他们！”

因为打不通电话，她决定去找总工程师。当她经过食堂门口的时候，她还看到那一伙蠕动的人影，还听到“女声大合唱”和“喂喂”地喊“加油”的声音。

是夏大姐在做最后的挣扎，不，不，也是她在戏耍，戏耍她所喜爱的青年们。可是，爱护青年的总工程师，为什么要难为人呢？

二

夜色里，这些新建的一幢一幢的家属宿舍，都是同样的模模糊糊的暗影。每幢两层，每层分开两家住；在没有开灯的楼梯口，都是同样的黑洞洞的门首。李蕙良好不容易摸到总工程师的家门口。可是真别扭，一个邻人说他不在家，而且他家只有他一个人。奇怪，一家为什么只有一个人？如果是单身汉，为什么又要住家属宿舍？这不关她的事，她得找司留沙列夫专家去。

是一条美丽的街。街的两旁，栽着高耸的钻天杨，枝叶挺到高空，交错地组成箩筛式的天棚，在无数的洞孔之间，有星光闪闪。乍看上去，不知道是树钻到天上去，还是天本来就那么低的。树下，竖着标致的路灯，金属柱刷着银灰色，装有毛玻璃的凸出图案花纹的灯罩，明光四散，光线柔和。从这条街望到尽头，可以望见一颗由灯光组成的灿烂的星——苏联专家公寓、司留沙列夫的家。

她来得又不凑巧，有个保卫员同志说专家生病了。那只好罢了。可是，专家夫人尼克拉耶夫娜一听她会说俄国话，就拉住她，跟她说起司留沙列夫的身体，怎样的健康，怎样玩“高洛特吉”（一种木棒游戏）；不过，因为他的年岁大了，有时候血压高些，是医生强制他在休息。

“来吧，我的丈夫会欢迎你。”尼克拉耶夫娜拉住李蕙良往屋里走着，“当然，他看见你要比看见医生好，谈问题要比吃药好的。”

是很整洁的客厅，有好多盆早开的黄菊花。玻璃茶几上，摆着苹果和咖啡糖；看来，随时都在准备待客的。

站在明亮灯光下的尼克拉耶夫娜，显得十分健康和漂亮。单薄的丝绸布拉吉，遮不住她的丰满的体态；额头和眼角的皱纹也破坏不了她的美丽的姿容。她的满头白发，发着闪闪的银光；想来，她在六十岁左右吧。但她还是那么热情地忙于招待客人，剥糖，削苹果。

“谢谢，您歇歇吧！”李蕙良客气地说。

“您不要为我担心，我生来没有病过。我的父母都活到一百岁，现在他们还在集体农庄养蜜蜂呢。”尼克拉耶夫娜乐观地说。

由于身心的健康，她一向保持如此饱满的乐观的情绪。就是在苏德战争最困难的年代，儿子在斯大林格勒牺牲、女儿在莫斯科被炸伤、丈夫在远东失掉消息，而她一个人陷在列宁格勒饿到晕倒被抢救的时候，依然乐观地说：“你们不要为我担心，我能活到我愿意活的时候！”

在来中国以前，她曾经是一个煤矿的副矿长。从年轻的时候起，她就摆弄这种东西。也许因为这个缘故，她最爱黑颜色。当这次她陪着她的丈夫离开祖国的时候，她是难受的；而一到了中国，她就喜欢起来。因为这个国家的人们，那么富有黑的东西：黑头发、黑睫毛、黑眸子……所以现在她要尽情地招待招待这位客人，这美的煤精、美的黑水晶。

一扇侧门轻轻地开开，有一个穿白罩衣的年轻的苏联妇女悄悄地走出来。玛洛霞，是负责全部苏联专家和家属的唯一的苏联女医生。她告诉尼克拉耶夫娜，司留沙列夫的情况良好，并且她收拾着听诊器准备要走；但当她发现尼克拉耶夫娜那么热衷于"黑"的时候，她又停留下来。

"黑的颜色最美……"尼克拉耶夫娜唠叨着。

"不，各种颜色，都各有各的美！"玛洛霞反驳着。

"不，不，我认为各种颜色都没有黑颜色美！"

为了说服玛洛霞，尼克拉耶夫娜举了很多例子，由黑蝴蝶举到黑熊。当她感到对方依然不表示赞同的时候，她急坏了，再扯起自己身上布拉吉的黑绸送给玛洛霞看，扯到自己过去的恋爱故事讲给玛洛霞听。

"我从前年轻的时候，发誓要找一个满意的人。我的重要的条件之一，就是要找个黑头发。玛洛霞，你要知道，我挑选过多少小伙子呵，没有一个中我的意。可是，我一看见司留沙列夫，就看中了他。因为他有一头黑头发。当然，现在他的黑头发已经白了。"尼克拉耶夫娜感慨地张开臂膊，撇了撇嘴；忽然，她像个诗人似的朗诵起来，"狂热的暴风雨过去了，现在出现了恬静的晴空！"

李蕙良从旁听得懂，玛洛霞是为了尊重尼克拉耶夫娜的可贵的回忆，不得不违背自己的主张而迁就了她呢。可是，当玛洛霞知道李蕙良要见司留沙列夫的时候，她耸了耸肩膀，叹了一口气，把那整理好的准备拿走的手提包又放下来。

“尼克拉耶夫娜，无论您怎么说，我可不能同意这个；因为他需要休息，绝对地需要休息！”

“她只谈一个问题。”

“一句话也不可以！”

“作为一个妻子，我最懂得要怎样地关怀丈夫！”

“可是您不懂得作为一个医生要怎样地关怀病人，和她对病人应负的责任。”

尼克拉耶夫娜坚持着，摇着拳头；显然，她是不肯向人屈服的。玛洛霞不走了，一屁股坐在沙发上；看样子，她也不想再让步了。

李蕙良夹在她们当中，唯一能够作为的，只能悄悄地走了。因为没有见到司留沙列夫，她当然觉得很懊丧。但她心里，一直在感激尼克拉耶夫娜，同时也没有一点儿埋怨玛洛霞的意思。她们都是可敬的呢。

最后，李蕙良来到黄主任家。这儿是熟悉的地方。她在夏书记家住过好几天，而且刚刚在今天晚饭之前才搬开，现在回来，似乎也没有什么搬开的感觉。上了楼，她直奔黄家去。但老鲁在门口把她挡住。

“他们吵架啦！”老鲁小声说。

隔着门，李蕙良听到黄主任嗷嗷叫和白茹珠哇哇哭混合起来的声音。

她凑上前去，从裂开的一条门缝中间看见白茹珠瘫坐在沙发上，鼻涕一把眼泪一把地抹了满脸；而黄主任同被囚的野兽一般，野性地发作起来，从里屋到外屋，来回地乱窜。

屋里的一切装饰大为减色。只有墙上挂的照片，不减当年的风貌。

这是他俩十多年前的“结婚留念”物。在那上的他们，一个站着，一个坐着；站着的用手搂着坐着的肩膀，坐着的把头贴在站着的腋下；他俩是那样好，使人感觉有点儿肉麻似的。但他俩一旦闹翻，竟坏到这般地步——仿佛可以办离婚的手续呢。当年他俩结婚的时候，都穿着洋式的大礼服，在男女傧相的陪伴下，举行文明仪式，新郎和新娘，互相客客气气地行鞠躬礼。但现在他俩吵起来，也就不文明了，不客气了。她撕破身上的衣服，把那件透笼的丝绒袍已经撕得大窟窿小眼子的了。他一甩手，哗啦地一响，在地下摔坏了那座美术品的台灯——小女孩捧着灯泡的手断了，头也破了。

看到夫妻如此的反目，李蕙良心里也很不是滋味，还能谈什么“施工组织设计”呢，她想转身走开。

“你听，他们吵的，八成还是为了你！”老鲁拉住李蕙良，并且提醒她。

李蕙良一听，果然听见他俩在争吵中夹带着她的名字。于是，她又停住。她想，他俩争吵，为什么要提到她的名字呢?

其实，他俩为了女人争吵，是常有的事。比如，当她发觉他的瞳孔里有女瞳人，或者发现他抽屉里有笔迹秀气的信件的时候，不管他是不是无辜，反正她要无情地跟他吵定。今天的问题呢，虽说也是由女人引起的，但他俩的立场却不同于过去，恰恰完全相反；因为她跟一个女人要好，而他反倒跟她吵起来。

“……你，你还给她准备房间，要请她来住，……你对她这样好，我倒要问问你，她有什么好呢……”

“呀，你没完啦，你还要问呢……已经给你说过一百遍，今天那么大的雾，人家把鞋子脱给我，人家把我送了一路……人家这还不够好呀，人家为了我，这不也是为了你……”

“为了我，为了我……哼，假若不是她在工段给我胡搅一顿，假若不是她在会上咬了我几口，我还不至于落到这个地步——停职反省……”

“噢，怪不得你今天‘鼓励’人家去担任三号油库的工长……”

现在，白茹珠明白了，她毕竟是理解丈夫的。

现在，李蕙良也明白了。是的，原本是不该来的，那么她要走，要快快地走……

路上，她决定第二次再去找总工程师。她想，这时候，他是应该回来的。

在李蕙良第一次从总工程师家走的时候，总工程师在火车站接到他的爱人——一个老太婆：一头白发，满脸皱纹；她只比总工程师大三四岁，却显得比总工程师老得多呢。

等到下火车的旅客们散尽以后，这对老人并着肩，慢慢地走出月台；在铁路职工们的注视下，他们走远去。

关于他们老夫妻，在人们中间，有许多的传说，有的成为流言，有的传为美谈。

四十年前，有一夜三更天的时候——所谓吉日良辰，他亲自到佟家门上，用花轿把她迎来。在一阵鼓乐声中，他和她双双地走过铺地的红毡；在悬灯张彩贴满“囍”字的院心，在焚着金定香、燃着花烛、摆着神明盟誓的婚简的供桌前，他和她双双地双膝跪下，拜了天地。从此，这个佟家的闺女，成了郑门的媳妇，称为佟氏，或郑门佟氏。

当时，他这个洋学生对于这种父母包办的旧式婚姻，当然不能称心如意。可是，佟氏的确是个好人，温顺，善良。她容忍公婆的怨气、妯娌的恶言恶语，受着他冰雪一般的冷淡。而且，她用从娘家带来长期绣花积蓄的体己钱——崭新的“奉票”，贴补他进了大学。他在大学毕业以后，有了职业，有了钱，有了宅院，有了猫狗，有了儿女……一个家庭应该有的都有了，只是缺少夫妻的感情。凭着多年岁月的陪伴，无数白发的增添，在他们之间，也逐渐地增添了彼此相处的时间。当他们感觉他们有了原来缺少的那种东西的时候，年轻的狂热的相亲相爱的年代已经过去，而只余下老年的相敬相怜的道义了。

事实，他们的家，现在分居两下。他为了工作，不能不住在这儿，而他的老人不舍自己的老家，一定要住在那儿。这样，就苦了她。那儿有一家子人，她面对儿孙，要做祖母，抱抱哄哄他们；一转身，又有公婆拿她当媳妇用，捂被，倒尿盆。这儿有他，她是他的妻子，妻子应该照顾丈夫呢。所以她经常要坐两个钟头的火车来来去去。

当她来的时候，一进门，便开始她习惯的劳作：打扫，整理，浆洗，缝连；她来，好像只是为了这些似的。

那个邻人过来，说有个如何如何的女同志找过总工程师。总工程师一听，就知道来的是谁。在邻人走了以后，总工程师对他的妻子说：

“她可能还要来的！”

听说要来客人，总得招待招待，她便在桌上摆好点心，是她从家给他带来的。但他说他不见这位客人，即使她来的话。

“那就说你不在！”她以为可以这样回答客人。

他摆起手来，叫她不能那样说。因为他认为说谎话，有损为人的品格。即使为了摆脱儿孙的纠缠，他也从不哄骗他们；何况是客人而别有目的呢。

“你就说，我今天晚上不见她！”

惯了，只要是丈夫说的，一切她都照办。因而，在李蕙良来的时候，她只把门开开一条缝，没有让客人进屋来。

“我找总工程师，他在吗？”李蕙良问。

“在。”佟氏回答。

“我要请教总工程师一个问题！”

“今天太晚啦！”

“我只谈几句话！”

“改日再谈吧！”

“我见一见，好吗？”

“不，改日，改日！”

“是不是总工程师有话不见我？”李蕙良终于敏感到这一点。

“不是，不是，你这是哪儿的话呢！”

佟氏可不愿意叫她的丈夫得罪人。如果一定要这样的话，那么她愿意承担——随手关上门。

李蕙良当然不满意她。如果她不是一位长者，不是总工程师的夫人，李蕙良这样地被关在门外，也许还要说些什么不三不四的呢。

但佟氏完全不在乎。只要为了丈夫，不管人家对她有什么误解，什么责备，都可以。无辜的人，是不怕罪名的。

满天的星，纷纷闪动。有一颗流星，从黑暗的夜空闪开一条火线，陨落下去。

可是，李蕙良的失望和忧虑，却完全没有因她的不快的心境而消逝。

她是单纯的人，却经历了复杂的星期六的夜晚；本来是愉快的星期六的夜晚，她却觉得她最不愉快。多么倒霉。

她回到工地的时候，已经快到半夜了。现场的灯火明亮，有如破晓时光；夜班同日班一样，正在紧张地劳作。食堂开着窗子，仍在飘出着乐曲的音响。她扑到窗台，窥视了一番。

舞场上，不再拥挤，人们已经走了许多。现在留下来的人们，大概都很有舞兴，他们跳得非常起劲，任性地打着圈子。牛成已经学得不错，跟梅玉兰一颠一颠地跳着；他那种沉迷的神情，显然他正在享受音乐的快感。夏书记坐在一个角落里，原来包围着她的女同志们都不见了，只剩下任淑贞在她身边磨磨蹭蹭地说着："夏大姐，你下场试试嘛，我教你！"为了这，她这个舞迷，连一场还没有下过呢；而夏书记照样顽强，硬坐着，动也不动……

李蕙良知道自己的心情的不快，不想在窗前久停，更不想进门去；她只打算从食堂的暗影之中一溜，溜回办公室睡觉去。但当她溜过门前的时候，有个人影向她扑了过来。她一看，是老水鬼马海泉。

"马大爷，你怎么也来跳舞了？"

"傻孩子，大爷老胳膊老腿梆硬的，还能跳舞！"

她懂了，老水鬼是来看她的。凡是她困难的时候，他就会在她的眼前出现，好像是她的义务的保护人。想到这儿，她不知道怎的有点儿可怜这位老人，虽说他完全用不着她可怜。

"马大爷，真是的……"

“听说组织派你当了三号油库的工长……哈哈……小玉，你有了功名，你戴上一顶小乌纱帽……真叫人从心眼儿往外痛快，你大爷还喝了两盅呢，你闻闻……”

因为酒兴，老水鬼一股劲儿吵吵嚷嚷的。霎时间，在这舞场的门外，好像另辟了一处游艺所，招引行人围拢过来。在这当中，仅仅李蕙良认识的，就有：小梁，小霍，小调皮，头上裹着绷带的邹振山……

“马大爷，小点儿声吧！现在，你先不忙替我高兴；将来你就知道了，我胜任不了这个工作呢！”李蕙良的情绪是很不好的。

“我想得到你这个小犊儿，头一回给你上套；怕的是你打前失，大爷才来找你……要告诉你，你当这个工长，大爷举双手赞成……”

老水鬼只是有力地鼓励着后辈，并没有举起双手。但小调皮却举出拳头，小梁、小霍跟他也举了手。看得出，这是他们心悦诚服地在拥护女工长。

于是，邹振山和周围一些人们也随着叫喊起来：

“拥护女工长！”

在群众的叫喊中，李蕙良深深受了感动。这时候，她安定了些，因为她感到有所依恃的力量。

老水鬼走后不久，舞会散了。夏书记和任淑贞都熬了半宿，谁也没跳一场，就往回走了。牛成倒跳得很累，回到办公室就睡着了。

李蕙良一直悄悄地躺在办公桌上，在思考总工程师所指示的准备施工组织设计的问题；而工地的嘈杂的各种声音，却不让她安静地集中地思考任何问题。她用被子把头蒙起来，仍然隔不住那些强烈的响声：起重机的轧轧声，安装地下管道的吆喝声，汽车的喇叭声，火车的笛声……特别是火车从门前一过，摇撼着整个房子，不仅发出一种震动声，而且使人感觉房子也似乎被火车拉走了。因此，当她听到隔壁牛成的鼾声的时候，她想她也该睡了。

于是，她欠了欠身，把窗台上的台灯闭了。可是，屋里还是很亮。那悬空着的墙角的穴口，有一片光映到棚顶上；两边窗口射进来的光，在空中交流。那一边窗口的光，时而转强，时而渐弱，在光里出现的幻影，随时变化着，浓的像落叶在飞舞，淡的像云烟在飘浮。这一边窗口的光，一直保持着不变的强度，使人可以看清对面窗内伏在桌边的于清的面影。因而，李蕙良坐起来，推开窗子。

“于支书，你也搬来了吗？”

“你们都搬来啦，我还能不搬来嘛！”

“天这样晚了，你怎么还不睡？”

“我翻几何，有两道难题，可把我难住啦！等到明天，我还得问你！”

“于支书，你还问我呢；我还有一道难题，不知道问谁呢！”

李蕙良把总工程师给她提出的准备施工组织设计的问题，告诉了于清。她知道他不懂得这个问题的性质，她又给他解释了它所包括的是一些什么内容。

“他这不是难为你吗？”

是的，他为什么要这样地难为你呢？李蕙良想着，更睡不成觉了。在桌上翻来覆去，她有时用拳头敲着头；在地下走来走去，她有时用膀子撞着墙壁。她不住地在自问自答着：“他是不是要给你耍个花样？”“不会的。要给你耍花样的，不是他，是黄祖安……”“是不是要逗弄逗弄你？”“不会的。要逗弄你的，不是他，是周凤琦……”“是不是要给你个下马威？”“不会的。要给你下马威的，不是他，是何柳……”“那么，他到底为什么呢？”“……”她这样地折磨着自己，折磨了一夜。

第二天一早，她意外地接到总工程师的电话。这下子，她可听见了她盼望的亲切的声音。抓紧这个时机，她要向这位老人好好地倾诉一番。

“总工程师呀……昨晚上，我去找过你两次……我，我一夜也没睡着……”

“我知道！”

“……你叫我做的事，我不会做……”

“我知道，我知道！”

并且，他告诉她，在工程例会讨论和决定施工方案之前，无从准备施工组织设计的一切问题。现在，即使要他自己做，他也和她同样做不得。

“那你为什么叫我做呢？”

“孟子说：故天将降大任于是人也，必先苦其心志，劳其筋骨，饿其体肤……”

哪儿来的这古怪的语言，叫她完全不懂；但那娓娓动听的声调，却使她充分理解到总工程师要难为她的至善的美意。她感动起来，迎着晨曦的憔悴的脸，显出一副光彩的笑容，而两眼却泪水汪汪……

三

李蕙良，因为前晚上熬了一个通宵，昨晚上睡了一夜好觉。今天从黎明中醒来，忽然，她发觉世界变了。

黑板报上出现她的名字，是用红粉笔写的，非常醒目。广播台里也播出她的名字，是任淑贞喊得好响的声音。在建立责任制运动中，她已经被宣传为“勇于负责的正面典型”。

起初，她刚刚看见和听见的时候，以为是自己看错了，听错了吧。她想她有什么值得那样大吹大擂的呢？不错的，当了工长。算算吧，从当工长以来，总共也不过一天。仅仅昨天一天，整理整理三号油库的原始记录。这算得了什么……不错的，三号油库的返修任务，是困难的，她是勇敢地接受了这个任务的。看吧，哪个任务没有困难，哪个人在困难面前能像面条儿稀软的？这又算得了什么……

她看了再看，听了再听，没有看错听错，都是她的名字。可是，她觉得这不是她，而是另外一个人。那么大的上万人的工地，难道没有同名同姓的人吗？有的……有的……人家是人家的李蕙良，她是她的李蕙良，各不相干……

当韩淑梅喊“有个记者访问李蕙良”的时候，她理也没理，仍在埋头整理她的三号油库的原始记录，反正那个李蕙良与她这个李蕙良完全无关。可是，牛成指着她的鼻子说“喊你”以后，她才不得不硬着头皮挺身而出，把那个记者迎接进来。在这之间，她觉得忽的一阵心跳，头晕。当她听到人家频频地称她——李工长的时候，她才清醒地意识到自己需要关照客人。但因为她过分地腼腆，一直低着头，连客人什么模样，她都没有抬头看一眼。她只感觉面前有个呼扇呼扇的影儿，只看到蓝制服的袖口露出一圈圈花布衫的袖头，只听到娇嫩的自我介绍的声音，是本市报纸的女记者——洪燕。

你别以为洪燕年轻，声音娇嫩；人家可是见过世面的人，老练，沉着。见了谁，没有一分钟的生疏，不知怎么的一下，她很快地就跟你熟起来。你说人家“交际花”也好，你嫌人家“自来熟”也好，反正人家有人家的各式各样的魔术的钥匙，可以把一切锁着的鬼怪心灵打开。

“哼，记者就是叫人家讨厌，谁都不欢迎……”洪燕在一旁念秧儿。

李蕙良不由得抬起头来，看看对方：红脸蛋儿，黑溜溜眼睛，小尖嘴巴，叭叭地在放机关枪。

“同志，你干吗这么说呢？”

“本来是么，记者一到哪儿，就要浪费人家的时间，谁欢迎呢？”

“不，不，欢迎你，欢迎你！”李蕙良说这话是违背心愿的，但被迫得不由得她不说。

“小李，你才是记者的好朋友！”

这样，洪燕跟李蕙良就算熟了。她把李蕙良的脖子搂起来，好像要等谁给她们照相似的。她探了探头，向门外招呼着：

“我说，同志，你倒进来呀！”

有一个人从门外进来。他轻轻地迈着步，仿佛怕地上有什么东西绊脚似的。看样子，他不大年轻了，大约有三十多岁；但他有一双孩童的眼睛，天真，胆怯。

“让我介绍一下吧！”洪燕说，“这是李工长，这是胡天雨，作家，跟我一道来的。”

胡天雨什么话也没说。他站在一边，规规矩矩，小心翼翼，摆着一副孱相。是的，这是他第一次来到工地；他处于这样陌生的环境，显得有点儿失魂落魄的。

现在，他跟洪燕面对面一比，洪燕的生命力是旺盛的，过剩的；而他呢，似乎只剩下一个躯壳。他只有跟着洪燕在一起的时候，才显得有些生机。

洪燕笑眯眯望着李蕙良开口了：

“我不说，小李，你也会知道我们来找你的目的。这位作家同志要写一篇新人物访问记。我呢，要写一篇配合责任制运动的正面人物报道。请你谈一谈吧！”

洪燕从兜里掏出一本揉皱了的小本子和半截铅笔。胡天雨打开皮包，拿出崭新的本子；他在胸兜口插着三支钢笔，随手摸了一支。

“没什么可谈的！”李蕙良无可奈何地说。

“怎么没有，你可以谈谈你的历史出身，思想活动，模范事迹……”

“真的，没有什么可谈的！”

“好吧，干脆，你随便谈，可以不？”

“确确实实，没有什么可谈的！”

“刚刚你还说欢迎，欢迎，可是，你现在还是讨厌记者；当然，我不能说你讨厌作家……”

“不，不……”

“那就请谈谈吧，少谈一点儿，一点点儿！”

李蕙良尴尬起来：这个笨腮怎么抵得住那张巧嘴。呀，谁来解救一下吧。李蕙良望了一下牛成，不见了；只有一缕阳光在他的皮圈椅上闲荡。

正在这时候，有个翻译同志进来。他说，司留沙列夫专家来了。

谢谢，司留沙列夫。第一，谢谢他的光临；第二，谢谢他的搭救。李蕙良要赶快出去迎他。但她还没有来得及离开座位的时候，硕大而发胖的司留沙列夫已经来到她的面前，并且把她的手握住。

“您前天晚上找过我，对不起，现在我来看您。如果有什么问题，请您不妨再提一提。不过，我没有工夫陪您在屋里谈论，请您跟我一路出去；我们一边走，一边谈。怎样？”

其实，前天晚上的事，她向专家说明一下就完了。可是，在这一见之下，她却舍不得这位可亲的专家。她觉得至少应该送一送他，同时也可以把洪燕这个包袱甩掉呀。

在这通往现场的铺满阳光的路上，李蕙良和司留沙列夫并排走着。她不住地用眼睛瞟着他。在她能够见到他的侧面：鼻梁上凸出一条高高的线条；高起的眉毛下面隐藏着深陷的眼睛；鸭嘴帽底下露出很长一条白鬓角，正像尼克拉耶夫娜说的，他的头发白了。但她感觉他并不那么老，因为他的脸色健康，精力充沛。特别是他的安详的态度，如同湖面一般的平平静静，使人感到非常和蔼可亲。

这种温和的脾气，在苏联专家们中间，都习惯地称之为“设计性格”。这就是说，图纸精密，需要设计者安稳细心的劳作；久了以后，无数无情的线条把他的性格的棱角都磨光了。

司留沙列夫是苏联有名的设计专家之一。乌拉尔工业区的建设，有许多的图纸曾经出于他的手下。中国重工业基地的第一批设计，又首先轮到他。那时候，恰好是他休假的日子，但他一接到去中国的通知，便代表设计院来到中国。中国从第一个五年计划开始重工业基地建设以后，在苏联专家们之中，他来得最早。两年前——一九五一年的夏天，工地刚刚开始清扫、爆破旧基础，还没有展开全面施工；如果全面施工，就需要有图纸到手，有苏联设计专家到场。正当大家盼望的时候，他带着全部图纸来了。在他下火车以后，安排住所之前，他就到了现场。根据实际情况，检查原先供给的设计资料的错误，而修改图纸。他这样地工作了两年多，到现在，已经超过了合同规定的期限，而他继续在坚持工作。并且，除他的专长之外，他在施工方面另有多种本领、多样才能。比如，金属结构专家未到之前，他曾经指导过旧厂房的托梁换柱；地下管道专家进医院以后，他曾经检查过每个水泵房的管道接头的法兰盘和螺丝钉；现在，土木建筑专家瓦哈罗莫夫归国休假，他又在代理这个职务。凡是一身二任的时候，他需要加倍地工作，需要两班的翻译同志，轮换地跟着他，日日夜夜地跑现场。因此，工地的职工们大部分都认识他，称他是“万能专家”。

李蕙良随他渐渐地走进现场的外围。这里，可以见到一些临时的作坊：摞起一垛一垛木板的木模场，地上摆开许多钢条的钢筋场；浓烟浮腾的地方，是防水层的加工所。工人们拖着一条条崭新的米黄色的麻布从石油沥青的大锅里煮过，而后变成黑漆漆的了。

司留沙列夫从锅旁拿起巨型的温度表，插到锅里；等一会儿，他把它拿出来，看一看，摇起头来。

“停止，停止工作！”司留沙列夫说，“请工长同志来！”

郝子英来了。他——五号油库的工长，防水层的加工，属于他领导的一部分。他戴一副近视眼镜，有一副多虑的知识分子的脸型。他往司留沙列夫面前一站，非常发慌，连手都找不到适当的地方放。

司留沙列夫把温度表给了他。

“同志，请您仔细看一看，二百四十摄氏度，过高，过高！你知道吗，这样的质量，大有问题，石油沥青已经变质，炭化，就是产生了一种游离碳；因而丧失了应有的黏着力和韧性。懂吗？防水工程最不喜欢吃糊巴饭！”

“是的！”郝子英点着头。

“请您记住，只能保持在二百摄氏度左右。”

“是的！”

然后，司留沙列夫要郝子英领他去检查五号油库。他的翻译和李蕙良跟在他的后边。

五号油库已经打好垫层，正在铺沥青麻布。司留沙列夫特别注意检查每处折的角、接的边。凡有不严实的地方，他便用手把它掀开，或者用脚把它踢破。并且，他对郝子英说：

“同志，这里返工，重铺！告诉工人同志们，不管什么工种，首先要懂得绣工。”

“是的！”

出了五号油库，司留沙列夫爬梯子，要继续检查屋面去。李蕙良紧紧地跟着他。对她来说，这是难得的学习机会。

忽然，全场的扩音器响起来：

“李蕙良工长注意，李蕙良工长注意，总工程师找你到他的办公室，总工程师找你到他的办公室……”

因为总工程师要通知她，参加今天的工程例会，并准备根据三号油库的原始材料提出问题。本来，她在整理这些材料的时候，也只是整理整理而已，提不出什么问题。不过事情凑巧，她跟司留沙列夫走了一趟回来，倒是有了可提的东西，至少可以提出两个呢。

工程例会，在每星期一的下午举行。会址在苏联专家休息室，是一所靠近现场的整洁的木板房。平时，主要的是苏联专家进去坐坐，谈谈；但一开会，便要拥挤不堪。参加会议的人员，包括工地主任，机器安装、电器安装、管道安装、金属结构等公司经理，加工厂厂长，机械化供应站主任，以及工地和各个专业公司的总工程师、苏联专家。此外，必要时，列席的有总公司所属十六个业务处室的某些负责人，工地的某些工段主任，各个专业公司的某些队长。现在，因为全部工程竣工期近，需要加紧检查总的进度，特别是三号油库的质量事故，需要及时决定返修方案，所以今天参加会议的人更多些。其中有总公司党委书记兼总经理汪维平，苏联总顾问罗曼柯；还有工地党委书记，工会主席，青年团书记，还有记者，作家，画家；最后还有李蕙良。

在这些人当中，她的年岁最轻，职位最低；而她几乎比任何人都被大家注意，好像她是大家仅有的一个宠儿。

在这种情形下，她去参加会议的路上，心情本来紧张；加以穿着被雨淋过的皱巴制服，她越发觉得拘束。那双明亮的大眼睛，闪出局促的光；不管看什么，她都不好意思地逼真地看一看。当她走近苏联专家休息室的时候，忽然发现门前有好几个人，当中还有那个“生命力”，那个“躯壳”……她想，坏了。心怦怦地跳，脸热乎乎地烧起来。她知道自己逃不掉了，只能把自己的眼睛避开，望望高处起重机的顶尖，望望高空云烟的形影……可是，人家迎上来，把她包围了。并且，洪燕在给她一个一个地介绍，有全国性报纸和通讯社的新闻记者、摄影记者，还有知名的画家。除了忙于抢镜头的摄影同志之外，他们都向她提出自己的要求，有的要跟她谈一谈，有的要给她画一张速写，洪燕拉着她，要她赶快还账。在人们的尊崇中，她低着头，摩擦着手；呼吸短促，胸脯不住地一起一伏；绯红的脸蛋，好像抹上一层浓浓的胭脂。她陷入这样孤立无援的难堪地位，显得十分可怜。

“同志们，我要开会呢！”

这时候，胡天雨伸开两个臂膊，把拦着她的人们分开，给她让出一条路来。因而，这位沉默寡言的人，给她留下一个深刻的印象。

意外的纠缠，消耗了她的时间。她到会的时候，虽说没有迟到，但到得最迟。室内，已经挤满了人。有些人围长桌坐着，有些人靠墙坐着；其余的人们，都挤在各处站着。不过，在写字台旁，有一把皮转椅还空着。因为全室仅有这一把皮转椅，而在汪维平和罗曼柯互相谦让之下，谁也没有坐。当然，她更不想去坐的。她知道，在这里，任何座位，也不该轮给她；只要找到立足的地方，就够了。可是，被司留沙列夫的大手掌一拉臂膊，她就坐到皮转椅上了；而她本能地一挺，却站不起来，又被那大手掌按住肩头。她这样坐着，非常不安，正如一句成语说的：如坐针毡……

恰恰在这时候，她觉得有个什么东西，在背后不停地骚动。她回头一看，原来是洪燕；不知道洪燕怎么蹭到背后，悄悄地用指头在点她。

“小李，咱们抓紧时间，还有一分半！”

“你看主席都站起来了！”

工程例会，一般地都由吉明负责，而这次，由于问题严重，改为汪维平主持。这种情况是不多的，所以特别引起人们的注目。

他不到五十岁，而有一半以上的年龄在革命的斗争中消耗掉。因为头发脱落，他显得前额特别宽阔；目光炯炯，敏感锐利，应该说，他有一种善于观察和发现问题的眼力。

过去，他长期在党委部门工作。全国解放以后，为了恢复工业，有大批的干部陆续地被派到这儿来；但他比他们来得在后——正是朝鲜战争爆发的时候。因为他要报名参加志愿军，向组织提出过意见；这样，他便迟来半个多月。他来不久，就发觉自己错了，来迟了；不是迟了半个多月，而是迟了半年多。假如早来半年多，情况不会这样糟，至少关于设计、设备等等问题，是可以提前做了准备的。

为了追赶已逝的光阴，他日以继夜地工作。没有多久，他的健康的脸色、丰满的脸颊，便瘦得焦黄的、干瘪瘪的了。但在熬煎中，他酝酿成熟一个有历史意义的、大规模全面恢复和扩建这重工业基地的建议；经过上级批准而后开始，比第一个五年计划拟定的时期，提早开始一年多。他首先从生产方面采取“割韭菜”的方式，集中了一批领导骨干，逐渐组成近十万人的基本建设的队伍，开辟了大型轧钢、无缝钢管、高炉三大工地。到现在，快要三年了，工地都接近了竣工期。这些日子，不是好过的，无数的问题，无尽的忧虑，压力，扯皮……今天摆在他面前的，是三号油库的质量事故。

他的心情是沉重的，却若无其事地站起来；扭头环顾了一下，他立刻发现一个问题。

“咱们的贵宾，为什么没有光临？”

“贵宾”，不知道原先出于哪位苏联专家的幽默感，后来慢慢流行起来，而成为工程例会具有特殊意义的专用名词。它是个什么意思呢？不管一系列的质量事故也好，一个小螺丝钉的错误也好，凡是足以影响全面工程进度而成为关键性的问题，那么它的主要负责人，便被看作这种人物。现在，大家知道汪维平所指的“贵宾”，是三工段主任黄祖安。

“通知过他。”吉主任说。

“再通知他，一定要请他来！”汪维平说。

会议开始检查总的进度。

郑总工程师缓缓地从桌边站起来。他在手里举着本子，但他并没有看，只把它当作备忘用的。他连续地汇报着上周的计划数字和完成的数字。在当中，他有时停顿一下，以便各个翻译同志翻译给他的苏联专家。

“总的进度，完成得不好。主要的，是油库的问题，特别是三号油库的质量事故，大大地影响了各个方面的进度。”

于是，各个有关方面的人们都在批评三工段，并且联系到它的负责人黄主任。

在这时候，黄主任接到电话以后来了。

仅仅停职反省三天，黄主任更瘦了，颧骨特别突出，罩着金边眼镜的眼睛，也显得发乌。可是，他仍在保持主任的矜持，大模大样的。因为室内没有座位，他窘住，像他这样的主任，怎么可以猥琐地靠墙站着。

忽然，李蕙良救了他，给他让了座。他向她点了点头，应该感谢她，并且原谅她一些……

“我们总是跟着机装的。”电器安装队长焦国臣说，“现在，他们老是在立正，我们怎么开步走？三号油库的电缆还没有接上呢！”

“我们没有立正，我们正在向后转走！”机器安装队长王德成吼着，“我们在三号油库的安装，已经全部竣工。为了准备试车，润滑油是从苏联用飞机运来的。本来，一切都好啦！可是，现在又要全部拆卸，这还不是向后转走呀？”

机装专家马尔钦克悄悄地幽默地说了一句：“我们总在预安装！”随着，便引起电器专家库兹明克和管道专家扎哈列维支私下议论起来。

罗曼柯摆着手势，制止他们。他们笑一笑，便住了口。

在苏联专家当中，罗曼柯是有威信的。这位有名的黑色冶金建筑专家，曾参加过、领导过马哥尼托高尔斯和库兹涅茨科钢铁公司的建设；凭着长期的工作和卓越的贡献，他获得过两枚列宁勋章。据说，他还要获得第三枚呢。

他惯于沉默，平时不爱讲话，会上必要的发言，也非常简短。

“建议，首先讨论三号油库的问题。”罗曼柯说。

于是，李蕙良在洪燕的目送下，从墙边走到桌边来，站到罗曼柯和汪维平的中间，恰好面对着黄主任。从兜里掏出三号油库的原始材料，她没有翻开看，好像只是把它作为一种证据，让大家看一看。

“我整理过这些原始材料，只能提出两个问题。一个是，铺麻布的速度过快，可能违反操作规程，影响质量……”

“何以见得？”黄主任提出质问。

“根据经常超过定额百分之百以上……”

“超额，就一定影响质量，一定违反操作规程？”

“我没有说‘一定’，我只说‘可能’！”李蕙良等了等，没有听到黄主任的声音，又继续地说下去，“再一个是，石油沥青的温度过高，平均在二百四十摄氏度，不合规格！”

“数字是否准确？”黄主任又在质问。

“准确。”

“准确？”

“准确，准确！”李蕙良翻开原始材料，送到他的眼前。

糟了，翻开老底，黄主任把头一沉，低下去：不，不，不能原谅她……

郑总工程师站起的时候，窗外传来的现场的声音，更加嘈杂。有人为了聚精会神地静听郑总工程师的语音，便把窗子关上。这时候，室内立刻闷热起来。

“关于返修方案，我有两种主张。简单地说，一是堵，用防水剂；二是疏，下管子。这二者比较，前者简单，后者复杂。我赞成采用前者。不知道司留沙列夫专家是不是另有高见。”郑总工程师背诵似的背诵了一番。

“同意。我没有新的意见。”司留沙列夫这样地表示了态度。

在汪维平的催请之下，罗曼柯起身。他说话的时候，态度平静，语调低沉。

“建议：第一，执行郑总工程师的方案；第二，准备，准备有两方面，一方面准备方案，尽快实施，一方面准备万一失败，另行补救；第三，保护机装设备，不许损坏，因为任何部件都没有备品；第四，组织钳工和电工力量，返修一旦成功，以便及时抢进度。就是这样，完了。”

“总顾问的建议，非常宝贵，请大家注意！”汪维平最后征求罗曼柯的意见。“我们是不是可以把三号油库的问题，以及今天工程会议的决定，通知瓦哈罗莫夫专家呢？”

“您是主人，请您决定。”罗曼柯谦虚地回答。

散会以后，汪维平没有走；他经常是这样地留下来，几乎成了一种习惯。趁着这个机会，他和干部们，可以个别地交谈交谈，谈正经的也好，闲聊天也好，总之，他和大家可以多得到一些接近的机会。

汪维平首先走到黄祖安的身旁，把他拉到一边，好像要跟他谈什么私话似的。

“同志，你撞的窟窿不小呀，你要改变态度，检查自己的错误。我们等着你，希望你快些回到你的工作岗位。”

黄祖安唯唯诺诺地点着头，但他心里呢？却不以为然。

在许多头影的移动之间，汪维平发觉有一双明晃晃的眼睛凝视着他；他招了一下手，把李蕙良叫过来。洪燕还是跟在她的身后边。

“我怎么没见过你呀？”汪维平问。

“我是新来的。”李蕙良答。

“噢，是新来的，是冥王星，所以拿你去堵窟窿！”

汪维平和李蕙良握了手。

四

三号油库是特殊的，它辟开甲乙二室，如果把墙壁从中间拆开，它是全厂五所油库之中的最大的一所，而且属于地下的重要建筑工程之一。它供给轧钢机的用油，而成为润滑系统的最主要的部分。这正合乎总工程师打的比喻：如果说轧钢机是全厂的首脑，那么它是全厂的心脏呢。

水被排除，乍一看，这油库的工程，好像已经完全竣工一样。墙上刷着天蓝色的油漆，地上铺着白色的瓷砖，各种机器设备，都已经安装完毕；并且，在天井之上的周围，准备了充足的试运转的润滑油。王德成说它是从苏联用飞机运来的，一点儿也不假，它还带着航空货物单呢。当然，现在看来，多此一举。王德成指挥机装工人们开始拆卸机器，难道还急于用它吗？

返修工程开始施工的时候，增设了水银灯，整个室内照得非常明亮，照出了墙上混划的水浸的污痕、地上残余的水泡和一些什么碎屑，并且横躺着大马达、大油箱……

“他们怎么还不搬走呢？”工人们议论着。

小调皮扬着小脏脸，挤到李蕙良的面前，嘟嘟囔囔地说道：

“工长，我去找王队长办交涉！”

“你去办交涉，可不许吵架！”

小调皮答应一声，去了。小梁和小霍紧跟着他。不管用着用不着他俩，他俩也要这样紧跟着他，他俩简直成了他的两条尾巴。

随后，从天井便传下来王德成跟小调皮吵嘴的声音。

“你这个小家伙，黄嘴丫子还没脱掉呢，也学会呱呱的！你走，你回！”王德成的粗暴的声音。

“你不把大马达、大油箱搬走，我就不回！我回，我往哪儿回？”小调皮的口气，激动起来。

“你回你的幼儿园去！”

“我回幼儿园？我还惦记给你找个保姆把你好好地管一管呢！”

李蕙良立刻跑上去，把小调皮叫过来。小调皮气哼哼的，摔摔打打的。

王德成站在辊道上，嘴叼着哨子，嘟嘟地吹着。吊车载来的一捆辊子，随着他的哨音，在向下落。

等到他的哨音住下，李蕙良凑到他的身边说道：

“王队长，咱们原先讲好的，星期三，就是今天上午八点，你们把现场让出来；星期日上午八点，我们再把现场交给你们。如果你们不准时让，那我们也不能准时交！”

李蕙良一摆工期，无异于甩出一张王牌。于是，王德成用小红旗把吊车摆过来。他嘟嘟地吹哨子，从天井里吊出来大马达、大油箱……

小调皮跟王德成面对着面，俏皮地说：

“哼，保姆一来，你就乖啦……”

小梁和小霍站在小调皮的身旁，攥着小拳头，好像两个小保镖似的。

小调皮带着他的两个徒工，用抹布把白瓷砖擦干以后，在总工程师亲自示范的操作下，李蕙良帮助老水鬼指挥混凝队开始工作。对于他们说，这是一种新的业务。作为测验，他们先在白瓷砖上撒开一层薄薄的洋灰粉；如果灰色变了——出现了黑点，并且逐渐地扩大而成了面；那么即时启开白瓷砖，便发现了水眼，仿佛小喷泉似的在射出水箭。这时候，他们需要使用防水剂了。

防水剂是很好看的淡绿色的透明胶质的液体。它和玻璃在凝固之前的玻璃液相似，黏糊糊的，溜滑的。他们把它倒在碗里，和起洋灰而成为一种软乎乎的稀泥似的东西。不过，这只能现用现和；因为过不了半分钟，它就要凝固起来，硬得像石头似的。每次按照水眼的大小，和成一疙瘩；然后，他们用抹子抹上去，这样才堵上一个水眼。

水眼是许许多多的。大家分成一伙一伙的，和的和，堵的堵；整整地堵了一天一夜，算是堵完了。

大家都高兴起来。小调皮乐得直蹦高。小梁和小霍就地打起滚来。

“大家慢高兴！要经过十二小时的考验，才能判断是否成功！”总工程师说。

其实，没出两个小时，就出了水。它不是射出来的，是淌出来的，渗出来的。在强烈的灯光下，开始出现星星点点的闪光的东西，慢慢地蠕动，爬行，逐渐地形成无数的细流，汇合起来，连起一片发亮的汪汪的水面；然后，迅速地涨高，涨高……

总工程师想，为什么呢？因为堵得不严实；为什么不严实呢？因为是抹子抹上去的。所以他说，这种手工作业，需要更加手工化——用手代替一切的工具。

如此，他们开始返工，用錾子，抡锤子，把刚抹上去的硬东西凿下去。他们又凿了一天一夜，才凿光。

这之间，有些人受了伤。曾经在搅拌台上摔伤的邹振山，头上的绷带还没有解掉，有个大拇指头挨了一锤子之后，又用绷带裹起来。

恰恰继续而来的一个工序，最需要手——把防水剂和起洋灰的软乎乎的东西，按在水眼上；而且要按得非常的技术——按得轻，堵不严，按得过重，就从指缝挤出来。这一手，看来非常简单，但做起来却很不容易。据总工程师说，李蕙良做得最好，叫大家都跟她学习。

就是这样一个劲儿地工作下去，他们歇也不歇，吃饭也不休息，一只手拿馒头啃，一只手还在做活儿呢。

“喂，吃冰激凌！”

防水剂虽像玻璃液，但它却是冰凉的。

“吃冰激凌？吃辣椒吧！”

防水剂和起洋灰，有一种强烈的侵蚀性，皮肤很快地破了，手上出现了斑斑的小窟窿，冒血丝子。当你再用手按着的时候，你就感到了刺激性的疼痛。

一切都是可以忍受的。只是困，似乎难挡。他们已经熬了两天两夜，眼花，头晕……在吃饭的时候，那三个小家伙吃着吃着就睡着了。

小梁和小霍躺在一条跳板上，小梁枕着自己的胳膊肘，小霍把头搁在小梁的大腿上；他俩没有吃完的馒头，都从手里落到地上；他们睡得沉乎乎的，的确比吃还香甜。小调皮呢，蹲在墙根下，头顶着墙，是歪着脖子睡的。他的手里，还紧紧地掐着馒头，似乎准备一睁眼睛还要吃的。大概因为歪着脖子的缘故，呼吸不够通畅，有时还发出窒塞的声响，使人感觉他是怪不舒坦的。

李蕙良从门外的墙上摘下老水鬼的蓑衣，舒舒展展地铺在跳板上。随后，她叫道：

“小调皮……”

“嗯……”

“小调皮醒醒……睁开眼睛……”李蕙良用指头戳了他一下。

“嗯，嗯……”小调皮吓得一激灵，醒来了。

“你躺在这儿睡，还有垫的！”李蕙良指着铺了蓑衣的跳板。

“不，不睡啦！”小调皮揉了揉眼睛。

“现在没有你的事，你就睡嘛！”

“人家不想睡啦嘛！”小调皮完全清醒过来，并且发觉了正在呼呼大睡的两个徒工，“喂，喂，睡不醒！”

“你不睡就不睡吧，让他俩睡一睡！”李蕙良给两个小睡不醒的人讲情。

“不，不，我得给他俩立立规矩！”

小调皮嗷的一声，把小梁和小霍吓得一哆嗦，醒了。看来，他对他俩还真有个派头呢，眼睛横愣横愣的，说话哼哈的。师傅嘛。

他们，谁也没有再睡，又跟大家熬到天明——星期六，返修期限的最后一天。

天色阴沉，混混沌沌；因而，临时用电延长了照明的时间。

为了响应提前竣工口号，整个现场进入紧张阶段。在总的竣工计划之下，各个单位加强互相配合的流水作业。并且，在工会的号召和组织当中，各个单位内部展开劳动竞赛。这里，最引人注意和关心的，还是三号油库的返修问题。各级领导轮流地来检查，群众互相地在议论，特别是记者们到处奔走打听；因为他们领不到特殊的证明，进不去三号油库的现场。为了这些，广播台设了一条专线，可以随时地把三号油库的消息播送给整个现场。负责这个播送的，是任淑贞。

她一进地下室，就看见人们都低着头，蹲在地下，一伙伙的，好像在西瓜园子压蔓子似的。她知道在这个紧张时候，千万不能打扰他们，就把播送器架在门口。然后，她往里去，怕碰了人家的手，又怕踩了人家堵在地下的那个东西，只好绕着小弯弯走；她踮着脚，走得那么小心，仿佛走在纸棚顶上，怕踩塌了似的。为了不打断人家的工作，她没有跟谁打招呼。可是，为了自己的播送，不能不麻烦他们的工长。李蕙良呢？她望了许久，才把李蕙良望到眼里。

李蕙良蹲在人们当中，像人们一样地不停地摆弄那个东西。她浑身挂满灰浆和泥巴，如同在地下滚过一样。她的头发乱蓬蓬，手血淋淋，脸呢，落满灰粉，同刷过色的石膏像一般。

任淑贞凑到她跟前，轻轻地拍了她一下。

“你瘦了，瘦多了！”

“瘦了，”李蕙良眨着充血的大眼睛，“没有瘦，没有瘦，也许因为你胖起来，把我显瘦了。”她盯着任淑贞的大肚子。

任淑贞按着腹部，要蹲下去，而李蕙良伸手把任淑贞拦住；她懂得，孕妇是不好蹲的。因此，她立刻站起来，但她却站不住；如果不是任淑贞一把扶住她，她可能倒下去。因为蹲得太久了，两条腿已经完全麻木。

根据李蕙良的介绍，任淑贞面对着播送器，开始她的报告。

“……三号油库的返修工程，已经进入最后的紧张阶段，甲乙两室展开劳动竞赛，保证提前竣工……”

霹雳一声，把她的声音震断了。

突然，一阵暴雨灌进来。一刹那间，地面完全被水浸湿。

“地下的还没堵住，天上的又来啦，谁受得住上下的夹攻！”老水鬼叫起来。

因为屋面没有铺完，恰好三号油库顶上露着天。而且，机装从天井搬运设备之后，又没给盖上跳板和雨布。

任淑贞跑上去，李蕙良跑上去，小调皮和他的两个徒工也跟着跑上去。

任淑贞和李蕙良抬起跳板往天井上盖……

“女同志躲开，让我们来，让我们来……”小调皮喊。

小梁和小霍往天井上盖跳板……

“快呀，快呀！”地下室冲上来的声音。

为了快，任淑贞想先盖上雨布；可是当她正要上跳板的时候，李蕙良把她挡住。她怕孕妇出什么岔子……打算自己上跳板去；可是当她一抬脚的时候，小调皮把她挡住。这分明是他在保护他的女工长，随着他飞速地向跳板上一跳；因为跳得过猛，没有站稳脚跟，腰一闪，就从天井掉下去。在天井上，只听见扑通一声……

李蕙良盖好雨布，追到地下室。这时候，大家都停了工，围着小调皮。他躺在地下，一点儿也不动，好像他已经睡得沉沉的了。

很静。只听见雨点打着雨布的声音，和小梁、小霍的啜泣的声音。

李蕙良用手摸了摸小调皮，心里感到一阵急促的跳动……

“小调皮……醒醒……”

小调皮没有回答，连哼也没哼一声。

老水鬼把小调皮抱起来，往外走。小梁、小霍跟在后边。

“干活儿去，别跟着我！”

老水鬼说错了，他俩根本没有想跟着他……不跟就不跟吧。

很静。只听见雨点打着雨布的声音，和任淑贞播送的声音：

“……估计甲乙两室，可能同时竣工，大约提前八小时……”

她的声音，响遍整个现场。有些地方，鼓着掌，嗷嗷地叫起来。

在这样的欢呼声中，李蕙良一个人偷偷地跑到医务所。当她正要推开处置室门的时候，恰好碰到夏书记把老水鬼从室内推出来，并且挡住了她。

“怎么样？”李蕙良低声问。

夏书记没有回答。老水鬼哇地哭起来。一切都明白了，李蕙良再没有问什么。

“不要哭！暂时不要让人知道！”

在夏书记的警告中，李蕙良忽然感到浑身瘫痪，整个心碎了。

五

是星期六。算来，又一个星期。时间过得好快呵。

阴沉的黄昏，天色要比晴时黑得更快些。工地上放开闪闪的灯火，今天照明的时刻提前了。

周末晚会，也在提早准备。而且今天准备得特别，在食堂门前还挂上几面彩旗，飘飘的，有些庆祝节日的气氛。周末晚会从来还没这样举办过。

门口，人们挤着入场。离门口不远的地方，有一群搅成一团的蠕动的人影，像水头一般涌来。

“喂，同志们，加油，加油呀！”

是任淑贞呼喊的声音，照例在指挥每个周末的“绑架”。但现在绑架的不是夏书记，也不是牛成，而是李蕙良。

任淑贞腆个大肚子。人家都怕挨着她，而她不管三七二十一，小疯婆似的挤来挤去。显然，这个晚上乐透了她，是从心里往外的乐，乐得不可开交呵。

李蕙良一脸倦容，有些憔悴；明亮的大眼睛，有些发暗而收缩，似乎半开半闭的状态。在女同志们拉拉扯扯当中，她拼命地向后挣着，几乎要坠到地上似的。

“放开我，让我去睡一睡吧！”

因为已经熬过好多夜，此刻她只想睡；整个身子跟房子塌了似的解了体，跟蜡融了似的软勒咕唧。宿舍，床铺，一概都不要，只要人家撒手一撂，她坐在地上就能睡着。刚才竣工之后，她在现场是这样睡过的。

可是，谁肯饶她呢？不知道是哪个大力士抓住她的手腕，抓得那么牢，竟像给她戴了刑具。并且，任淑贞在她的耳边不断地“逼供”，“诱降”，说什么夏书记和牛成都已经答应“自告奋勇”……这样无可奈何地被拖进食堂，听到有人喊了一句什么之后，她看到人们移动的眼光，逐渐地集中到她的脸上；这一下，她清醒过来，困倦已经飞散到九霄云外，但她慌了，窘了，羞了，不知道怎样是好。

忽然，从人丛之中竖起一个人，站在凳子上比人们高出小半截，体格魁梧，精神抖擞，眉眼笑开，胡子拉碴，是工会主席——人们熟悉的老炉前工，并叫惯了的老赵同志。

“同志们，咱们胜利地提前完成了三号油库的返修任务！现在让我们欢迎参加返修的所有同志们，欢迎老水鬼、马队长、李蕙良工长……”

“马大爷在哪儿呢？”李蕙良想。她想找一找他。因为她跟他的命运，过去有过联系，现在又联系在一起。可是，她还没来得及找他的时候，听到有人喊了一些什么；于是，她便在人们手里腾了空，高高的，差不多要碰到棚顶。在这样的狂欢中，她感到一阵无比的愉快；但要笑却笑不出来，好像胸口有什么东西堵着。最后着地站稳脚的时候，她又想道：“马大爷在哪儿呢？”

音乐一起，人们把场中央让出来。在不住寻觅的眼光里，她看见夏书记和吉主任配成一对，首先带头下场去。可是，在他们与众人同欢的笑脸上，隐藏着一种秘密的悲痛。这时候，她马上想到他们的悲痛的来历和性质，以及为什么要把它秘密地隐藏在笑脸里。随着，她又看见从门口缓缓走进的小梁和小霍，一对哭丧的小脸，有两双惶惶的眼睛，向四处乱转，显然他俩是在找人呢。她心里忽悠一下，打了一个大疙瘩，不，原来在胸口堵着的，就是它。她把视线避开。可是他俩蹿到她的面前。

“工长，我们师傅呢？”好容易找到她，小梁开口就问。

“在医院呢！”李蕙良撒谎了。

“哪个医院？”小霍认真地问。

“职工医院。”李蕙良撒谎，撒下去吧。

“我们想去看看他！”

“不行，医生暂时不允许！”

离开吧，她想离开他俩。可是，洪燕挡着，在她的面前捧着一张稿纸。

“请你看看关于三号油库这个消息，编辑室还等着要发呢！”

“那可不能。总工程师一再指示过，要经过十二小时的考验……”

离开吧，她想离开他俩，离开洪燕；可是，还有好几个人都等着跟她跳舞。

于是，她从中拉起有过好印象的胡天雨下场去。当跳着的时候，她感觉到这个人衰弱极了，连跳舞的力气都没有似的。一副瘦脸，几乎只有一张皮包着一把骨头，尽是凸凹的陷窝和棱角。听说作家是富裕的，不会缺少营养的东西。大概因为他的劳作，熬心得很，要熬尽了他的心血吧。她跟他跳到门边，他突然停住步。

“怎么不跳了？”李蕙良问。

“李工长，我看你心里有事，你走吧！”胡天雨说。

李蕙良愣着，瞪着大眼睛，盯住这个人；原来他并不是一个躯壳，他有他奥妙的灵魂，而且钻进你的躯壳，潜入你的灵魂之中。当心，他这套本领。

离开吧，她想离开他俩，离开洪燕，离开胡天雨，离开这儿所有的人们，她要去她的地方。

她一个人悄悄地来到三号油库。她没有开灯，从黑洞洞的阶梯往下走，下一磴数一磴，一共数了二十四磴，下到地下室。她以为这样地摸着黑、数着数，可以使自己安定一些；不然，一旦灯光照亮了明晃晃的水面，怎么能有勇气往下走，并且如此一直地走到底呢？虽说她现在到了底，但心却没有落底。她觉得心跳得太厉害，用手按都按不住似的。憋住一口气，她用脚上穿的长筒胶靴子往前蹚了蹚，试试有没有水。有吗？没有。有吗？没有。没有水的声音，也没有水的感受。可是，她又不相信自己的脚：它不可靠，迟钝，好像没有什么知觉。于是，她蹲下去，把手搁在发潮的坚固的地皮上，一边蹲着走，一边用手摸着。她这样地摸了许久，也没有摸到水。这时候，她才比较坦然地缓了缓气。可是，当她摸到跳板、摸到蓑衣的时候，逐渐轻松下来的心情，骤然又沉重起来。

是的，这是老水鬼的蓑衣。往日，他走到哪儿把它带到哪儿的。今天，他怎么忘记了呢？他老了，老了。他是今天老了的。人一老就糊涂了……他怎么把它丢在这儿，又铺在跳板上呢？噢，不是他铺的，是你铺的。你为什么要把它铺在这儿呢？你呀，你呀，你为什么要把他撞醒呢？管他歪不歪脖子的，他要那样睡，就让他那样睡，能睡多久，就让他睡多久嘛……不，不，不，不能让他睡得太久……

“小调皮，小调皮，醒醒，醒醒……”

他睡着，睡着。他侧身躺着，背脊佝偻，腿曲曲弯弯的。他紧紧地闭着眼睛，闭着嘴唇，脸色有些发青，筋肉有些痉挛，好像要闹病似的。

可敬的医生同志，为什么没有想一想法子呢？吃药，打针，开刀动手术呀！医生，太没本领……假如你学了他、学了医……那你也是个最蹩脚的医生。因为你学工没有学好，因为你是个最坏的工长，因为你不重视工人的安全……

当时，难道没有一点儿办法吗？有！你拦住任淑贞以后，他又拉住你；就在这当儿，你反过手来，是可以把他拉住的。可是你为什么没有拉呢？让他责备吧……

“你倒是说呀，说呀！”

“……”

“……下雨了……大了，大了……”

“……”

半夜，天黑得很。大雨住了，小蒙蒙雨还在下着，同喷水壶浇出来的一样，细密，均匀；从衣领浇到脖子上，是凉森森的。

晚会散场，跳过舞的人们，从工地上回家去。在这条路灯明亮的路上，他们都从南往北走着；可是，有个人影却从北往南飘来；人们打伞，都举到头顶上，而他把伞横过来，遮着脸。

这个影儿，飘飘地飘进了现场。他把伞放下，收拢好，但他还在头上戴着雨帽，身上穿着雨衣，脚上穿着长筒胶皮靴子。当他再走起路来的时候，他拉了拉帽檐，把雨帽拉得那么低，压到眉毛上；他竖起雨衣的衣领，缩回脖子，把下半个脸收到衣领里；而且，他用收拢的雨伞挡在面前。显然，他要在这些防雨具里，把自己隐蔽起来。但他不能不留出一块儿小脸，留出他需要的眼睛；而他眼睛上戴的金边眼镜，在灯下闪闪发光。因此，认识他的人，仍然可以认得出他是黄主任、停职反省的黄祖安。

在今天下班之前，在夏书记帮助他、教育他、希望他从速反省的时候，他听到一桩人身事故的传说。这无论他怎么想，也是个坏消息；无论他怎么自私，也不会自私到对这种事还能幸灾乐祸，何况他知道，这祸原来是他闯的……后来，他还听到庆祝返修工程胜利完成的锣鼓声。这是个莫大的刺激，使他开始感到内心的自疚，羞于见到任何人，特别是在他设下的陷阱之中、铤而走险而大功告成的李蕙良，所以他在这样夜深人静的时候来了，以这样遁甲术偷偷摸摸地来了。

现场的道路，他本来是非常熟悉的。只隔了一个星期的时间，他却觉得那么生疏，好像重归久别的故乡似的。

在三号油库的入口处，他开了灯。他俯视着灯光照亮的梯阶，一级一级地走下去。他越走越慢，似乎有什么重载压得他迈不动步子。是的，他是一直在预感着立刻将要出现的、这个贮水池变成油库的景象，而给他带来的可怖可耻的袭击。可是，他没有想到事实恰好相反，他倒受了意外的震动。通过地下室的门口，他望见一片微微浮动的光波——水，水。在水上还漂着一个人。他一瞧，正是他怕见的那个李蕙良；而现在他又不得不仔细地瞧一瞧：她的身子仰着，头发漂着，有一只胳膊沉到水里……他一想，不好；他知道，这祸原来是他闯的，是他害了人呵。

在一阵悸栗中，他把雨伞掉在水里。随着，他意识他应该做些什么……于是，他上来，一股劲儿地往工段办公室跑。这时候，他再不怕有人发觉他是谁了。

……我呵，我呵，这一切都是我的罪过……我当初为什么不注意防水，我后来为什么又要把她投到水源里……我呵，我呵，我一错再错……即便有人饶了我，我怎么能饶了自己呢……我呵，我呵……

他跑到工段办公室，窗门都黑了，值班和留宿的人们都睡了。他寻了寻，发现党支部办公室还有灯光。他闯进去一看，才想到这个人必然是他厌恶的于清。可是，在这个万分紧急的时候，他觉得不仅不能丢开他，而且需要他。

“现场出事故了！”

“什么事故？”

“人身事故！”

本来，于清正在埋头于他的技术学习，但这一听，他立刻甩掉书本，跟黄主任出来了。许久以来，这是他第一次离开办公室，离开书本。

“我去叫牛主任；于支书，你先去吧！”

“到哪儿去？”

“到现场去，到三号油库去！”

从工作以来，他仅仅下过一次现场，而通往现场、通往三号油库的路径，他都是不熟的。他想怎么连路都不熟呢？但现在不是想这个的时候。

“三号油库在哪个方向呢？”

“你等等，咱们一起走！”

于清站在路灯下，等着黄主任。他不能不等他。离开他，他没办法。这时候，他恍然大悟：党的工作，不能脱离实际，党支部书记，不能脱离现场。连三号油库都找不到，叫啥党支部书记。关门学技术，已经迈不开步，已经成了瘫子。血一涌，心疚起来，他觉得他很对不起人，很对不起党……

“牛成，牛成！”

黄主任拍着窗子，急得他直呼牛成的名字了；但比他过去称他“牛主任”，亲切得多。

他们三个人：于清、黄祖安、牛成、一路往现场走去。他们的脚步匆匆，错乱；而他们飘忽的形影，是谐和的、融洽的。

第六章　天外

一

是个星期日，天气晴朗。破晓以后，在地平线上，出现一片燃烧似的云霞，一轮火团似的红日。在闪闪耀眼的光芒中，有一股消散秋凉而沁透肌肤的温暖，使人有一种稀有的畅心悦意之感。假如有谁能在这样的日子里，安静地休息一天，一生都是痛快的；从此，即使一直不停地工作下去；也再不会感到劳倦了。

但工地上的人们，少有这个希望，至少牛成是无望的。

天还没亮的时候，他便被人包围在办公室里了。不知道哪儿来的那么多的人，轮番地打听李蕙良的消息。因此，他说了一遍又一遍，说得自己都觉得絮烦了。可是，他还在说着：

“……昨天晚上，我们以为三号油库的返修工程已经成功了呢；而后来事实证明，它失败了，出水了……当时，李蕙良是不放心的，偷偷地跑去守望。因为她四天四夜没有睡觉，就在那儿睡着了。开头，我们误会她出了人身事故；后来，我们才发觉她睡在跳板上，是水把跳板漂起来的。不过，她有半个身子在水里泡着，发了高烧；现在，她进医院了……”

这时候，在围拢的人们之中，有两个人表现得非常惊讶。一个是大家都熟识的女记者洪燕，她忙着往报社挂电话；另一个是陌生的，谁也不认识他。

他身穿一套整洁的草绿色的军装，罩着一件到膝盖的镶有红十字的灰色罩衣；头戴一顶软胎的军帽，但帽上没有八一的帽徽；左腕挎在胸前，露出一截裹紧的绷带。看起来，他显然是位志愿军的荣誉军人。

看模样，他有二十五六岁。瘦削的面孔，有一副清秀的轮廓。微微陷入的眼睛，有一种豪放的眼神。严谨的庄重的态度，有一般军官的修养和锻炼。

“她进了哪个医院？”这位荣誉军人问。

“职工医院。”牛成回答。

“在哪儿？”

“石家岳。”

“石家岳，原先没有医院呀？”

“是咱们新建的。”

这位荣誉军人准备要走的时候，忽然听到洪燕吵吵嚷嚷的声音，又停住，歪过头去倾听。

“……总编辑，糟了，糟了……三号油库返修工程失败了……这个消息已经发了，怎么好……报纸还没有印完吧？赶快改版，把这个消息抽下来……什么，什么？外地的已经发走了？真的吗？”

“真的，我已经见报了！”

这位荣誉军人把手里握着的一卷报纸，举到洪燕的面前，意思是要用它证明一下他说的话。

“同志，你在哪儿收到得这么快？”

“汤岗子，火车用不到半个钟头！”

“对不起，这个消息发错了，简直是报道失实……”洪燕搓着手掌，无可奈何的样子。

“可是，从我个人说，我倒要谢谢你记者同志！”

“咦，这是怎么说……”

“是么，要不是这个消息，我还找不着她呢！”

什么意思？叫人莫名其妙。但这位荣誉军人再没有说什么，就走了。

他赶到职工医院的时候，还不到九点钟；而医院规定的探视病人的时间，还有一个多钟头。现在，那个办理探视手续的小窗口，关得紧紧的；在小窗口前，不见一个人。可是，他一来，就站在那儿了。

他站在这条长过道上，一边是临院的一排排闪着阳光的玻璃窗，从窗里望出去，可以望见一片苹果林；另一边是靠墙的一扇扇刷着白漆的门，每个门上都挂有牌子，注明着什么办公室；过道一端的尽头，是病房的入口。在门边，坐着一个守卫、一个干瘪老头儿。从门口，不断地出入着穿白衣的男男女女，有的拿着听诊器，有的捧着什么管管和瓶瓶。当他们从他身边经过的时候，他嗅到各种不同的药味，而他们却向他投出同样的好奇的眼光，好像说：“你这个傻瓜，干吗来这么早呢？”

其实，没有多么久，已经有人排在他的身后，陆续地延长开去，逐渐地排起一条杂牌的队伍。有些人，提着盒子；有些人，夹着包包；只有排在队头的他，是空着手的。

墙上挂钟刚到十点钟的时候，小窗口开了，露出一个穿白衣的中年的妇女。

“你要看哪个患者？”

“李蕙良。”

“不能看！”

“为什么？”

“这是大夫的通知。”

“同志，我有特殊的情况……”

这位荣誉军人还没说完话，就被人从身后一膀子挤出来了。他守在小窗口的一旁，不断地在抢着插口：“同志，我有特殊的情况……”但他没有得到一句回答。在这之间，他只听到“李蕙良”和“不能看”，而后，便有人自动地从队里退出来。可是，他最后重新从队尾排起，一个挨一个地排过来。这次他没等人家问，便首先喊道：

“李蕙良！”

“同志，”那个中年妇女向外仔细地望了望，“我刚才对你说过，不能看！”

“同志，我来一趟不容易！请你看看我这儿的护照和假条！”

这位荣誉军人把两张纸从小窗口塞了进去。因为这是他早已准备好了的，往小窗口一塞，塞得那么敏捷、迅速，以致对方来不及考虑什么，便把塞进来的东西在眼前摊开：梁材，团参谋长……好像这个官衔出乎她意料地不合乎他的年龄，不由得她要仔仔细细地打量一番。看她那个样子，好像要发现团参谋长究竟有什么特征似的。

“团参谋长？”

“是，团参谋长。”

大概由于这位团参谋长过分年轻，才使她如此地不信任，但经过他的回答之后，她又不能不信任他；因为他那种老实的口吻，是不会对她撒谎的。

“好吧！”那个中年妇女叠起护照。

“请你再看看我的假条！”梁材说。

“可以不看了！”

“不，请你看一看！”梁材从小窗口伸进手去，打开假条让她看，“请你注意，这里写的‘准假一日’；就是说，我要坐晚上的火车赶回去！这是我的特殊情况……”

那个中年妇女用电话请示过病房主任以后，从小窗口里递出入门证和白罩衣，梁材还没有把这些东西接到手的时候，突然有个人从他身后挤上来。

“同志，你允许了他，你也应该允许我呀！”

“他有他的特殊情况！”

“我也有我的特别情况！”

“你有什么特别情况？”

“……我也是远道来的……我也是要坐晚车赶回去的……”

“你从哪儿来？”

“沈阳！”

“什么工作？”

“助教！”

“什么名字？”

“宫少达！”

宫少达一切都说得非常理直气壮，只是在提到自己的名字的时候，显出一种遗憾的情绪，好像他是不该叫这个名字似的。

梁材一边穿着白罩衣，一边听着宫少达的答话。一个伤员，干什么都不中用，连穿一件白罩衣，都这么麻烦。也许为了这，他觉得宫少达的答话，反倒利索一些。因而，他顺便瞟过宫少达一眼。当他听到宫少达的名字的时候，不由得他把宫少达端详起来。

宫少达打扮得非常整洁、漂亮。一身天蓝色毛料子服装，是新做的。一双浅黄色的皮鞋，是新式的。满头浓密的黑发，从左侧分开，梳得整整齐齐，好像刚从理发馆新剪的。看来，他身上的一切，都是新的。但他这个青年人，不知怎么的，显得有些老朽。大概因为他的眼睛，有些发乌；他的圆脸，有些晦气；特别是他说话的语尾，拖得过长，长得近乎叹息声。并且，在这声音里，充满着一种什么陈旧的心绪似的。

梁材已经穿好白罩衣，立刻往病房走去。在他上楼梯的时候，宫少达已经从他的身后赶上来。

“同志，你去看李蕙良吗？”宫少达问。

“是的。”梁材答。

他俩并肩走去。梁材的白罩衣，穿得好好的，每个衣扣，都扣得紧紧的；而宫少达的同样的一身白罩衣，只是披在肩上，一走一呼扇，好像随时都要掉似的。

“咱们一路去好吗？”

“好嘛！”

在好多年前那个雪夜里，他们都跟李蕙良同过命运、同过生死，只差前后脚，错过见面的机会。现在，他们又同在医院探望李蕙良，邂逅相遇，当然完全陌生，而且互不相知彼此的来历。

梁材只因为看到此地报纸一条新闻，而忽然发现李蕙良的消息，所以他今天是偶然来的。但宫少达今天来，是经过多日的矛盾、反复的考虑，才决定的。他像梁材一样空跑一趟工地，而后又赶到这里。不过，梁材在他的喜讯中，格外显得心荡神驰，步伐轻捷，完全不像一个负伤者；而宫少达相反，他那一脸沉重的书生气，只使人感觉他——悔之晚矣，好像犯过罪之后，赎罪来似的。

一位殷勤的护士，把他俩引进病室。这是一间优待的单人房间，只有李蕙良一个患者。因为高烧和极度疲劳，她入院以后一直躺在床上，陷入半睡的昏沉的状态中。经过护士的呼唤，她才睁开眼睛。

这时候，她惊讶起来。为什么在面前出现了这么两个人？宫少达，她是认识的，而且一度有过亲密的关系。不过，自从接到他那封信以后，这种亲密关系已经断掉了；这是他要断的，她当然不能不跟他断掉。现在，他为什么又要来呢？荣誉军人，她是不认识的。她以为他是宫少达的朋友，大概因为宫少达要来，他才跟来的。一个人为什么要跟人来呢？所以她只是冷淡地向他招了招手……

可是，梁材却完全不显得陌生，近前一步，再近前一步，近到她的床边以后，摆好立正姿势，一举手，行了个军礼。在这一刹那间，他如同面对他的首长那样，在他的脸上，现出严肃的敬意；他如同拜谒他的亲人那样，在他的眼里，充满泪水，充满感激之情。

这时候，李蕙良愣住了。谁呢？身子立得那么规矩，而精神表现得那么不安宁；眼梢和眉梢高高地竖起来，而泪花随着眼光不住地滚动……

“你想不起我的！可是，你一定记得这件东西！”

当梁材从裤袋里掏出一块血污的衣襟的时候，李蕙良禁不住一挺身子，闭住眼睛，泪水从眼角挤出来了。

二

一九四五年的秋天，日本关东军向苏联红军缴械投降。冬天，当地苏联红军撤出以后，八路军进驻，而国民党所谓中央军也步步地逼近。人们都知道，战局万分紧张；好像纸炮一样，只要一根火柴就够了，它立刻可以爆开。

当时，八路军有一个团驻在八卦沟；在小玉家里，住了一个通信班。他们是年纪轻轻的；除了班长，都不满二十岁。当中，最小的一个，才只有十六七岁。从他的小鼻子小眼看来，还是个娃娃的模样。但他穿着成人一般大的军装，裤腿和袖口都要卷起好长一截；而棉袄的底襟，照样长过他的膝盖，如同一件半大棉袍。当他跑起路来的时候，他的小身子在那棉袄里，晃晃荡荡。因而，竟使人担心，如果一旦把这套军装晃掉，那他就要光屁股了。也许为了这，他的裹腿打得很紧，腰上皮带扎得非常牢。即使在夜里，他也是这样地睡觉。看起来，似乎他真怕把这套军装丢掉。

开始，小玉和妈妈跟他们是生疏的；可是，没有多久，她俩跟他们便熟起来。

因为他们一进门，显得很熟很熟的。他们一放下身上背包，就干起活来，担水、劈柴、打扫屋里屋外……可是，妈妈能帮他们做些什么呢？

第二天清早，小玉还没有起来的时候，妈妈叫来那个最小的小通信员。

“把你的衣服脱下来！”

“干么脱下来？”

“我给你收拾收拾，脱下来！”

“脱下来，我没换的……”

“那，给你！”

妈妈把小玉的袄裤递过去，让他换上。可是，他不换，只看着袄裤发呆。他不是嫌它破烂，他是讨厌那种花花布。最后，在妈妈逼迫下，他才换了服装，但红了脸，他羞于这样的男扮女装。其实不一会儿的工夫，妈妈给他的军装剪掉半截缝好了。从此，她开始给通信班他们缝缝连连，正如她给小玉缝连一样。说心里话，她是怜恤他们的。因此，他们都感激她，开口便称道她——老大娘。

由于这种对她的尊敬，他们也都喜爱她的女儿——小玉——拉她一起吃饭，一起玩耍，竟把她当作通信班的一个；叫她都不叫小玉，只叫“小同志”。

“你们叫我啥？”小玉问。

“小同志！”最小的小通信员答。

“啥意思？”

“连这个都不明白吗？你是工人，是工人阶级一分子；我们八路军，是共产党的武装，是工人阶级的队伍；咱们都是一家人，所以都叫同志！”

“那我能参加吗？”小玉认真起来。

“你参加？那……那不行！”最小的小通信员窘了。

“你说的，咱们都是同志，那我为什么不行？”

“我们连队上，没有女同志，你要参加，可以参加宣传队。”

“宣传队干啥的？”

“写写，画画，宣传呗！”

一天，巧得很，小玉在街头碰上几个连写带画的人，她便凑上前去。

“你们是宣传队吗？”

“是，宣传队。”

“我想参加！”

“你能写能画吗？”

“不能！”

“你会演剧、会唱歌吗？”

“不会！”

“那我们要你参加干什么呢？你一定要参加的话，你可以到那儿去！”

说话的这个人指给她看了看墙上贴的招生广告。这样，她才高兴了。而且，那两个贴招生广告的人，还正在前面贴着。她赶紧追上去，跟上他们。他们贴到哪儿，她跟到哪儿。人家把广告都贴光了，只剩下空糨糊桶，她还在跟着。因此，他们站住了。

“你总跟着我们走吗呢？”那个提糨糊桶的人问。

“跟你们去参加呗！”小玉理直气壮地回答。

“你的文化程度怎样，读过几年书？”

“半年。”

“读过啥？”

“日本人能叫我们读啥呢，读的尽是阿、夷、乌、哀、奥呗！”

“我们学校只收中学生，要有‘国高’的程度才行。你不够资格，回去吧！”

小玉没有听这话，并且跟着他们，终于走到招生处。

这是日本式的鸽子笼似的房间，地上的“榻榻米”，踩得稀巴烂；墙上的纸隔扇，都拉破了。靠桌边，坐着一位中年人。他穿着全副八路军装。在小玉的眼里，他类似一个老通信员；而那个提糨糊桶的人给她介绍，说他是副校长。

既然是副校长，她可要仔细地打量他一番。大概他好久没有理过发，长发披了一头，络腮胡子盖住了半个脸。他的眼睛，蒙蒙眬眬的。是睡眠不足吗？是疲劳过度吗？是发愁吗？

的确，副校长有他发愁的事。东北局决定在东北首先创办的大学，派他担任副校长；其实，是让他担负创办的全责；至少，暂时如此。事实呢，是有困难的。必须承认这一点，当时有许多知识分子都在战局之外观望，甚而对国民党存在着莫名其妙的幻想。因此，从本溪到辽阳，贴了一路招生广告；简直无所谓考不考，几乎是来一个收一个。结果，没有招到十名学生。说实话，其中还有两个是完全不合格的。当然，他们表现得非常积极，提糨糊桶的就是其中之一。

可是，现在站在面前的这个小姑娘，怎么能收她呢？

“不能收你！”副校长说。

“怎么不收我呢？”小玉说。

“第一，你的年龄不够；第二，你的文化程度不合格。就是这样。”

“不，不，不能这样说！我看，你们应该收下我！”

“噢！”副校长惊异了，“我倒要知道知道，为什么应该收下你呢？”他把“应该”这个字眼说得特别重些。

“因为你们是共产党，是八路军，是工人阶级；我是工人，是工人阶级；咱们都是一家人，都是同志……同志办的学校，应该收下同志——你们应该收下我的！”

只是几句平凡而又平凡的话，但在东北若干地方解放的初期、在充塞着徘徊和游离的形影的当时，它却不平凡，非常不平凡，深深地感动了这位发愁的副校长。他的蒙眬的眼睛，闪出一股逼人的光彩。隔着桌子，他伸过手去，抚摸一下小人的覆在头顶的乱发。是的，他说不出自己是如何的快乐，也说不出自己对她是如何的喜爱。总之，从招生以来，他还是第一次看到这样坚决要求入学的学生。同时，这个学生给了他一种新的启发：至少暂时附设一个工人子弟学习班，而后创办一所工人学校；因为党有一天必然要培养大批工人出身的学生——红色的知识分子。既然如此，现在能不收她吗？

“好吧，把你收下！”副校长说。

“本来是么，你们应该收下我！”小玉说。

“可是，你的文化程度过低，将来怎么能跟得上大家一起听课呢？”

“那你们也可以让我先做点儿什么工作呀！”

“你能做什么工作呢？”

“比方说，提提糨糊桶，贴贴招生广告……”

副校长拿起笔准备登记她的名字的时候，她摇了摇头——生活了十五年，她还没有大名呢。

为了这，副校长费了一番脑筋，最后落笔写下“李蕙良”三个字。从此，小玉开始叫起这个大名。

三

谁都知道，战争是不可避免的；但谁也没想到，战局变化得这么快。就在一个冬天的黄昏，八路军已经完全撤出市区。那个住在李家的通信班，走得很仓促，他们都没有来得及从容地告别，只有最小的小通信员临走说了一句话：

“我们还要回来呢！”

响着炮声。当炮弹从市空飞过的时候，带着一种难听的不祥的长鸣；它落地以后，轰然爆破一声，窗棂被震撼得发出吱吱的响动。

妈妈伏在窗边，用哈气融开玻璃上的霜花；这样，她可以看一看外边究竟是怎样的世界。

天色昏暗，雪花纷飞，一片白雪铺平了冷清的院心……

小玉忙着收拾着什么。其实，除了她身上穿的，她再没有什么可收拾的东西。可是，她把破鞋破袜子一收拾，居然也成了一个小包裹。这些东西，足够了。即使有的东西多，路上能带多少呢？她得赶快走。

“你要上哪儿去？”妈妈问。

“上学去！”小玉答。

“人家还不早走啦！”

“他们走到哪儿，我追到哪儿！”

妈妈一把拉住小玉。她不肯放女儿走。假如在前天，她可以放她走；在昨天，也可以放她走；甚而在一个钟头之前、炮火没有响得这么激烈的时候，都可以放她走。只有现在，她是不能放女儿走的。作为妈妈，她不能悬着心，眼巴巴地看着女儿从雪上走开的不平安的踪迹。可是，小玉是非走不可的。不管路上可能发生什么危险，她也要追赶那个工人阶级的学校、自己的学校。因此，母女俩纠缠起来了。

正在这时候，听见有人敲房门的声音；嘭嘭的几声，一声比一声紧急，紧急得使人想到可能发生什么可怕的事。

“谁？”小玉问。

“小同志，开门呀！”

这分明是通信班最小的小通信员的口音。小玉开门一看，果然是他。她一怔，奇怪起来。虽然他临走说过“我们还要回来呢”，但她完全没有预料到他这么快回来、这个样儿回来。因为不敢开灯，她划根火柴，照了一下亮。她一看他，好像已经变成另外一个人。他身上背的，只剩下一条子弹带和两个手榴弹，而背包、挎包和马枪都不见了。他的军装裂开口子，露着棉花。他的脸呢，一脸土，两眼贼亮，忐忑不安，呼吸紧张，连说话的声音，都有点儿发哑了……

在执行撤退的任务当中，他因为失掉联系而发了蒙。他正踌躇之间，有一个炮弹在他身边不远的地方爆炸。他倒下去。究竟倒下多少时间才站起来，他自己也不知道。总之，他站起以后，镇静一下，定定心神。开始，他意识到自己是被气浪推倒的；后来，他才发觉马枪被炸断、棉衣被炸破，以致以为自己被炸中了。但浑身摸了摸，他没有觉得有什么疼痛。的确，他并没有负伤。不过，在这幸运的脱险之后，他心头反而感到余悸。忽然发现敌人踪影的时候，他撒腿就跑。往哪儿跑呢？他只好跑到这儿，因为这儿是他最熟悉的地方。

现在，他站在这最熟悉的母女俩之间，发着慌。

“……我失掉联系……闯不出去了……”

在妈妈的眼里，他还是个孩子，妈妈觉得只好替他拿个主意。

“那好说，脱掉你的军衣，藏在我家里……”

“老大娘，我不能丢开队伍！”

“那可怎么好呢？”

“老大娘，你得救一救我，你得给我想个法子，只要给我换一换装……”

扑通一声，他在妈妈面前跪下了。

妈妈心软，见不得这个，眼睛一酸，掉下泪来。

“你起来，起来……我不留你，让你走，让你走……只是我家没有衣服给你换呀，咳，我们是个穷家……你忘记了吗？那天早晨，我给你改一改军衣，你换上的还是小玉的呢……”

于是，小玉悄悄地脱下自己身上的破袄裤，往他的怀里一送。随着，她听到他抽搐一下，哇地大哭两声，然后停止，哽咽起来。这显然是他被她的友爱所打动，抑制不住自己的感情，又不得不抑制自己的感情，结果他哭也哭不成声……在黑暗中，她感到他突然动作起来。但由于这动作的迅速而过猛，呼扇起来的风凉，扑到她的身上，使她意识到自己身上仅余的一套破单衣，是经不住冷的，不禁打起寒战。正在这时候，在她的肩头落上一件东西。她摸了摸它，摸到一个铜纽扣，冰凉的；可是，把它往胸前紧紧地一裹，她觉得一阵好暖和，是她感受到他那还未曾散尽的体温，是她跟他换了服装。最后，她听到他跟妈妈的话声。

“石家岳，奔哪个方向呢？”是他的声音。

“走！”是妈妈的声音。

门闩一响，房门开了。她赶紧扭过身来一看，有两个影子，从门口飘出去。当她去关门的时候，她还听到嘎吱嘎吱的踏雪的脚步声，渐渐地远去，远去。

炮声继续响着。并且，在附近响起一阵枪声，一阵喊叫声……

不久，她听到敲门的声音。她想妈妈回来了，没有问，就开了门。可是，进来的人，不是妈妈，还是那个最小的小通信员。他那呼呼的喘声，听来有点儿吓人呢。

“妈妈呢？”

他哇哇地放声大哭起来。随后，他又用手把口堵住。可是，紧接着，她又同样地大哭起来；因为她已经明白他为什么哭，她才哭的。

“她……她不行了，不行了……我也走不出去了……”

“走得出，我送你！”

她甩掉肩上披的军衣，拉起他的手就走；但他手上有一股什么热乎的黏糊糊的东西，吓了她一跳。她摸一摸，原来这是从他胳膊里流出来的。于是，她从自己身上撕下一块衣襟，给他包扎起来。同时，他把身上穿的她的棉袄又还给她的身上；这样，她的一套破袄裤便分穿在两个人身上了。

天黑。在片片浮云的缝隙间，透露着隐微的幽明的月光。

一阵阵的大风，刮得不停。鹅毛大雪，不断地在风里打旋，飘落。

郊外的炮声，渐渐地移远；而市区的枪声，未停。并且有几处大火，火焰猛烈，烧红了天。

这两个少年人，正在走得急。她在前，给他引路。这一带街上，紧闭门户，不见一个行人。看来，有如废墟的冷清、坟地的死气沉沉。这时候，他们只觉得脚踩着雪地，嘎吱吱的，落到脸上的雪花，有点儿冰凉的。

忽然，响起一阵蹄声，有一列敌军的马队，沿街巡逻过来。

“听，他们！”他说。

“来，随我来！”她说。

这时候，他们正走在一条商市街上，人家关门闭户，没处躲藏。她只好拉着他，就在从前伪满一家配给店窗前趴下。地上积了很厚的雪，总有半尺多深；他们俯身躺在雪里，雪几乎完全可以把他们隐蔽起来；因为他们肩背上披着的雪和地上落着的雪，可以合成一片了。此刻，他俩手握手，彼此都可以感受到脉搏跳动，跳得非常激烈，好像就要爆裂似的。

“怕吗？”他说。

“不！”她说。

马蹄之声，响了过来。一片白色的雪地上，仍然可以看清敌人的黑影，大约有十多个。

“脚印在这儿！”

“下马，捉活的！”

他俩一听，手握得紧些。

“怎么办？”她说。

“不怕，我这儿还有两个手榴弹！”

可是，她没有放开他的手，反而握得更紧。趁着敌人一阵忙乱下马的工夫，她拉着他，匍匐地往前爬行；爬过拐角以后，她一跑、一纵身，她带他跳进人家的院心。

她生在这里，并且在这里长大的。她熟知每条街的远近、每条巷的宽窄，以及每家院墙的大小和高矮，所以她带他爬上跳下，从人家的院里横行出去。

这之间，他俩停过几次，听听敌人的动静，只能听见敌人的枪声，却看不见敌人的踪影。因为敌人下马一散开，到处打磨磨，兜圈子，搜捕起来；这样，他们本身的错杂的脚印已经搅乱了他们搜寻的踪迹，最后只好胡乱地放空枪了。

逃出险境以后，他俩放慢脚步，可以随意地自由而无拘束地行走了。

云开，月光散下来。

郊外空旷，一片雪夜的雪野。枯草埋在雪里，林木干枝披上了雪。这一场大雪，都把道路封住了。如果她不是本地人，他们是要在这里失迷的。

在风雪弥漫的远处，隐约地可见灯火的闪射，似乎明了又灭，灭了又明。

“你看，那儿有亮！”她说。

“是什么地方？”他问。

“石家岳！”

“你回吧，我自己可以走的！”

“不，我要把你送到地方！因为咱们不能走村子，要抄小道绕过去。”

等到绕过石家岳以后，前面出现两座小山；在朦胧的雪夜里，它们有一座鞍形的轮廓。

她站住，弯下腰去，给他指出通往山边的一条路径——好像从白色的雪野上铺开去的一条可贵而不易识别的银带子。

“看得出吗？”她问。

“看得出！”他回答。

“那你走吧！”

“你呢？”

“我回去！”

“不，你跟我走吧！”

“那哪能呢！”

“再见！”

他面对着她，摆好立正的姿势，一举手，行了个军礼。虽说他头上并没有戴军帽，仅仅戴着一头雪；但他行的这个军礼，是十足的，严肃而端正。

前面的炮声响着。她目送着那个闪在炮火里的昂扬的前行的背影，不久便消失在那条雪下的难以辨认的小径上……当她转过身来的时候，忽然觉得眼睛发花，身子发冷。这时候，她忽然感到衣服太薄、人太单，忽然想到妈妈：她也只是一个人，也没有穿多少衣服。这时候，她忽然又想起家里有一条破毡子……

四

一路上，她都在想，由妈妈想到全家人，由破毡子想到各样的东西；真的，她已经成了一个当家人。

她走到家门口，门开着。开始她还奇怪：为什么开着门呢？然后她明白了，家里只有她这个当家人，她不在的时候，还有谁关门呢？想来，眼前不过是一座空房子。

可是，她刚一进屋，突然听到屋里有人说话：

“你可回来了！”

她完全没有想到空房子会发出这样的语声，吓得她一惊。

“谁？”

“我——宫少达！”

“你来干什么的？我不认识你！”

在黑暗的屋里，有电筒发出一股光来。

“你看一看，认不认识我！”

在那股电光里，映出一副面孔：满头大汗，冒着热气，眼睛一眨一眨的，嘴闭得紧紧的。她看了看，认出他来，原来是那个提糨糊桶的学生，那个拒绝她入学的家伙。

“认识是认识。现在，你来干啥？”

“我来接你呀！”

“噢，学校还没有撤退呢！”

“已经撤退了！敌人都进了城，还不撤退吗？”

“那你怎么回来的？”

“我是撤退以后重新回来的，是副校长命令我回来的！”

“你回来，就是为了接我吗？”

“就是为了接你！”

她没有想到，也不能想到，像她这么一个不合格的学生，副校长还在挂念她，还派个人冒着生命的危险来接她。她感激副校长，感激宫少达。她感激同志们，感激共产党。她感动得说不出话。

“趁着夜里，咱们赶快走吧！”宫少达催着。

可是，她扭扭搭搭地说：

“我……不能……不能跟你走……”

宫少达一听，完全出乎意料，不论他在路上走着的时候，还是在她家等着的时候，他以为一切都非常简单而容易，只像是取一件什么东西似的，带上就可以走；而现在，事情完全两样，她说她不走……

“原先都不想收你，你要求人家非收你不可！可是，人家收了你，现在又来接你，你反倒说不走了！你说说你干吗不走？你说话呀！”他打开手里的电筒照了照；在移动的电光里，照见她的哭丧的脸，抹满泪痕；照见她的小棉袄，补满补丁；照见她的破衬裤，露着膝盖；照见她的鞋，挂满雪花，“你不走，是不是怕冷呀。”他从身上脱下毛背心，给了她。

她把毛背心又还给他。

“不是，我不冷！”

于是，她把妈妈遭难的事告诉了他。并且，她说她不是不想走；可是，没有安顿一下妈妈，她是不能走的。真的，怎么能永远让妈妈躺在街上。

“那怎么办呢？”他没有主意了。

“你先走吧，我以后去找你们！”

“现在正在打仗，一时一个变动，今天在这儿，不知道明天在哪儿，你到哪儿去找我们！”

“我一定能找到你们！”

“你怎么能找到我们呢？”

“共产党是好找的！我找到共产党，就找到你们！”在她的声音里，充满自信的口气。

“这么一说，你一定不走了。”

“一定不走！”

这时候，忽然有个人影从他们身后闪了过来，并且说道：“小玉，你走，走！”

小玉一听这话，就听得出这是他，是曾经在“黑帽子”面前救过她的老水鬼；现在又在她为难遭灾的时候，忽然出现在她的面前。

他来了，来了许久。当她刚刚进门不久的时候，他已经站到她的背后，一边听她的话，一边在为她打算；结果，他认为她是应该走的。

“马大爷，你怎么这个时候来啦？”小玉站到老水鬼的面前问。

“我在宿舍听到枪声，约莫在你们这圪垯；你看，果不其然……孩子，现在你别说啦……我告诉你吧，我替你收尸、装殓、下葬，我一定给你妈找块有风水的坟茔地。大爷说话算话，你走你的吧！”

黑暗的小屋，沉闷起来。

老水鬼等着小玉说话，但一直没听到她的声音；本来，她站在面前，恍惚一下，怎么不见影儿了。他伸手往前摸了摸，也没有摸到她；然后，他把手往下一落，碰着了她的头——在他的膝盖前，和膝盖差不多高矮的地方。他弯下腰，用手仔细地摸一摸，原来是她跪在这里。

“小玉，你这是给你妈下跪吗？那你再往那边偏一偏，那边是西南……”

“给大爷……”

“给我？那你就赶快起来！”

“……大……爷……”

“有啥话，你起来说！”

“……炕头上……还有一条破毡子……”

“你们的家底，我知道！”

"……大爷，你拿上它……"

"我都知道！还有啥话，你起来说！"

"没有啦……"

"那你起来！"

"我起来……"

"你走！"

门开着。门外，飘着雪花，充塞着混沌的夜色。小玉跟着宫少达走出门去。老水鬼站在门口，望着她。

从此，她没有家了——没有亲人想念她，没有她想念的亲人了。从此，她走上原野，骑上一匹野马；她的去处，那么遥远而无止境；她的去处，可以任随自己，任随她的马蹄子……

远处，有轰轰的炮响，熊熊的火光；附近一带，有断续的枪鸣，粗野的吆喝声。夜行人踏着雪，有嘎吱嘎吱的声音；这声音，渐渐地远去，远到天外去似的。

五

这八年里的一代少年们，都已长大成人。而且，他们各有各受人尊敬的工作岗位：工长、助教、参谋长。这八年里，自从李蕙良和梁材在雪夜里分手以后，再没有见。在她来说，连想也没有想过这个。不可能想象的事，为什么要想它呢？当然，有时候，她自然而然地想起他，必然地想起他——一个小兵，一个最小的小通信员。为什么呢？因为在伟大的斗争中，曾经有一条同过生死的链子，把她跟他系在一起，是同过命运的。虽说相识不过几日，相别又有八年，但同过生死的回忆，同过生死的革命的友谊，一直把她跟他系在一起，现在一见之下，她感觉她跟他还在同命运似的。至于她跟宫少达的相处，有过相当长的时间。她一直没有忘过他。从前，她忘不了那个雪夜他冒着生命危险去接她的一桩往事。是的，她对他有着感激和尊敬之情。现在，她忘不了那个雾天他冷酷无情地投给她的一封信。这信，引起她双重的恨：恨他，也恨自己。从此，她只好跟他断绝关系，这八年里，谁能设想有今天他们又在这儿如此奇巧地会面呢？

她和宫少达握过手以后，再没有说什么话；但她有时投出一种疑忌的眼光，看了看他：你为什么还要来呢？

她和梁材一见面，本来生疏得很；但她一接到那块血污的衣襟以后，骤然跟他亲密起来，时时地目不转睛地盯着他：你怎么来了呢？

“你还认识我吗？”李蕙良奇异地问。

“当然认识！”梁材果断地回答。

李蕙良仔细一听他的语声，仍然带着当年的几分童音。因而，从他那略微低些的鼻子上，稍小而精明的眼睛上，她依旧可以辨别出他当年某些娃娃式的脸型。是的，她想起当年送的，就是他。于是，她坐起来，把手里的一块血污的衣襟，往雪白的枕头底下一塞，长吁一口气。当然，一想到过去，一想到那个雪夜，她是要有感触的。

“呀，一晃多少年呀……”

“八年！”

“八年的时间，不短呵……你怎么还认识我呢？”

“当然认识！”梁材还是果断地回答。

“你住在我家，一共也不过那么几天；可是，一别就是八年。你怎么还能认识我呢？”李蕙良那种坚决的口气，表示她是要追问到底的。

“可是这八年里，你并没有离开过我！”

梁材俯身过去，是对她小声说的；但他这样地做，并不是由于避讳哪个，只是为了对病人可以说得亲切、诚恳、真实。

但李蕙良往后一仰，急忙用手撑住身子；不然，她这样会仰倒了的；因为她过分地惊异于这位正常的军人，怎么可以说得这般离奇。

“什么，什么？”

“你说，咱们分别了八年；我说，这八年里，你并没有离开过我呀！”

简直是怪事、呓语，李蕙良看着他，眼睁睁地怔住了。

“怎么说，分别了，又没有离开过？”

“就是，就是！”

是的，在他的记忆里，她是没有离开过他的；特别是在最危险的时候，她便在他的面前出现，伴随他，引着他。有名的四平争夺战，是非常激烈的，他曾经作为一个班长，带领一班人在阵地上坚守，战到最后只剩下他一个人，并且陷入敌人的重围。当时，在夜里，天黑得很，连方向都辨别不出来。他冲了几次，几乎冲到绝望了的时候，他听见有人对他这样说：“随我来！”他看了看，原来是她在他的前面，领着路。他顺着她的声音，爬着，爬着，就是这样地冲出了重围。后来，抗美援朝，他以副营长的资格，参加了志愿军。连续五个战役的战斗，他仅仅负了一次伤。在他从昏迷中醒来以后，望了望无声的美丽的雪野和松林，仿佛没有经历过战争，却觉得浑身疼痛，四肢没有一点儿力气。在他等待担架的时候，他听有人对他这样说:“随我来！”他看了看，原来还是她在他的面前；她扶起他，一直把他扶到包扎所。因此，他觉得这么多年来她并没有离开他，而且现在她还在他的眼前；甚而，他和她从来也没有离开过这个地方，现在他俩不是还在石家岳吗？

于是，他撩起天蓝色的窗帘，立刻透进一片明晃晃耀眼的阳光。从窗里看出去，一切都可以看得清清楚楚的。

在西边的窗外，是一片苹果林。有一群群的合作社的妇女们，正在撕破那些兜在苹果上的纸袋而摘下新红的苹果。打开窗子，可以闻到清香而芬芳的苹果气味。

在南边的窗外呢，有两座小山，一条小径。山仍旧是那样的鞍形，小径仍旧是那样模糊而难走……看来这一带，一切都仍旧是那样的形形色色。不同的是，现在还没到冬天，不见地上铺的白雪，只见这从地上新建的职工医院，是雪白的。这个工程，是劳改大队承包的。现在，它没有全部竣工，还在修建花园、花窖……

“你看！”梁材说。

“什么？”李蕙良问。

“看，他们，他们！”

顺着梁材手指处，李蕙良从窗边俯视下去，望见一群一群劳作的犯人们。

乍一看，他们都穿着同样的褐色囚服；要是仔细地瞧一瞧，他们每人都有自己的特征。有的大胖子，有个团团圆圆的胖脸，好像只比大皮球多个鼻子；在他的笑声里，显出他好像是无忧无虑的。有的刚刚刮过络腮胡子，两颊显得有些发青；他热心于自己熟练的操作，好像从操作中已经感到几分乐趣。有的戴着近视眼镜，有一副多疑善感的面容，周围任何的响动，都可以从他脸上表情找到反应。有的留着小胡子，在他所不屑为的劳作中，仍然保存着他过去某种“高贵”的、“尊严”的身份，甚至依旧怀着某种仇恨，而最容易引起你的警惕。当然，他们过去都是有钱有势的人们，是主宰过国家命运和人民命运的人们。在他们中间，有各式各样的人：伪满官吏、恶霸地主、官僚财阀、特务暴徒、反共将军……因而，李蕙良和梁材马上联想到，在这些人们当中，是不是就有石大爷和陈司令，是不是就有杀过妈妈的凶手和追捕过他们的“骑士”……

“哼，是他们！他们从前连路都不让咱们走呵！”李蕙良说话的意味是深长的。

“现在他们在咱们手下，他们得给咱们盖医院，修花园和花窖！当然，这也是他们在改造他们自己！”梁材说得明确。

李蕙良和梁材互相一望，微微地一笑，是胜利的笑呢。在这笑里，梁材只是显出他那种英武而健康的精神，而李蕙良仍然带着她的病态，脸色绯红，是在发烧呢。

一个年轻的护士给李蕙良试过体温。在临走的时候，她把体温的记录给梁材和宫少达看了看：三十九度四。她说：

“患者需要休息，你们谈一谈就走吧！”

梁材是谈过，而宫少达连一句话还没有说。他一直站在门口，躲得远远的。假如病室再大些，他也许站得更远些。现在，他开始走过去，走到李蕙良的床前，畏缩地低下头去。

“蕙良，咱们谈一谈吧！”

“谈一谈？”

“是呀，我还要赶晚上的火车回去呢！”

“噢，你要赶火车回去呵！”李蕙良把脸扭过墙那边了，

“本来，你是不必来的么！”

“怎么不必来呢？”

“因为你的信来了，就行了！”

他俩的话停住。因为病室的安静，越发显得他俩沉闷。梁材站在旁边，没有听懂他俩说的是什么；他只是不住望望这个，又望望那个，他觉得自己比他们两个还要闷得慌。

“信，写是写了！”

“是写了！”

“信，寄也寄了！”

“我已经收到了！”

梁材靠在窗边，盯着他们。一个站着，在苦恼地自诉；一个躺着，索性在帮腔。听来，她之所以要这样说的，只是为了帮助他证实一下他说得不错，而且他做得也不错。

“原来把信搁下了……”

“怎么搁下了？”

“因为有矛盾……”

“什么矛盾？”

“唉，总之，我不该写……”

“为什么？”

“信写错了！”

当初，他下手写信的时候，的确没有经过深思熟虑，只不过任凭感情的冲动和捉弄罢了。写完之后，他就把信投出，好像儿戏一般，任性地投出一个弹子，可是投出手以后，他才意识到它会伤人的。现在事实证明，它果然伤了人，比弹子伤得重呵。因而，他后悔了。悔恨自己的幼稚、莽撞、无理，可是你并不是玩弹弓的孩子呵。

从过道上传来一阵吵嚷的声音，有些话也可以听得清楚。

“……你破坏制度……”

“……你们制度根本不合理……”

那个年轻的护士，跑到门口；因为没有来得及关门，她便张开臂膊，用自己的身子把门口堵住。但老水鬼一摆膀子，就闯了进来。

“你干吗要这样破坏制度……”年轻的护士喘着，气得说不出话了。

“啥制度，你们的制度根本不合理。哼，排了多半天，才轮上，说‘不能看’。可是，别人怎么能看呢？又说‘只限两个人’。你们的嘴，随便云云，还说啥制度不制度……”

老水鬼一看屋里还有两个青年，他便端详一番，一个也不认识。其实，他跟宫少达是碰过头的。不过，那碰头的片刻工夫，是在黑夜里，在黑屋里，等于没有见过一样。假如李蕙良提醒他一句，他当然就会恍然大悟，而李蕙良的心绪不在这里，她在忙于提醒宫少达呢。

“没写错！”

“错了，错了！”

“没错，没错！”

老水鬼听了听，简直没意思。并且，那个年轻的护士冲他掐着腰，瞪着眼睛，意思是不能饶他呢。因此，他凑到人家两个中间，玩笑地说道：

“咱们把护士气病啦，那可不好！咱们商量一下吧，我听你们没什么可谈的了，是不是请这位同志先走一步？”

老水鬼望着梁材。梁材把头一甩，避开老水鬼。可是，李蕙良答应老水鬼说：

“好嘛，可以。”

“不，我还有话要谈！”宫少达抢着说了一句。

“那咱们改日再谈！”

没办法，宫少达只好如此违背心愿地遗憾地走了。但他佝偻着腰背走出门口的时候，又被老水鬼喊住。其实老水鬼并没有什么事，只是把宫少达肩头披的白罩衣挪到自己的肩上。当他再进门的时候，恰好迎上那个往外走的年轻的护士。

“同志，你看！”老水鬼故意抖了抖肩头，给护士显示一下他披着的白罩衣，“我还是遵守你们制度的！”

护士一笑，客气地给老水鬼让开路。当老水鬼进了屋的时候，梁材正在跟李蕙良告别。

“我走了。”

“再来吗？”

“再来吧。”

“哪天？”

“不敢说哪一天，但总会有一天！”

他俩紧紧地握手，握了许久许久。当握手的时候，他俩互相眼巴巴地望着；很快很快地，她的眼圈红了，他的眼里浮起一层闪闪的泪光。他俩都要哭，但又都拼命地要用勉强的微笑加以掩饰。显然，他俩谁也不愿意这样在人家的面前掉眼泪，那太不像个样儿。可是，他俩谁又都不肯撒开手，好像双方都割舍不得一种共有的珍贵而美的东西。

“你们话没有谈完，你们谈吧！”老水鬼从旁说。

但梁材走了。在他走后，老水鬼问到这个人是谁。李蕙良只说，这个人就是她和妈妈曾经送过的那个最小的小通信员。这样，老水鬼立时便明白了他的来历。于是，他赶紧追到楼梯口，又把梁材从楼下喊上来。

“有什么事吗？”梁材茫然地问。

“有！你的人命债，是我还的！”老水鬼一开口就这样地回答。

“什么事？”

“小玉妈妈，是我埋的！”

并且，老水鬼把那夜收尸以及第二天装殓和下葬的情形，告诉了梁材；最后，他叹了一口气，难受得很呢。

随着，梁材向老水鬼肃然地行军礼；眼睛惶惶的、一眨一眨的，举在帽遮一边的手不住地在发抖。因为老水鬼没有怎么注意到他这种姿势所包括的敬意，他急忙喊了一句，好像在操场上喊了一句口令：

“敬礼！”

“对我，用不着这个！可是，我倒想你应该这样地站在她的坟前，这样地喊一句！”

“是！”

梁材问过坟地的所在，又行了个军礼，告别而去。当他下楼梯的时候，下得非常快，好像比赶火车还急。

老水鬼回到病室，还带着一些悲痛的情绪。李蕙良从失神的遐思中，已经恢复过来正常的镇静。

“大爷，你从工地来吗？”

“是呀，从工地来。”

“你说说三号油库的情形！”

“现在，咱们不谈这个！”

“不，我要知道知道油库的水涨了多少。”

老水鬼是懂李蕙良的心情的，所以他怕三号油库的问题刺激她，而加重她的病。如果要说什么，他只想说一些能够安慰她的话。

“你养你的病，用不着多费心！你没有把水堵住，可是把死脑瓜骨都开了窍！”

比如：于清如何下现场，何柳如何要求负责第二次返修工程，黄主任如何反省得好……

“真的吗？”

“真的，他正在写检讨。听说，他还要检讨他跟你的关系。我刚才在工地上碰到他，他还要我给你带好呢！”

李蕙良听着，愉快起来。

从过道上，又传来吵吵嚷嚷的声音，但因吵嚷得厉害，什么话也听不清。只见那个年轻的护士跑过来，照样地堵住门口；可是，仍然从她的胳肢窝下钻了进来两个小家伙：小梁和小霍。

“你们这是干啥！”老水鬼斥着他们。

“我们来看工长！”小霍说。

“看看就走吧！”

“我们还要看看师傅呢，他住哪个病房？”小梁问。

李蕙良一听，脸色立刻阴暗起来，有一种痉挛的痛苦，她有负疚的心。

因此，年轻的护士恼了。她喊着：

“你们不要胡闹吧，走吧！要不是你们来看患者，患者还可以好得快些！”

在小梁和小霍被撵走以后，李蕙良为了小调皮这桩人身事故而提出书面请求处分的意见，请老水鬼给她捎回去。她觉得只有这样，她的病才会好得快些。

第七章　晴

一

今天报纸的天气预报：晴。

太阳升高。雾气消散。从高空飞逝的白云间，露出片片的蓝天。看来，天气果然晴朗起来；至少，现在有个晴朗的秋天的早晨。

煦和的阳光，清爽的空气，特别使人容易觉得体力充沛、头脑清醒；假设在这个时候工作的话，一个人的确可以抵得上好几个人。

李蕙良从医院出来。

任何的病人都一样，除非停止了脉搏的跳动，总是要出来的。不管医院设备是怎样的优美，照顾是怎样的优厚，谁也不会有丝毫的留恋。因为医院这种地方，根本没有人想要住进去；即使必要时，有人住了进去，也还是希望住的时间越短越好。李蕙良的心情，当然更是这样的。在那儿还没有住上一个星期，她觉得已经够久了。

本来，她重感冒医好以后，据医生说，她还需要休息三天。但她为了争取这三天的时间，竟跟医生闹翻了，终于提前两天出了院。

院外边，雨后的路，是潮湿而泥泞的。但她毫不踌躇地、勇往直前地走去。往哪儿去呢？显然，她只有往工地去，因为她的工作岗位、她的家都在工地上。

虽说她一度进过医院，但她的心却未曾离开过工地。真的，三号油库的问题，怎么能从她的心上挖掉呢？谁都知道，事情是那样的严重：工地主任和党委书记请求处分；工段主任停职反省；作为工长的她，负责返修工程，又失败了，完全失败了，并且发生了一桩惨痛的疚心的人身事故，而自己又莫名其妙地害了一场病。

现在，她总算熬过来了。按常情说，一个人病愈的心情，应该比这开晴的天气更加豁亮；但她的心情并不那么开朗，相反地，仍然布满三号油库的阴云。

因此，在出院之前，她没有往工地给谁打个电话；到了工地以后，她也没有跟谁打个招呼；她一直是这样低头走着，好像有什么亏心事而愧见什么人似的。不过，有几个人，她总要见一见他们；比如，代理工段主任牛成、党支部书记于清、停职反省的工段主任黄祖安、党委书记夏大姐、工地主任吉明、总工程师郑世通……

因为她要向他们汇报，要向他们请示；她要从他们那里了解一些工程的情况，要从他们那里了解一下自己的工作问题。三号油库的返修工程，有何柳在负责，并且将要竣工了；那里再没有她的什么工作，而她将被安排在哪个工作岗位呢？她想，无论哪个工作岗位都可以，只是不可以拖；要是再拖拖拉拉的，可太不像话。她认为对于自己，再没有比这重要的。

当她走进工段办公室的时候，抬头一看，没有人，连牛成也不在。空阔的室内，除了办公的桌椅等物，还有她的小行李卷。一切的东西，都照旧地摆在原处；只有她的小行李卷换了个地方，从墙角下边移到柜上头去。她想，这显然是他们没有打算她会很快地回来，才这样做的。顺便，她打开窗子，看了看对面的党支部办公室，只见泛着一片阳光的玻璃窗，而不见过去安然坐在窗内的相似半身胸像的于清。因为想要见的人都没有见到的缘故，骤然她感到工段发生一种新的变化。在她还没有来得及仔细地意识一下这种新的变化的时候，忽然小通信员韩淑梅跑进来了。

韩淑梅手里拿着几封信，本来一进门就打算放在办公桌上；可是，她一见李蕙良就怔住了。

“咦，你怎么回来啦？”

“病好了，怎么不回来呢？”

“好啦？”

韩淑梅盯住李蕙良的脸，不停地瞧着。于是，李蕙良凑到韩淑梅的眼前，一伸脖颈，把脸送给这位小观察家，索性让她瞧个够。

“给你看，完全好了！”

在韩淑梅的眼睛里，李蕙良的脸孔没有从前那样的好看了。她那过去的明亮的大眼睛，有些发暗；她那过去的红润的脸蛋，有些透白；她那过去的活跃的旺盛的神情，有些显得呆板而疲倦。

“几天的工夫，都变样儿啦！”

“谁说不是呢，几天的工夫，都变样儿了；人家回来，连个人都找不见了！牛主任呢？”

“一天都不大见到他，谁知道他在哪儿呢。我告诉你，从你走后，可把他累坏啦。好多同志都说他应该休养去；可是，他不，死挺！”

“于支书呢？”

“呀，他呀，他可变啦，简直变了个人！从你走后，他就不坐办公室啦，整天在现场上跑来跑去。你要找他，到三号油库保险找到他！”

韩淑梅一边说着话，一边放着信：牛主任的信放在右侧桌上，黄主任的信放在左侧桌上。并且，她把信放在最醒目的桌角边，好让收信人一进门就能注意到他的信。

“黄主任已经回来了吗？”

“还没有。”

“那你把他的信怎么摆在这儿了！”

“听说他一会儿就要回来的。你要找他吗？”

“他反省得怎样？”

“听说反省得很好，他这个男子汉还大哭过一场呢！你要找他，你就坐在这儿等一等吧，保险你能等到他。”

“不，我去看他！”

可是，到了工地办公室，她没有看到黄主任。原先黄主任所在的走廊的尽头，有一个行政科同志领着几个临时工在拆除屏风、搬走桌椅；明显得很，黄主任再不会回到这儿了。

突然，工地主任办公室的门开开。李蕙良扭头望去，正好看见工地主任送黄主任出门。她尽快地赶过去，跟他们握手，并向他们表示一番报到的意思。随着，他们谈了几句话。在她听来，他们谈的这几句话，好像都是与她有关的。并且，工地主任告诉她，要跟她谈一谈；但他看了看表又说：

“咱们改个时间再谈吧。等一下，我要到车站去。你们谁要是碰到总工程师，说我马上请他回来，我们一同接瓦哈罗莫夫专家去。”

“吉主任，我方才提的那个意见，希望吉主任多加考虑。”黄主任叮咛了一句。

“那么，你们先交换一下意见吧！”

工地主任撒腿退到门里，随手关了门。李蕙良和黄主任站在门外，她从容地望了望他。在他那张瘦得很的贫血的脸上，依旧戴着那副闪光的金边的眼镜；但不知道怎么的，在她看来，他却大大地变了样儿，不论他一贯保持的态度和偶然流露的神色，完全寻觅不到他过去那股逼人的傲气；相反地，在他的脸上，充满着一种浓厚的愧色。而且，当她打量他的时候，他慢慢地把头低下去，叹了一口气，似乎他的胸中充塞着郁闷的负疚的心绪。

“主任同志，你今天开始工作吗？”李蕙良问。

“是的。”黄主任答，“不过，隔了好多天，还不知道从哪儿下手呢……反正先跑跑现场吧。”他懦怯地瞟了她一眼。“你的身体完全复元了吗？”

“没问题，马上可以工作！”

“关于你的工作问题……咱们一起到现场去看看好吗？”

“好嘛。”

高空，白云完全散尽，露出一色的蓝天。低空有缕缕的浓烟在徐徐地盘桓，但在强烈的阳光照耀之下，浓烟的本色也显得淡了许多，根本混淆不了一望无边的晴朗的天色。

往现场去的路，因为其间安装地下管道，临时开辟一段岔道；这地方，特别显得拥挤而难走，有时竟发生车辆堵塞的现象；以致人们通过横道而感觉非常不便，或者要等车辆疏通，或者要从车辆中间插过去。黄主任和李蕙良一边走着，一边谈着。他们走到这里的时候，只好暂时止步；但他们的谈话，并没有中止。他告诉她，在她入医院那天，调来何柳负责三号油库的第二次返修工程；当然，作为工段主任的周凤琦，一向不甘心放走自己的干部，便要求把她调过去；当时，工地主任也表示同意了。路上交通恢复以后，他们赶快从横道走过，就近直奔现场去。他接着又说：

“吉主任这样的处理干部问题，应该说是正确的。不过，我还是提了意见。你方才听见了吧，吉主任说可以考虑我的意见。”

“你提了什么意见？”

“我请求吉主任，把你留下；不管调谁都可，万万不可调你呵！”

“黄主任，你为什么这样说呢？”

“唉！”黄主任好像在负着什么重担，一直被压得透不过气来；现在他才好不容易地叹息一声，吁了一口气，“我过去对不住你了……在反省的时候，我反复地检讨过这个错误。为了在你我的工作中、在实际的行动上，彻底地改正自己的错误，我才提出这样的请求。”

“这个问题既然已经过去了，就不谈它吧！”李蕙良的声音，说得很低；但她的身子，靠得他很近。

“不知道你对我还有没有什么意见？”

“没有！”

“那么你还愿意留在三工段工作吗？方才吉主任指示，在这个问题上，咱们可以先交换交换意见呢。”

“我没有什么意见。在哪个工段工作都可以，听组织分配吧。不过，我希望能够早些工作，最好能够马上工作！”

他们只顾谈着，不知不觉地到了现场的入口；不，应该说到了厂房的大门口。因为现在这里已经砌起红色的高墙、装上灰色的大门扇，俨然是一座巨型的厂房了。他们一走进门来，便看见迎面的加热炉准备好了燃料，随时都可以点火烘炉。房顶铺好屋面，再不见半点露天的地方；地下铺好铁轨，有火车头来往通行。过去临时用电，已经停止；现在由主电室供应充足的电源，全厂照得明明亮亮。架高的热风和瓦斯的管道，全部接好了头，并且开了开闭器。部分机械正在试运转，响着隆隆之声。总的工程情况，正像人们说的“五通只差一通”；这就是说，水、电、热风、瓦斯都通了，只有油还未通。其实油呢，也不过是“五通只差一通”罢了。因为全厂共有五个油库，已经有四个通油了；而未通油的，也只剩下一个——三号油库。

只是短短几天的工夫，整个现场改观了，宛如他们之间的关系改观了一样。

他们这样一同到现场，一共有过两次。他们从前第一次来的情形，糟糕得很，真不想再提；而现在他们第二次来的时候，情形完全两样，倒是值得注意。一进现场，他们一直紧紧地走在一起，好像有什么东西把他们摽在一起似的。如果有哪个迎面闯来的愣家伙，从他们中间而把他们分裂，那么他随后便迅速地靠近她，再跟她合拢起来。凡是走到拥挤而难走的地方，特别是空中开来吊车而妨碍通行的场合，他总要停一停，让她先走过；然后他再迅速地追上她，重新会合。总之，曾经丢过她一次，他可不愿意再丢下她。其实，现在她在现场已经走熟了，至少已经走熟了通往三号油库的路。从这条路走过去，绕过三座巨型的钢机，便可以清清楚楚地望见三号油库。

那里，有显著的凸出地面的油库天井。在天井的周围，有一伙伙的活动的人们。那里，有些配管工们在调整一座自动的水泵。第二个返修方案的实现，主要的就是要靠它的作用。一旦开动起来，它便能够从地下敷设的水管排除油库的地下水，而保持油库地面所需要的干爽的条件。前后两次返修的目的，就是为了这个。当然，它最引人注目。黄主任和李蕙良一看，在调整的人们当中发现了牛成。他亲自动手在调整一个精致的仪表。他用一条好腿站着，支持着整个身子，把手杖夹在胳肢窝，这样地让出手来操作。他那一顶皱巴的旧军帽盖着一头乱蓬蓬的头发，那一张焦黄的脸皮透出来满脸衰弱的病容。他简直是医院的患者一般，但他那咬紧的嘴唇所显示的顽强的意志，却能够克服他的一切困难和缺陷，而坚持他的所有的工作。那里，又有一些清扫工们，安安静静地在倾听一个同志的讲话。只要一瞥，黄主任和李蕙良都可以认得出这个讲话的同志，就是于清。仅仅几天不见，现在现场上的于清比过去办公室里的于清，已经大大的不同。他的精神非常饱满、奋发，以致嗓门放得特别大。不管谁，老远一听就听得清他在动员工人准备开始油库的大清扫——返修工程竣工的最后尾声。那里，还有一些机装工们，坐也坐不定，站也站不稳。当中最显著的是队长王德成，因为他激奋得掐着腰，瞪着眼睛，来来去去地乱蹦，并且不住地在高声喊着：

“我们的人都来啦……我们的人都来啦……”

他这是说，按照返修工程的计划，由机装接工的时间已经到了。但他在对谁喊呢？

顺着王德成喊的方向望过去，李蕙良跟黄主任望见总工程师和何柳站在天井那边。但那两个人谁也没有听见王德成喊什么。因为他俩也正在那边争吵。

“……我要问你，你为什么没有按计划完成？”总工程师气愤愤地问。

“我怎么没有按计划完成？”何柳愤愤不平地反问了一句。

“按计划，你要在十点整交给机装。现在……”总工程师看了看手表，“现在，已经十点十一分！可是，你油库的水，还没有排净！”

“总工程师，请你看看那个小水泵、那两个小徒工嘛！”

何柳给总工程师指了指天井一旁的小水泵和小梁、小霍。摆在大油箱侧面的小水泵，相形之下，的确小得可怜，几乎只能算是大油箱的某种零件。蹲在小水泵两旁的小梁和小霍，不管对比身边的任何一个人，终归顶属他俩最小，简直是一对小顽童。黄主任望着，摇起头来；而李蕙良望了一眼，骤然感到一阵悸栗，立刻把头扭开。真的，她不想听那个小玩意儿的嘟嘟的响动，有一种近乎抱怨和诉苦之间的声音；她也不敢看那两个小家伙的发痴的呆相，好像在思念在等待一个一去不返的人似的。

“我告诉你，换个大水泵，换个大人操作……你，你为什么不执行，为什么不听我的话？”

总工程师说话，一贯是如此干脆；特别在他激动以后，不给你留一点儿面子。但何柳从来不能容忍任何人伤损他的自尊，必要时，他要蛮横地给你反击回去；至于后果如何，他在所不计。

“哼……我不听你的话，我不是李蕙良！”

本来，李蕙良和黄主任正在一起往前走着。忽然她一听何柳的话，不由得心中一跳，想不到由他的口里又提到她的名字；这可要仔细地听一听，她便赶快抢步走过去。但争吵的两个人，谁也没有注意她的突然来临，他们还是只顾他们的争吵。

“我宁要李蕙良，我不要你——何柳同志，虽然我最初提出过你的名字！”

“可是，李蕙良在返修工程上失败了……”

“李蕙良的失败，是返修方案的失败，是我的失败！是的，你这次返修是可以成功的。你以为这只是你的成功吗？告诉你吧，这首先是返修方案的成功……”

李蕙良在旁边，一切都听得明明白白。她认为何柳对她的挖苦，是出于个人感情的报复，而总工程师代她的解释的反驳，是故意给她以过分的支持。不论前者的轻薄讥讽也好，也不论后者的热心赞赏也好，但不知怎么的，却都使她感到羞怯，几乎是相同的羞怯——浑身都在发烧，融解。她想，应该投身出去，冷却一下，便后退了几步；而惶惶的眼神，无主的心境，她仍然找不到冷却的着落……就在这时候，她看到落在后边的黄主任，从她身边闯上去，竟把何柳撞得一栽歪。说心里话，他实在不满这样自鸣得意的人物。他觉得何柳对于总工程师的肆意的冒犯，简直甚过于渎职行为。现在，在总工程师的面前，他和何柳站在一起，比何柳站得规矩：姿势端正，态度谨慎；面对他所崇拜的总工程师，他一向是如此的毕恭毕敬。

“总工程师，吉主任请您回去呢！”

“现在我没工夫！”

“我已经恢复工作，您有什么要做的，可以吩咐我！”

“我都指挥不灵，还你呢！”总工程师在注视黄主任中间，向傲慢的何柳瞟了一眼。

“总工程师，您吩咐，我可以动手嘛！总工程师，您还是回去吧！”

“不……”

扩音器响起来。在这人声和机械声交杂的现场上，可以清清楚楚听到任淑贞广播的声音：

“郑总工程师注意，郑总工程师注意，工地主任和党委书记在你的办公室等你，请你马上回去……”

在这样不停的呼唤中，总工程师踌躇起来。在转眼之间，他一眼瞟到一个站在前面的忸怩的妮儿。

“李蕙良，是你吗？”

“是我，总工程师！”李蕙良垂头过来。

“你回来了？”

“我回来了。”

“你回来了，回来得好！”总工程师的话里有话，颇有含蓄的意味，“你先替我去打个电话，你就说我一定要唱完这出压轴戏，才能回去。”

李蕙良遵命去了以后，黄主任撇开身旁的何柳，凑到总工程师跟前。

“总工程师，他们都在等您，听说要到火车站去接苏联专家呢……”

“哪位专家？”

“瓦哈罗莫夫。”

“咦，他刚回去不久呀……他正在国内休假呀……”总工程师自言自语地说着，纳闷起来。

“总工程师，您还是回去吧……”

“不，不去……”

从学生到干部，黄主任跟总工程师相处了那么多年。他知道总工程师的脾气，就是这样，有时执拗起来，也是怪别扭的。并且，他懂得总工程师的复杂的心理：一则总工程师有他工作的守则，比方在某项重大工程竣工之前，如果不经过亲自检查，那么他总是不放心的；二则总工程师有他自己的生活习惯，最讨厌送往迎来的一些勾当，不过他对他的老妻，倒是例外的；三则总工程师有他技术的观点，不管领导同志如何提倡“向苏联专家学习”和“贯彻苏联专家建议”，也不管各行苏联专家有如何的高明的本领，反正他把同行的瓦哈罗莫夫并不怎么摆在他的眼里，用他的话说，就是“不过尔尔”，当然他这心里的话是不随便说的。因此，黄主任也不敢再劝说下去，一旦惹翻了总工程师，怎么收场呢？

李蕙良回来，告诉总工程师：“他们就来。”随后，夏书记和吉主任便来到总工程师面前，亲自请他同去。

“正是他休假期间，为什么回来了？”总工程师问。

“我想还不是为了三号油库的问题嘛！”吉主任说。

“这个问题，现在可以说，已经解决了；虽然油库的水还没有排净，自动水泵还没开动。”

在总工程师的眉目之间，现出扬扬之气。是的，值得尊敬的总工程师，有时也有令人讨厌的地方，特别是他对苏联专家那种自负的傲气。

夏书记熟知总工程师这个毛病，只好临时下了一剂，以便救急呢。

“现在，咱们不管问题解决没解决，人家总是远道跋涉而来，为什么呢？就是为了关心咱们的建设。咱们理应有个表示，这是咱们的敬意，咱们的礼貌！”

总工程师最讲究“礼貌”，这两个字对他最有魔力。因此，夏书记一提它的时候，总工程师就不能再僵下去了。

“既然这么说，我可以去去。不过，在去以前，我有个建议，就是不能调走李蕙良，要把她留在这儿负责排水工作。”

“这个建议好嘛，当然可以！”吉主任满口答应了。

“李蕙良，你要想尽一切办法，赶快把水排净，你能不能完成这个任务？”总工程师问李蕙良。

“能！”李蕙良兴奋地答了一声。

总工程师听了，不住地点着头，表示他可以信任这个声音，或是他认为这个声音可以让他放心了。这就等于他说，可以同吉主任、夏书记走了。但在临走之前，他那熠熠逼人的目光，又投到何柳身上。

“从现在起，再给你半个钟点，至迟在瓦哈罗莫夫专家到来的时候，必须宣布，返修工程已告成功！你能不能完成这个任务？”

“能，能！”

总工程师问得十分明确，而何柳答得非常果决。不管怎么，何柳既要在李蕙良面前逞一逞能，而总工程师又将要在瓦哈罗莫夫专家眼下显显身手。

二

他们准时走上月台，正好有一列火车开进站。一队一队的上车旅客们，拥向车门口去；而一行一行的下车旅客们，从车门口陆陆续续地挤下来。他们绕过上下车的旅客们，急忙赶到软席车厢跟前，发现了正在张望中的瓦哈罗莫夫专家。

他是一位老人，大约总有六十岁。长发，短髭，同样花白。眼窝深邃，眼睛豁朗，有如离远的碧蓝的海洋。他身上穿戴，与本人的年纪相反，与本地的季节也不大相称。草帽，单西装，枯黄的衬衣，桃红的领带。他给人的印象：像是一位热带地方的客人，又像是一位异国的老来俏。

其实，事情是这样的。

当他从喀山家里去黑海边疗养院的时候，随身所带的服装，几乎件件都经过选择，一律式样翻新，颜色鲜艳，既要宜于度夏，又要适于消遣。他准备利用休假的滋补和乐趣，轻松而放纵一番，即使不敢梦想返老还童的仪容，却何妨化装成当年少壮的打扮。是的，他万万想不到在这期间突然接到总公司来信，通知了三号油库的问题。虽然没有调他回去的命令，但是问题那样严重，他认为不能不立刻从速到职。因而，他起程得那么匆匆，除了在莫斯科一度的停留——办理出国手续和准备三号油库返修资料之外，竟没有来得及回家重整一下行装，以致今天仍旧是那类休假当时的奇异的装扮。

此来，他不仅穿得单薄，而且只是单单的一个人，既没携妻，也没带子女。他所有的全部家当儿，也不过都拿在陪他从北京回来的翻译同志的手里，一只皮箱和一件风衣而已。不管人家怎么问，他都是这样简单地回答：“轻便！”

事实，这番匆忙的长途跋涉，使他非常劳倦。当他和迎接他的每个人拥抱的时候，显得一腔热情多么有余，而两臂又多么无力。老人毕竟是老人，有限的精力，终归经不起如此行旅的折腾。

车站为这全国最著名的钢铁工业基地专设一所苏联专家休息室，有沙发，有开水，还有一位曾经在苏联长期劳动而后归国的老工人，能说一口流利的俄语，也乐于殷勤地招待来往的苏联专家。他挽起瓦哈罗莫夫，意思是要请瓦哈罗莫夫进去休息休息。可是，瓦哈罗莫夫抽出被挽的臂膊，摆手谢绝。

“走！”

走出月台，他们分开坐了两辆小汽车。夏书记、吉主任和郑总工程师坐的一辆打头，瓦哈罗莫夫和翻译同志坐的一辆随后，沿着一条列开两排钻天杨的马路驶去。

瓦哈罗莫夫坐在前座，注视窗外；高大的钻天杨，一棵一棵地从他的眼前划过去，好像倒下去似的。他在此地住过将近两年，比较熟悉车站附近的方向和道路，因而引起他的注意。

“南边吗？”瓦哈罗莫夫向前指了指。

“是！”司机同志回答。

“你往哪儿去？”

“我不知道，左不过跟着前辆车跑呗！”

“那么，请您开快，快，快！”

司机同志服从专家的要求，响起喇叭，一阵快车，从前辆车边赶了过去，驶进前面的十字路口。

“专家，还往哪儿开呢？”

“停！”

汽车停了。后边的汽车也跟着停下来。瓦哈罗莫夫下车以后，吉主任和夏书记也下了车。他们的脸孔绷得很紧，都不知道发生了什么事。

“你们要到哪儿去？”瓦哈罗莫夫问。

“送您！”吉主任回答。

“送我到哪儿？”

“专家公寓。”

“不，先到工地去！”

“先安置一下住处吧！”

“不，不，先到工地去！”

结果，汽车一掉过头，瓦哈罗莫夫坐的这辆车，又落在后边；但他非常熟悉工地一带地方，叫汽车在现场的附近停下来，并且他亲自按喇叭把前辆车也唤住了。于是，大家都下了车。

“你们还要到哪儿去？”瓦哈罗莫夫问。

“工地办公室。”吉主任回答。

“不，先到现场去！”

“请您到办公室休息一下！”

“不，不，先到现场去！”

“您不妨先到办公室坐坐，听听汇报！”总工程师说了话。

“不，不，咱们可以一路走，一路谈嘛！”

既要尊重专家，便不能别扭他，他们只好随他先往现场去。

瓦哈罗莫夫的性格，本来就急，而这次不过显得更急些。当他跨出黑海疗养院大门的时候，猛然地跨了一大步，几乎这一步就要跨进现场似的。从莫斯科到北京，他坐在飞机上，嫌飞机飞得慢，他把它比喻成儿童游艺场的飞机一般，一起一落地绕圈子。从北京到此地，他坐在火车上，简直感觉慢得无比，好像坐在老牛车上，缓慢地缓慢地前移。就是刚才坐汽车的时候，他的感觉也是如此。只是因为以客位自居，他不好发急罢了。

现在，总算下了飞机，下了火车，下了汽车，他索性痛痛快快地放开了脚步；所以他这一阵快步把大家都甩在大后边，特别是把慢慢迈方步的总工程师甩得最远。可是，到了现场的入口，他失望地张开双手；因为他想，得请总工程师先走。

是的，从来是这样的，他尊重中国的风俗，尊重中国的工程师，特别是总工程师这样有威信的前辈；不管自己怎么委屈，都不能对总工程师失了礼。

总工程师慢慢地迈着方步走来。他看了看表，离开现场已经有两个钟点。他想这个时间够了，足够了。他相信他们完全能做完他们应该做完的事情。这样，三号油库第二次返修工程成功了，他的事业成功了。他一想到这个，就觉得有一股不可约束的快感的血流，流遍整个身体，疏通了胸里的梗塞，舒展了脸上的皱瘪，而突出地显出平滑的额头、光彩的眼睛。他过去的一切辛苦、一切悬念，都在这一刹那间，消逝无余，而只感到有一种幸福的陶醉、有一种沁透肺腑的私自说不出的什么东西；假如要说，或说得稍一不慎，便要流露出来洋洋自得的意思。当他走到有礼貌的瓦哈罗莫夫面前的时候，也有礼貌地谦让一番，终于他挽着瓦哈罗莫夫一同走进喧闹的现场。这样，他跟瓦哈罗莫夫讲起两次返修工程经过的情形。开始，他在谈话中完全能够控制自己，如同他在操作上完全能够控制工具一样，说得非常准确、恰当。随着，他兴奋了，话多了，像从口里流出来一条长河那样地滔滔不绝；在这中间，他逐渐地放松了加于自己的约束，而流露了自得其乐的情绪。最后，他的话，越说越兴高采烈，越说越像断了缰绳的烈马，任情地奔驰；因而，他表现了自负，不仅是个人的自负，而且是民族的自负。

“我们夏禹靠水吃饭，我也靠水吃饭，我们从来没有打过饭碗！”总工程师伸出腕上的表，看了看，认真地看了看，“现在，我可以向您说句大话，问题已经解决了！”

由于总工程师自信而令人信服的口气，瓦哈罗莫夫抱憾地无可奈何地一抖肩膀，张开两臂，就在轧钢机旁边、人们来往的过道上停住，一动也不动地停住。任随耳边各种声响如何的嘈杂，眼前人们的形影如何的纷乱，却搅扰不了他的静止的肢体，凝滞的眼神。这次他来，经过一条欧亚的长途，在飞机场上也好，在火车站上也好，甚而在床上也好，他从没像此刻停得这样的安稳。从黑海动身那天，人家叫他再下海洗个澡吧。他说，不。到了莫斯科，人家劝他回趟家看看妻子和儿女吧。他还是说，不。一直到了此地，无论人家怎么说，而他总是那样着了迷似的不住地说，不，不，不。他是这样不停地来的。结果呢，他还是来迟了。他心里难受，难受极了。一个人想到应尽的责任而没有尽到的时候，不管谁可以宽容，而自己可不能原谅自己。于是，他向吉主任和夏书记握手道歉：“对不起，我来迟了！”然后，他抱住总工程师，脸贴脸地亲起来。他热情地说：

“向您道谢，向您致敬！”

总工程师没有说什么，只是微微地一笑，笑得微妙，笑得俏皮。显然，唯有事业成功而后骄傲的人，才会有这样的笑。

可是，他引导瓦哈罗莫夫走近三号油库的时候，忽然产生一种敏感，觉得情况并不是自己想象的那样，至少不是自己想象的那样乐观。现场之上比晴空还要明朗，而那带地方，充满着阴暗的气氛。没有什么声音，也没有什么活动。只见人们都围住天井，向油库里探望着什么。他们呆板的脸孔，都笼罩着浓厚的晦气。在他投身上去以后，好像一潭死水投进了石头似的，人们蠕动起来；纷扰起来，并且都有一种不满的埋怨的目光射到他的身上，仿佛事前他们商量好了似的，要这样地逼得他没有容身的地方。发生了什么事情？为什么闹得这样反目？难道有人从中捣鬼挑拨吗？事情出得过于偶然，谁能来得及仔细考虑。管它什么事情，反正郑某是问心无愧的。于是，他安然地一站，坦然地环顾着周围的人们：看看有谁敢于出头把郑某吓退……

……那儿是王德成，一边摆着小红旗，命令没有卸下油库设备的吊车开回，一边用凶狠的眼色瞄着他，似乎要跟他闹一场恶斗。那儿是小梁和小霍，一个挺着胸膛，背倚在空空的大油箱上，一个弯着腰，有一只脚蹬在停止转动的水泵上；一个好像准备发号施令的将军，一个好像等待冲锋陷阵的英雄，而他俩同在对他瞪着眼睛，无疑地把他当作开火的目标。那儿是何柳，两臂交叉地抱在胸前，扬着脸，昂然地望着高高的棚顶，那个样儿，简直连看都不屑于看他一眼。那儿是牛成，脸儿弄得混儿划儿的，看不清怎样的表情，而只见手下的拐杖，不住地发抖。那儿是于清，低着头，搓着手掌，大概是苦于自己无可奈何的处境。那儿是黄祖安，躲在一个人的背后，仅仅看见半截眼镜腿和小半个脸——一横闪光的金杠和一块苍白的瘦削的皮肉；用不着细辨，这个人对他，除了尊敬，没有别的东西。那儿，那儿是一些不认识或不大认识的人们，他不想看他们；但他想看看李蕙良，望了一周遭，却始终没有看见她。他想，她，她在哪儿呢？

正是这时候，从人围之间钻出一个头：一顶小蓝帽，一溜短刘海，一双明亮的大眼睛，一脸出于无私而维护人的神态，李蕙良从挣扎中挤出来。但她挤出来以后，反倒走得很慢很慢，并且越走越显得沉重；在她那颤抖着的腿脚之下，好像拖缠着什么可怕的灾祸。她就是这样一步一步地走到总工程师跟前。

“总工程师，油库还有水呢！”李蕙良清脆的声音，可怜的声音。

总工程师从噩梦中惊醒，一伸手拨开李蕙良，他赶到天井旁边往下望去；果然，底下有水。虽说水并不怎么深，但即使是薄薄的一层，毕竟是有水，并且在灯光闪耀之下，映出明显的水光。

“你为什么没有完成任务？”总工程师粗暴地质问李蕙良。

“我完成了任务！”

是的，有水泵为证，有小梁小霍为证，有在场的人们为证，李蕙良完成了任务。

因此，小梁气不忿地哼了一声，这位将军终于发了命令；随着，小霍蹬着水泵，跃过身来，这位英雄果然冲了锋。

“你，总工程师，别冤枉好人，我们早把水排净了，比揩屁股都揩得干净！”

“那为什么油库里还有水呢？”

“你问谁？你问我？”小霍故意伸出涂满泥水的手脸，让总工程师重新认识认识他不过是个小徒工，“我还要问你呢，总工程师嘛！”

要是在别的时候，凭个小顽童这样的伤损总工程师，那可不行，一定有人要给总工程师抱不平。可是，现在，没有一个人作声。总工程师被碰回去，白碰了一鼻子灰，灰溜溜地转到何柳那边去。

“水既然排净了，为什么不开自动水泵呢？”

“开了。”何柳洋洋不睬地说。

“我是问，为什么不适时地开动，不在水排净的时候开动？”

“总工程师，这点技术知识，我是有的。告诉您，在水排净之前就开动了。”

“那为什么油库里还有水呢？”总工程师困惑了。

这一下子，何柳要找总工程师的小脚可以找到了，要抓总工程师的小辫子也可以抓到了；于是，他把眼睛一瞪，火山爆发了；他要怎么整可以怎么整，要怎么报复可以怎么报复，可以完全不给总工程师留情面了。

“为什么？请您问总工程师吧，或者请您问总工程师的成功的方案吧，或者请您问瓦哈罗莫夫专家吧！”

再说要是在别的时候，让何柳这样欺负总工程师，那可更不行，必然有人替总工程师出头斗一斗，可是，现在，人们都跟何柳一个鼻子眼出气了。有人说：“有什么本事，配当总工程师！”有人说：“这老头，简直是冒牌的总工程师！”有人说：“还有脸活着，找条地缝钻进去吧！”乱哄哄的，几乎闹得一塌糊涂。这时候，夏书记和吉主任想要批评何柳，至少批评一下何柳的错误态度，但又怕伤了众人的情绪，结果只能劝说大家不要吵，问题总可以弄清楚的。黄主任当然尊敬总工程师，而现在也只可以溜边儿替总工程师做些解释。李蕙良呢，同情总工程师。假如总工程师有什么失职的问题，情愿跟总工程师分担；不过问题没有弄清楚，她怎么能够糊糊涂涂地分担，分担什么呢？暂时，她只好用手扶总工程师的胳膊肘，加以支持，要让总工程师感到她年轻，她有力量，不管有什么沉重东西落下来，她都经得住。

本来，总工程师刚才来的时候，由于成功信念的鼓舞，非常自负、自尊，自尊得如同一张令人肃然起敬的圣像，开头被小梁和小霍一撞就撞破了；随后经过何柳无情地一撕再撕，已经撕得稀巴烂。现在，在纷纷的嘲笑、侮辱和打击的围攻之下，他更狼狈了，更无力了，好像被霜摧残了的蒿草，倾斜向地；好像被风吹折了的树枝，往下垂去；好像被枪打坏了的靶子，歪歪扭扭。真的，如果没有李蕙良的扶助和支持，说不定他要跌倒的。只是片刻工夫，他竟变得如此衰老：老脸惨白，皱瘪；老眼昏花，无精打采。他也不知道自己在望着什么。他只觉得惭愧，只觉得被年轻人们——自己的晚辈们剥得精光光；即使给他容身的地方，却也无地自容了。一霎时，他想起了许多的念头，末了想到自己的老巢子，想到自己的老妻，想到自己最后的归宿。

“负责同志在场，请指示指示怎样处理这个问题吧！”何柳向吉主任和夏书记说。

吉主任和夏书记，是工地有威信的领导人。他们能够任劳任怨地工作，能够赴汤蹈火自我牺牲地工作；但一涉及工程技术问题，便无能为力了。他们之所以要摆脱一些事务工作而致力于业务学习，就是为了解决这个问题。不过那是将来，不久的将来；而现在，凡是碰上工程技术问题，他们还只能听着，只能跟苏联专家和工程技术人员跑着。人家说对了，他们也说对了；人家说错了，他们也说错了；再反过来或再反过去，也都如此。可是，目前何柳向他们将了一军，总工程师既然已经困惑，瓦哈罗莫夫又一言未发，他们只好受着窘。

夏书记这位老大姐，觉得身上一阵烘热，似乎冒汗了。她把垂折帽遮的小帽往上推了推，露出了额上一绺白头发、额下紧皱的黑眉头：她对自己这样的老相和窘态厌恶起来。一切可以利用的业余时间，已经都利用到业务学习上；而现在面对着何柳，她仍旧是那么懵懂。她对自己怎么不厌恶呢？因而，她重视工程技术人员，重视他们的本事；比如过去她向何柳请教的时候，都带着羡慕的敬意。当然，现在他也引起她的厌恶，像她对自己同等程度地厌恶：狂妄的知识分子呵。

吉主任眨了眨熬红的眼睛，冒出了火；一刹那间，他觉到烧得自己好干渴；但他干咳了两声，咽下去那种难咽的滚热而膨胀的东西。有火性的他，常常靠它塞饱肚子，而用不着吃别的东西。人家说："宰相肚子能撑船。"他说："工地主任肚子能窝火。"

"无论出了什么工程技术的问题，我们都可以收拾，这儿有我们信赖的总工程师在，还有我们敬仰的刚刚赶来的瓦哈罗莫夫专家在！"

"那只好请专家表示意见了！"何柳的锋芒转向了瓦哈罗莫夫。

瓦哈罗莫夫把眼睛睁了睁，用品评的眼光打量着何柳，从骄纵的面孔到尖尖的傲然的皮鞋头上下仔细地打量一番。

是的，现场发生的这种问题，完全出乎他的意料。因而，他一边靠自己的观察，一边靠翻译同志的说明，尽可能地了解一些具体的情况。仅仅根据一时了解，他对工程技术本身的问题，当然下不了什么判断。不过，他同情总工程师这种可怜的遭遇，而不满何柳那般猖狂的到处奔袭。暂时，不管旁观者也罢，旁听者也罢，本来他不想说什么话——在外国说话，可要小心谨慎的。但何柳逼到他的头上，他却不好闭口不言了。

他走上前去，伸出手，有礼貌地跟何柳握了握手，好像第一次相识所应有的客气的见面礼似的。随着，他退回来。当他准备再一次站在原处的时候，看了看地下是不是平坦，他想要在平坦的地方牢牢地站稳脚跟。

说话开始，他首先声明两点：一，不涉及行政的问题；二，保留工程技术问题的意见。然后，他摘下帽子，更有礼貌地说下去。

“何同志，请您不要看我摘下帽子，也不要看我的白头发。请您看一看我这个打扮吧！”瓦哈罗莫夫向何柳故意显示一番——这与自己年岁相反地装扮，“我还年轻呢。可以说，我跟您是同样的青年。咱们说两句青年话，好吗？”

何柳一听话头不对，但他又不得不点点头。

“咱们是青年，也不算太小。咱们最小的时候，应该说是刚刚下生的时候。您知道吗？从那时候，咱们来了，除了呱呱的声音和赤裸裸的身体，咱们什么也没有带来。可是，咱们一来就有了尿布，就有了生活所需要的东西。请问您知道不知道那些东西是从哪儿来的？是咱们前辈人劳动的成果。就是咱们在学校的时候，咱们的衣食住，咱们的纸笔书，咱们享受的一切，也都是咱们前辈人劳动的成果。当然，现在咱们自己也在劳动了，可是比起咱们前辈人的劳动，是太少太少了。请问您，咱们有什么理由可以不尊重前辈人、可以不尊重总工程师呢？”

瓦哈罗莫夫说完了，把脸色那么一沉：随便你觉得有多么重，就算多么重；这是说，他已经完全不在乎了。可是，当他说话的时候，说得非常巧妙、机智；温和的口气，深沉的话语，好像以太极拳式的柔和的形式而给你着实的一击。

从此，何柳悄悄地低下头，收敛了骄纵而逼人的气势，从总工程师面前一步一步向后撤走。

总工程师从惨白得近乎半死的脸色里恢复过来生气，从李蕙良有力扶托的掌握上抽脱了胳膊。他觉得自己还能站得住，自己还活着。从前，他得过一次破伤风症，论身体比现在差得多，几乎绝望了呢。妻子烧香许愿，儿女哭鼻子，而他埋怨他们：怕什么，怕什么？从死亡边缘散步回来的时候，他想还有什么可怕的呢？天塌下来，都经得住。可是，刚才他却没有经得住何柳这阵暴风雨——仿佛天上来的水汇合地下来的水，汇成一片汪洋，把他淹没。一霎时，他被水灌得只剩下奄奄一息，比害破伤风可怕呢。他已经想到死……就在这时候，瓦哈罗莫夫专家伸出挽救的手，先拉住他而后把他拽起。说实话，怎么能不感谢人家呢？开始，他和瓦哈罗莫夫有了感情，有了友谊。他急忙赶过去，跟瓦哈罗莫夫握手。他和瓦哈罗莫夫相处一年多，已经握过无数次手；但没有一次是握得这么实在、这么知己——从瓦哈罗莫夫微热的微微颤动的手掌上，他感到他们两人在同温暖，同呼吸，同命运呵。

不管何柳在一边是怎么看的，反正人们都满意呢。夏书记和吉主任互相笑了笑，说着什么。李蕙良盯着那相握的双手，松了一口气，安心了，仿佛悬在空中好久，终于找到了倚靠。

“请问专家有何高见？”总工程师虚心地请教了。

“您检查过工程质量吗？”瓦哈罗莫夫谦逊地试探地问了问。

没有。忙着去接瓦哈罗莫夫，没有来得及。现在总工程师自己都奇怪起来：最简单的事情，最起码的常识，怎么忘掉了呢？老昏了。不，简直叫何柳把人闹糊涂了，闹伤心了。是一个被他一再赏识而推荐过的人反过手来，给他这么一家伙，他伤心，伤透了。

在伤心的叹息中，他引着瓦哈罗莫夫，引着当场有关的人们，把三号油库从上到下、从里到外仔细地检查一番。地下室贮水，足有一英寸，并且在慢慢地上涨。自动水泵嘟嘟地响着，有仪表证明它的转动，完全合乎标准；通到地沟的排水口，排出的水量，非常充盈、正常。一切都检查完了，他没有发现什么差错。

有丰富建筑工程经验的总工程师，最后叫人把自动水泵停住，检查了地下安装的水管的口径；这一下，他发现了问题。

“管子是多大的？”总工程师故意地问。

“一英寸半呗！”何柳心安理得地回答。

“我要你改二英寸的，你为什么不改？”

“怎么可以擅自改动设计处的设计呀！”

“我跟你交代过，我对设计处负责。”

“你说你对设计处负责，可是我的图纸并没有更改，难道我就不对图纸负责吗？总工程师总知道，施工人员是要按图施工的！”

“可是图纸有错误，它的设计，是根据伪满日本人的地质资料……”

“那么，请问总工程师根据什么更改呢？”

“当然，我有我的根据，我根据我亲自测量的材料：地下水位、流速、流量……”

他们争论着，涉及施工与设计的关系问题，行政与技术的关系问题……总之，问题闹大了，闹多了，后来闹到工地工程例会上，有关工程技术的问题，瓦哈罗莫夫作了结论：

“根据文字的材料，根据现场的实际情况，证明总工程师的意见是正确的，而何柳的意见是错误的。”

总工程师悄悄地吁了一口气：担子压得太久，现在才算放下来了。

何柳皱着眉头，一肚子委屈：什么按图施工呀，什么按工程条例施工呀……最后，他用手搓起头皮。他觉得实在头痛，实在冤哉枉也。

工地主任吉明，觉得自己应该检讨，至少应该有个检讨的表示。可是，作为总公司党委书记兼总经理的汪维平，首先把一切的责任都揽到自己的头上，批评了自己的官僚主义；然后，他批评了设计处的不负责任的作风；批评了何柳缺乏实事求是的态度；同时，他称许了郑总工程师，感谢了瓦哈罗莫夫专家。最后，他说有关行政领导和工作制度的一切问题，留待日后解决；而目前首先应该处理实际的工程问题。

"请问专家有何高见？"总工程师问得非常诚恳，而且心服口服。

瓦哈罗莫夫说他有两个建议。一个是根据总工程师第二个方案，并按总工程师意见，重新换置水管完事。这事轻而易举，如同他换上新制的秋装那样的方便。遗憾的是，这么先进的自动化的大型轧钢厂，安上个排水的水泵，不管水泵怎么美化自动化，它终归是一件附加的讨厌的东西；好像他新穿的漂亮的秋装补上块补丁，不管补得多么巧妙，它毕竟是一块后添的难看的东西。当然，他说这些话的时候，说得非常委婉；他要注意这一点，无论怎样，可不能伤损总工程师的自尊和荣誉。另一个是他在莫斯科准备的方案，现在说是第三个方案，采用膨胀水泥或无收缩性水泥灌浆和喷浆的新方法。并且，他已经做了种种的准备，比如这类水泥的样品，压力灌浆机和压力喷浆机的图纸等等。因为他知道这些东西，如果从苏联临时订货，是来不及的，而必须在当地制造，也是可以制造的。不过，他表示得很谦虚；他说他也没有什么把握，请总工程师考虑考虑，是不是可以冒险地试一试。

“赞成，赞成！”总工程师举了双手，并且推荐了一个负责人，“李蕙良！”

总工程师提到这个名字的时候，故意瞟了一下何柳，要让何柳知道知道他话里的意思：请吧，没有你也可以，完完全全可以。

“我不同意总工程师这样的建议！”

周凤琦表示了反对的意见。因为吉主任曾经答应过他，李蕙良出医院之后，可以由三工段调给二工段。况且他还有他的老毛病——本位主义。

最后，汪维平说，关于三号油库第三次返修方案和负责执行这一方案的人选问题，应通过工地党委会的讨论，而后做出决定。

在党委会议上，关于三号油库第三次返修方案，是一致迅速通过的；而负责执行这一方案的人选问题，在讨论上，发生两种意见的分歧。第一种意见提出李蕙良，是作为列席党委会议的总工程师首先提的。本来，他一向强调技术；在这个观点上，他曾经那么赏识过何柳而非议过李蕙良。可是，后来他说：“想不到挨了何柳一棒，把老脑筋敲开窍！”所以他现在考虑人选问题，大不同从前。现在，他在考虑技术之前，首先要注意到一个人的为人如何，是不是可以信任。由于这个新的观点，他才不再提何柳而一再提李蕙良的名字。他认为在人品上，李蕙良当然比何柳忠实，至少可以忠实地接受和执行技术指导。对于总工程师这种意见，作为列席党委会议的黄主任，是加以全力支持的。因为：一方面，他相信总工程师，凡是总工程师的意见，他都应该无条件地同意；另一方面，他觉得自己对不住李蕙良，应该设法把她留下，这样也好有机会帮助她而改正自己过去的错误。第二种意见提出何柳，是作为出席党委会议的党委委员周凤琦首先提的。他这样提法，曾经过充分的考虑。他想既然把何柳借出去，何妨借到底，好比撒开去的风筝一样，终归收得回的；但李蕙良可不同，即使她可以比做风筝，也不敢撒开，因为线轴并没有握在他的手。显然，这一类心里话，他不能拿到桌面上来，而只能用什么大帽子压一压总工程师，或是为了有助于自己的语势，他忽然站起，好像他要用特有的高大的身体把矮小的总工程师压下去。在座的同志们，也有人附和他的意见的，那都是出于另外的种种考虑。除了这两种意见，也还有人从中摇摆。比如魏从吾就是一位。他说了许多话，一会儿支持第一种意见，一会儿又同意第二种意见；最后究竟赞成哪一种，他始终也没有拿定主意。后来，夏桂云和吉明打破沉默，说了话。他们事前也没有交换什么意见，但他们都有一个共同的意思：在社会主义建设当中，工人阶级必须培养自己的技术干部（例如工人阶级家庭出身的李蕙良），而建设起来自己的技术干部的队伍；这队伍里，当然也包括资产阶级和小资产阶级家庭出身的需要改造的技术人才在内（比方黄祖安等）。不过，在会上限于讨论当前迫切的问题，他们不便于说明这个长远的打算，而只能表明一下态度，极力支持第一种意见。因而，有些同志也跟着举了手。结果李蕙良得到绝对的多数票。

会完，人们散去。夏书记和吉主任没有走，并且把总工程师和黄主任也留下来。由于问题的严重，他们认为需要这样共同地亲自地向李蕙良交代任务。

可是，因为事前精神准备不足，李蕙良怔住。

本来，她一接到电话，马上赶来；在匆忙中，也不容她考虑什么。路上，她只想为什么要催她来得这样急迫。在大门外，她正碰见周凤琦走出来，不由得好奇怪，她还不知道他为什么要那样地垂头丧气。当她走进党委会议室的时候，因为在这样扩大的四壁之内，只坐着他们四位，她开始感到一种严重气氛的压迫；而后她一听到这个消息，便大大地吃惊起来。

黄主任一看她，不觉纳闷起来：你曾经那样急不可待地要求过工作，可是现在你在工作面前怎么迟缓下来？

总工程师看了看她，完全出乎他的意料；他想象不到她曾经那般勇敢地接受过任务，而现在为什么这样地目瞪口呆？

吉主任问了她一句："愿意吗？"

这叫她怎么说呢？愿意吗？不，不怎么愿意。不懂得这种先进的施工方法，怎么贯彻瓦哈罗莫夫专家的建议？

夏书记又问了她一句："不愿意吗？"

这又叫她怎么说呢？不愿意吗？不，不，不是不愿意。她不会不好喜新鲜的事物，更不会不接受党分配的任务。

"你说说你的意见嘛！"黄主任真替她着急呢。

她不说，就是不说；因为她也不知道怎么说。

夏书记的眼睛，是锐利而敏感的；透过李蕙良那迟疑而多虑的神色，终于看穿李蕙良的心底。

"你怕呢，怕再一次失败吧？"

"嗯！"李蕙良冒出一声。

"你为什么要这样怕呢？"

“……我怕我没有这个力量……我怕完不成任务，影响整个工程……”

“同志，你为什么要这样想呢？是单靠你一个人吗？要是单靠你一个人，就是你有天大的本事，你也没有力量完成这个任务。是的，你想到你力不胜任，在你也是难免的，特别是你受过失败的教训。不过，你应该想到，必须想到有瓦哈罗莫夫、总工程师、黄主任的支持，有工人群众的支持，特别是有党的支持。”

这时候，李蕙良点头了，笑了，她感到有一股不可战胜的力量，一股不甘于失败的劲儿。可是，她一想到刚才那种软弱的表现，觉得一阵好羞，禁不住脸红起来。

他们没谁批评她这一点。因为他们都比较了解她，特别是夏书记看过她的自传、和她同过宿，比较更熟悉她——虽是生自矿工家庭的小玉，但她终归年轻，不免有她的弱点。因为夏书记知道，即使产自矿山的美玉，也不免有它的瑕斑，要经过长时间的琢磨，才能把它雕成器。是的，她从认识她那天起，一直为她下这个功夫；在她看来，今天党委会的决定，当然包括这个深思远虑。

问题刚刚解决，恰好周凤琦来个电话，催何柳回去。吉主任告诉黄主任说：

“何柳的问题，你回去照办。你顺便告诉牛成赶快去休养，就说这是我的命令！”

关于周凤琦，他连一个字也没有提；因为他要在下一次党委会上提出周凤琦的思想作风问题，让大家帮助出个药方吧；否则，周凤琦的病，是不大好治的。

三

何柳回二工段去了。牛成休养去了。他俩同一天走的，但走的情形大不相同。

牛成这次走是很勉强的。从韩淑梅开头，到工段党、政、工、团的同志们，看他一天比一天瘦下去，瘦得干干巴巴的，几乎要瘦成“人干”了；人家劝他，一劝再劝他去休养，他都没答应。后来，工地主任下了命令，决定他休养去；他还在打磨磨，还在叨念三号油库的问题呢。最后，是他的爱人、泼辣的任淑贞把他整住了。她指着他鼻子说：“你再不去休养，你还要不要命！难道你让孩子生下来就没有爸爸……你知道，我手里可有个偏方！”是的，他知道她嫌孩子麻烦，早想打胎呢。都是因为他要抱娃娃，她才受这个累赘。所以她这样——吓唬，他就屈服了。像这次自己回来一样，他悄悄地扛着行李走了。人家给他准备的汽车，空跑一趟，连人家送他，都没捞到送呵。

为了这，李蕙良难过得很。她总在脑里想着他那个样儿：一根粗笨的拐杖，一个笨重的行李，孤单单的一个人，一颠一瘸地走着，走着……为什么没有及早注意他呢？为什么没有赶上送送他，而让他那样地走了呢？

可是，何柳走的时候，她是知道的，眼看着他走的。

他清理好办公的皮夹，一甩头就走了，好像他早就腻烦透了这个办公室、这些人们。此地，他来过两次。第一次他怀着猎人的心情来的。他带来充足的子弹，头等的猎枪，他要猎取一匹渴望已久的、赤褐色带有白斑的美丽的梅花鹿。他隐蔽身影，吹起鹿笛，把它从深山诱出而游于山麓，他以为这样便可以把它捉到手。谁知道它有聪明而灵敏的感觉，能够嗅到他的恶心的汗腥气，能够听出他急于猎获的匆促动作和呼呼喘息的声音；它当然明白了，不上他的圈套。虽说他经过拼命地追逐、激烈地射击，但结果还是扑了空，并且摔了一跤，很重的一跤。第二次来的时候，他想大显身手，出一番风头，把自己的尊严的照片贴到光荣榜上，他不承想碰上老拳师，闹了一场决斗，最后被打得头破血流。他心里，是怪不舒服的。第三次吗？他再不想来了，永远不想来了。人家都送他到门口，都说着“再见”，但他没有回头，连哼都投有哼一声。他走了，给人留下不痛快的回忆。

她一想到他，就觉得好气：是谁对不住你，你那么闷闷不乐，那么委屈，那么倔呢？干吗，连告别你都要有那么一股别扭劲儿呢？哼，简直浑身是刺儿。滚你的吧，刺猬猬。从此，她要从心上挖掉他的名字。她知道，这种想法是过火的，但她在当时却控制不住自己的偏激的情绪。

自从牛成和何柳走后，在这间办公室里，又只有李蕙良和黄祖安了，好像不久以前只有他们两个人一样：一个临时工，一个工段主任。那时候，他们吵过，曾经吵得一塌糊涂；而现在，他们和好了，融洽了。并且，这里有许许多多的工作，把她忙得不亦乐乎。比方：要是电话一响，她就是电话员；要是一开会，她就是记录人；要是黄主任忙不过来，要她做什么就做什么，她就做了他的秘书；要是王德成来找黄主任吵架，她就从中挡住，竟成了黄主任的保护人。总之，她在黄主任的身边，好像什么工作都能做了似的。可是，她一想到第三次返修工程如何开始，却还是当初那样幼稚，像个雏儿似的，在黄主任面前急得直打磨磨……

“你抓紧专家，你跟紧嘛！”

黄主任这一句，就提醒了李蕙良。

开始，她去找瓦哈罗莫夫，问些什么，好像是一个业余的补习学生；接着，瓦哈罗莫夫也来找她，给她讲些什么，好像是她的一位家庭教师。后来，她便整天不离开瓦哈罗莫夫，跟他半工半读起来。

组织一个一般的凿岩队，容易得很。只要她告诉他们，油库地下室的整个地面凿下去一英寸，个个水眼凿开窟窿，他们就可以工作了。可是，组织一个特殊的混凝土队，可麻烦了。人家都跟她丢过面子，有点儿信不来她了。当然，老水鬼完全没问题。慢说凿的是窟窿，即使凿的是陷阱，只要她跳，他也要跟她跳下去。是嘛，谁叫他是她的亲人呵。但这样的敢死队只有他一个人怎么行呢？于是，她在劝说人，她说“你跟我没错”；党群干部在动员人，于清说“算我一个”。这样地凑来凑去，给她凑上几个人。首先，开始学习班式的学习，由瓦哈罗莫夫主讲，她担任翻译（因为涉及专门用语，她比一般翻译同志懂得多）。

饭厅挂上一块黑板，作为临时的教室。那么大的房屋里，稀拉拉地坐着几个人，好像一片辽阔的漠野上稀有的几棵绿苗，又好像一盘象棋经过多次反复的将军，而最后剩下仅有的可宝贵的几个棋子儿。幸而凑趣的小梁和小霍来了，多了两个。虽说是两个不显眼的小人，但也总算两个呵。

忽然，总工程师也来了，一刹那，不知怎么显得这屋里人骤然多起来了。可是，他局促的步法，显得有几分畏缩；他一进门，就坐在后来的小梁和小霍的后面，仿佛是这小哥俩的老哥哥似的。这时候，小梁和小霍都觉得不自在，赶快把他闪开，让他完全露出一副小学生的姿态：掏出钢笔，摸出笔记本，准备记笔记。

“总工程师，请您到前边坐吧！”瓦哈罗莫夫敬重地说。

在大家视线的包围里，总工程师有些惶惑起来。他踌躇了一下，走到前边去，同老水鬼坐了一条长凳。这一下，老水鬼可不知道怎么好了。他过去对工程师有成见，看总工程师也不顺眼，说他属于“资产阶级”。现在，总工程师居然跟他坐在一条长凳上，好像跟他做了一对老伙伴。而且，总工程师怕碰了他似的畏首畏尾地坐在凳头，于是他赶快给总工程师让了让座。这时候，他觉得他对总工程师有了一片敬重的心情。这心情，在他过去，是从来没有过的。

第一课，瓦哈罗莫夫讲各种水泥的性能和作用。他带来好几本书，连一本也没翻；只是顺嘴讲起，一个死板的题目，讲得非常通俗而有趣。

“……我给你们打几个比喻：一般水泥，好比灌的腊肠，风干以后，它总要干瘪一些，膨胀水泥，好比蒸的馒头，蒸好的时候，它总要膨胀一些；无收缩性水泥，好比鸡蛋，不管生的熟的，它总是同它的鸡蛋壳一般大小。我们定制的就是这种水泥……”

瓦哈罗莫夫讲的课，好似有一种魔力似的吸引着你。只要你一进来，就不想出去了。

人们越来越多，有工人们，有工程技术人员们，还有党、政、工、团的干部们。

瓦哈罗莫夫这样地讲了几次，讲到结束的时候，因为听课的混凝土工过多了，不得不举行一次毕业考试，从中淘汰去绝大部分，而仅仅拔选最优秀的十多名。

这个特殊的混凝土队组成了。老水鬼是当然的队长。

本地水泥厂特制的无收缩性水泥送到，总公司所属机械总厂制造的压力灌浆机和压力喷浆机也送到；这就是说，三号油库第三次返修工程可以开工了。

是的，加热炉已经点火烘炉，再不开工还得了吗？王德成在李蕙良面前已经撒野了，骂娘了，再不开工他不是要动手打人了吗？

“我没闲工夫跟你吵，等完了事，咱们在党内好好算一算这笔账！”李蕙良心里想。

她领着混凝土队都换上工作服。白帆布的服装，黑胶皮靴子，把大家打扮得整整齐齐，好像消防队一样。她也跟他们穿上同样的一身，当然显得大，显得身子晃里晃荡的。一刹那间，不知怎么的，她突然想起从前一个穿着晃里晃荡大军装的小兵……不，他是团参谋长……想到这个干吗？她觉得自己好可笑。

老水鬼有健壮的身体，有军人般威武的旺盛的精神，带着他这队战士迎接“将军”瓦哈罗莫夫，像检阅似的把武器检查一番。李蕙良跟在瓦哈罗莫夫身旁，好似传令兵，传达他的命令。

总工程师在一边站站走走，什么话也不说，只是兴致勃勃地注视着，倾听着。不认识他的人，也许以为他是位值得尊敬的长者，是位有资格的参观者。黄主任跟着他走，跟着他站，总是跟在他的后边，好像他的一个随员。

这一带，仿佛戒了严。周围用两道粗绳拦着。有戴红胳膊箍的保安员维持秩序。被拦在圈外的人们，有一些是记者、画家、作家，洪燕和胡天雨站的地方最显眼，可能他们脚底下垫了砖。许多党、政、工、团的同志们，有些是纯粹参观学习的，有些是要工作的。工会同志带着红旗，准备布置劳动竞赛。劳动工资科同志拿着小账本，打算推行小包工制。吉主任和夏书记有参观和工作的两种性质，所以他们进进出出。小梁和小霍也跟着钻来钻去，跟着瞎起哄。不管你是谁，拿他俩都没办法。保安员过去挡一挡，他俩完全不在乎。魏从吾要在众人面前显一手，抓住他俩训一顿；结果枉然，他俩反而横棱起眼睛。当然，只要李蕙良说一句就行，但她始终没有说，一方面因为她忙着工作，一方面也由于她有意识地无意识地骄纵着他们两个；要捣蛋，就捣吧；有哪个孩子不顽皮而规规矩矩的，像你这位道貌岸然的副主任呢？何况他俩在这儿水里滚过，立过功，丧过亲人……一想到他俩的亲人，她的眼睛就酸了呢。

实际操作开始。

一队分成两个组。老水鬼带个组负责地上机械的操作。李蕙良带个组负责地下室灌浆和喷浆的操作。首先她和助手把压力灌浆机的龙头送进凿开的洞口，一个一个地灌饱浆。然后她使用压力喷浆机的喷枪，沿着錾凹一英寸的地面喷着。灰色的粉末、黄金的沙粒和银白的水流自动地化合而成为灰浆，从喷枪口里喷射出来。

喷枪是铜质的，重重的，像一架机枪似的。李蕙良拿着它，如同一个医生第一次拿着刀一样，生疏，笨拙。因为她知道自己工作的重要和意义，而万一发生意外，后果是可怕的，所以她觉得紧张、不安、惶惑。可是，她操作起来以后，就不感觉这些了，繁重的劳作不容她感觉这些了。她只见地上由细小的淡色的斑点逐渐连成一片，并且加高，加高……这种液体的东西一着地，便迅速凝固起来。

“注意，厚度！”瓦哈罗莫夫提醒她。

于是，她放大喷枪辐射的角度，从地上一小块喷到一大面了。

“注意，均匀！”瓦哈罗莫夫再提醒她。

没有多大工夫，她累得发喘，满头流着大汗。瓦哈罗莫夫叫换人，再换人，一个人一个人地轮番地操作下去。因为这是繁重的劳作，是宝贵的学习。

“让我们也试巴试巴呀！”老水鬼从天井上探下头，眼睛瞪得圆溜溜的。

“好吧，换班！”李蕙良仰脸向天井上喊。

老水鬼带着人们下去换班。临下去的时候，他兴奋得蹦了个高儿。他这一蹦，可不得了，引起四周人们的冲动。不知道谁喊了一句：“让我们也见识见识嘛！”这一下，人们骚动起来，一挤就挤垮了软围，蜂拥地挤到天井边上。

“别挤，别挤！”

“闪开一点儿！”

人们拥着。谁也没来得及定定神，仔细看一看，忽然听瓦哈罗莫夫喊了一声“好”，第三次返修工程完成了。

惊人的消息，原来是这么既简单又迅速的事情，好像故意要拿谁开玩笑似的。

红旗、小账本、新闻怎么办呢？洪燕发愁了。工会和劳动工资科的同志失望了。人们都抱怨了。于是，大家都把李蕙良包围起来。

“你们还说什么，我们自己还没过足瘾头呢！”李蕙良有些不满足的口吻，却出于完全满足的心情。

四

如果不在工地有始有终地工作过，谁会想到当初嘈杂而喧闹的现场，现在竟是如此的平静、安宁，竟是深夜的旷野、真空的地带。如果有哪架机器一开，就可以清楚地听见它的转动声；如果有哪个人走来，也就可以清楚地听见他的脚步声。真的，如果有螺丝钉掉地上，都可以清楚地听见它的声音；甚而可能细微地分辨得出它是掉在钢板地上，还是掉在缸砖或瓷砖地上：金属品碰金属品，它有比较缓长的刺耳的亮音；金属品碰陶瓷性质的东西，它只有短促的闷人的憨声。

一个重大的工程快要竣工了，由成千上万人减少到可数的百十人。通亮的交叉灯光，几乎照不出他们的影子。

他们分散在各个的角落里，在进行最后的零碎的结尾工程。最麻烦的，要算三号油库了。这几天，李蕙良一直日夜地领着综合工组，到处补油、回填、堵窟窿、大清扫……一定要把它清扫得干干净净，好像打扮新娘似的，一定要把它打扮得花枝招展。

半夜了。

忽然，李蕙良听见传来谈话的声音；随着，她看见飘来的一片影子：汪维平、工地主任、党委书记、总工程师、工会主席、青年团书记和基建各个专业公司的人们，还有各工厂的人们。她明白了，这是总负责人带着各方面有关的人们，在现场做最后一次大巡行。

“清扫得怎样，干不干净？”汪维平问一伙在清扫的工人们。

“你说呢？”一个工人调皮地反问。

“我问你们嘛！”

“你看嘛！”又一个工人干脆地回答。

其实，汪维平是用不着问这些的。他看得比谁都明白：地扫过，钢板水冲过，缸砖和瓷砖都擦过，像他的办公桌桌面似的。那为什么还要问呢？李蕙良细心地看了看他，正像那次晚会上看过的同样的笑脸，发着安闲的娱乐的光辉。她懂得了：他面对着这大功告成的现场，已经控制不住那种余兴的心情；怎么发泄发泄呢？就跟工人们联欢吧，说说笑笑吧。

“来，我叫你呢！”

“叫我吗？”李蕙良走到汪维平紧跟前。

“我要问问你，你们今晚上能不能干得完？”

“我们的活儿，保险干得完！可是，那儿，那儿……”

那儿地下丢着电焊箱，那儿还在绑着高头脚手架……

汪维平看了看，哼，正要找这些茬儿呢。于是，他问跟来的人们，电焊箱是谁的。有人说是机器安装工程公司的，而该公司的同志不承认。又有人说是电器安装工程公司的，而该公司的同志也不承认。他贴了那么久招领的招贴，宝贵的工具却找不到认领的失主。汪维平很不满意，连国家的财物都不知道爱护，怎么能体会增产节约的精神呢？

“李蕙良，你们把它收走。将来谁要也不给，除非按市价出售。即使他检讨一番，也要收他的保管费！”

电焊箱的问题完了。脚手架呢?

汪维平照样问跟来的人们，脚手架是谁的，并且为什么还没有拆掉。工地主任说，它是管道安装工程公司的。该公司的同志承认工地主任说得不错，而且他们老早打算拆——工作都完了，还留着它干什么；可是，因为电器安装工程公司借用去检查高压电线路……该公司的同志承认借用不假，不过他们仅仅在上面爬了一趟，马上交还给原主——要是总跟高压电打摽，多危险……两方互相委婉地推诿拆卸的责任。汪维平再也不想听下去了，简直是一笔糊涂账，暂时是算不清的。

“李蕙良，你们负责拆吧！”

“我们？”李蕙良对工作从来不讲什么价钱，而现在她却在迟疑，考虑，“我们这么几个劳动力够吗？”

“你们增加嘛！”

“可是，我们工段搬家，都要搬空了！”

工地主任懂得呢，这里原来的全班人马几乎都转移到第二炼钢厂工地那儿去。其实，作为总公司党委书记兼总经理的汪维平更清楚得很，那个新工地甲乙双方的合同，都是他一个人签的字；并且，破土开工那天，他还在台上讲过话呢。

“那怎么办？你说吧！”汪维平抓住李蕙良就不肯放松了。

“那我们只好加班加点了！可是，我还怕干不完，再说这也违反劳动纪律呀……”

“好吧，加班加点。干不完，你负责！今晚上是最后的期限，明天晚上一定要热试轧。至于违反劳动纪律问题，我负责，我给劳动局写检讨。不过只许你这一次，下次不可！是嘛，我怎么能总跟你犯错误呢？”

汪维平板着面孔说了那么多的话，而最后忽然改了口吻，那么轻松地说了一句，有一种玩笑的风趣，把李蕙良逗笑了，把工人们也逗乐了。

李蕙良知道，只要工人们乐了，加班加点也用不着动员；只要工人们乐了，他们什么都豁得出，拼掉性命都可以。

没有夜餐，没有休息，他们一股劲儿干到第二天上午，完成了任务，才收工。

人们都有自己的家，或自己的宿舍，赶快回去休息吧。李蕙良呢，没有自己的家，也没有自己的宿舍。她每夜睡觉的地方，只不过是办公室里两张拼起的办公桌。说起来，这些日子，她也没大睡过它；天天在现场上熬夜，怎么睡得着它呢。今天返修竣工，她可以睡，可以畅畅快快地睡了。并且，她觉得头发晕，喉咙发呕，眼睛直冒金花……她觉得挺不住了，马上要睡觉去。她觉得只要一闭上眼睛，就能睡上好多天似的。可是，这时候，她的“床”有一半给黄主任占着。他正在那张办公桌上办公呢。另一张办公桌闲着，只要她蜷成团团，倒是可以睡上。不过，当着人家的面，你又怎能摊铺盖，脱衣服，怎么好意思呢？同时，人家在那边忙着工作，你在这边睡大觉，也太不像样。于是，她仿照工人午睡的窍门——办公室窗外放置的没有安装的大水道管，不用铺，也不用盖，一钻进去，就把你裹起来，两端管口开阔，空气非常流通，在沉沉的睡意中，你还能感到呼吸的畅快，感到别有天地的奇妙的享受……

这一觉睡了多久，她也不知道，反正她醒来的时候，天是黑了。因为秋天夜里风凉，水道管子里发潮，她回到屋里去睡。

这时候，办公室里没有一个人，桌椅家具差不多都搬到新址去了。只有这一间里的东西，什么都没有动，显然是留给她睡的。她一想到有了“寝室”，有了任意支配的整个宇宙，当的一声，她把门锁上。她这么做，是她认为主人有这么做的权利。过去，她不敢这样，也不能这样呢。一会儿有人来找她，一会儿又有电话把她叫去，即使锁上门，她也是睡不好的。今天可大不同，是她合法的休假日，不管谁再找她叫她，她可不准你进来，也不准自己出去。当然，她也知道，现场上一热试轧，就万事大吉，是不会再有人找她叫她的了。所以她锁上门，要好好地睡睡觉。

好多日子没有脱衣服睡过，现在她一解开纽扣，就像敞开胸怀，大有海阔天空之感。

忽然，回忆起来，她觉得别有滋味呢。随便怎么想，越想越痛快。随便怎么躺，浑身都舒舒服服。这是从苦中尝到真正的甜蜜，是劳动而后获得真正的安逸，是在伟大的社会主义建设之下享受到的真正的幸福啊。

她闭过灯。从暗中呈现出窗外翻腾着的彩色气氛，金波逐渐变为红焰，红焰逐渐变为紫烟。这之间，总有一股或几股闪闪耀眼的明光，从中划过，照得如同幻想莫测的仙境一般。

静默的屋里，响起沉重的呼吸声，是她睡着了。可是，有几次她被唤得半醒，听见门外有人叫她的名字；在沉沉的睡意中，她挨了挨，也就挨了过去。

忽然，有一次她完全醒来，听见有人嘭嘭敲门的声音。她悄没声儿地，眼巴巴地望着模糊糊的门影。她想再挨上一挨。可是，敲门的声音，越敲越响，哗啦一声，震碎了门上的玻璃。她一听，不好了，是不是第三次返修工程又发生了意外的事。

“谁？”

“我！”这声调是不耐烦的。

“进来！”

“锁着门，怎么进得去呀！”这话有些火气了。

李蕙良起来，理了理衬衣，开了灯，开了门。她一看，进来的是机装队长王德成：身上照样是那套破烂的肮脏的工作服，脸上照样是那般的横眉竖目。她见过他无数次，没见他换过服装，也没见他改过面目。她对他只有一个印象：是不断地劳动的，也是不断地动怒的。

“王队长，你干吗这个样儿……”

“敲了好半天，你都不开门……”

“这个时候，你还要找我吵架？”

李蕙良把手往腰上一掐，这表示她要吵也可以呢。相反地，王德成咳了一声，态度软了，和善起来。自从认识他以来，她还没有见过他还会有这样一副好脸。

“李工长，咱们的工程完啦，咱们也就吵完啦！再没多久，咱们大家都要从这儿分手，你东，我西。明天，我就要带着我那个队上火车啦！趁着今晚上这点儿工夫，我要看看我过去的冤家对头，我也来看看你，我给你赔个不是！”

王德成羞怯地拉了拉李蕙良的手，表示一下他跟她和好了，道歉了。这时候，他的眉眼间，现出惋惜和悔悟的神情。

不痛快，吵起来，他是真吵的。过后一想，悔了，他也是真悔的。一个人，自己管不了自己，自己拿自己没法子，真愁人呢。禁不住叹了一口气，他在李蕙良面前把头低下去，再低下去。

李蕙良的睡意，已经散去；她那双明亮的大眼睛，从眯缝中完全清醒地睁开。她盯住面前的人，激起自己对他的同情：“你别羞愧吧，别难过吧！现在我了解你，你是好同志！”同时，她也恨她自己：“我不好，不好……当初我不吵，人家一个人怎么吵得起来呢？明天，人家要走了，今晚上还要跑来一趟……我，我却把人家关在门外……”她想到这儿，感到他给她带来一种什么高尚的东西，吸引住她。于是，她把他的手拉过来，紧紧地紧紧地握住——珍惜吧！这最后的可贵的团聚。直到他走后，她还想到他；甚而想到他吵架的事，她还觉得有些甜蜜蜜的。恍惚间，她好像做了一个梦，美好的梦。

后来，她睡不着了。虽然，她又锁了门，又闭了灯，又合上眼睛；但是，她仍然可以看见他——在屋里，在眼里，在暗暗之中出现——他有一身发光的东西，照得他如同水晶那样的透明；她仍然可以听见他敲门的声音，震响着玻璃，震动着房子，震撼着她的心灵……于是，她觉得这个埋在夜色里的寝室，豁然开朗，在她的眼前闪过一个影子，有一副年轻而美好的貌相，却带着满腹牢骚和郁闷。她认出来，这不是别人，正是何柳；除了他，谁又会有那么一股令人不快的逼人之气。真的，她对他实在不满意。但她现在意识到自己的幼稚和偏激，意识到同志之谊，便不肯让他从自己的眼前这样地走开去；因为他这样走下去，是会跌跤的。万一跌了跤，怎么好呢？万一跌了跤爬不起，又怎么好呢？于是，她伸出手去拉他一把；可是她这一拉，拉回来的，不止何柳，还有宫少达，还有梅玉兰，还有魏从吾和周凤琦……

离开他们，睡觉去，她从屋里搬到大水道管子里，才慢慢地睡去。

忽然，又有人闯来，传来惊心动魄的声音。

“李蕙良，李蕙良！”

“我在这儿，什么事？”

“三号油库又出了岔子！”

“出了什么岔子？”

“出水啦，出水啦！”

她猛然跳起，嘣地碰了头；这时候，她才意识到原来是睡在大水道管子里的。在蒙蒙眬眬的睡眼里，她只见面前有一片彩色的波涛，不住地涌着，涌着。她一阵飞跑，跑到现场门口；那里的人们，正在拥着，似乎都要闯进去救急似的。她想：糟了，糟了。曾经一时的成功，骗得人信以为真了呢。她哭丧着脸，颤抖着腿脚，从人群里挤了进去。

咦，咦，好怪呀，这里怎么完全是另外一种景象呢？一片辉煌的灯光里，红焰熊熊，火花飞射。有几股炫目的热烘烘的白光，时而交叉在一点，时而分散到四处。长列的辊道上，有许多许多辊子隆隆地滚着。由加热炉爬出赤红的钢坯，通过巨大轧钢机几番地滚转，便轧成了长长的铁轨。显然，是人们盼望的热试轧开始了。

这时候，李蕙良完全明白过来，清醒地意识到自己刚才害了一场梦游症，而闹成这样的恶作剧。——自己捣自己的蛋。一想到这儿，她便抿不住嘴笑起来。

“李蕙良，李蕙良！”

她一眼望上去，在轧钢机那边的天桥上，人们挤得密密麻麻的。那里，有许多人在喊她，究竟都是谁跟谁，也无法分清，她只见伸出许多臂膊，向她招手，好像要捞到她而把她抓上去似的。

因为热试轧表明基本建设的结束和生产的开始，非常值得重视；所以有许多的摄影机和照相机忙于摄取负责同志们、苏联专家们、工程技术人员们和工人同志们的重要场面。当水银灯光投射过来的时候，他们中间有许多人想到李蕙良。于是，有人去找她，但找了好几次，不是门锁着，就是屋空了，都没找到她。怎么办呢？正在这时候，不知道谁先看见她，总之，有人一发现她，大家都跟着哄起来，喊她，叫她上来。

当她爬梯子上去的时候，有许多人都挤到梯口迎着她。在他们招呼的声音里，她感受了从来未感受过的东西：生活和劳动的意义。快乐呀，快乐……这快乐，真叫人心跳得受不了。她好像怕心跳出来似的，用手堵住心口窝。她还没上到过道，不知道被谁伸下来的臂膀抓住手，一拉，就被拉了上去。她看见小梁扳着一个人的肩膀头，跳起来，拍了她一巴掌，疼倒不疼，只是差点儿碰坏眼睛。随着，又有人在她的小腿肚子上拧了一把。这一把，拧得好疼呀。她猜想这一定是小霍，一定是挤不过来而从底下钻过来干的；别人还有谁，谁也不会干这样荒唐的事。可是，在挤挤插插的人们中间，她看不清也分不清都有谁握过她的手；反正她一边走着，一边伸着手，让人家握了再握，握了再握，握到后来，她觉得手发疼了，发木了，似乎失掉了感觉。有一下，当她走不脱的时候，才知道手是给瓦哈罗莫夫握起来。

“祝贺你的成功，祝贺中国工人阶级的成功！”

“感谢专家的指导，感谢苏联人民的援助！”

在她跟瓦哈罗莫夫握手谈话的时候，听到有人贴着耳朵小声说：“明天，咱们爷俩儿见见面！”她扭头一看，原来是老水鬼。趁着这个机会，她看见黄主任挤上来，女记者洪燕也挤上来。黄主任说：“明天，我的太太来看你。”洪燕说：“明天，不管你怎么忙，我也要找你谈一谈！”她向他们都点了头。她和瓦哈罗莫夫刚一分手，便发觉总工程师站在瓦哈罗莫夫身旁；她一想，遗憾得很呢。她正要伸过手去的当儿，又被人拉了去。她只好负疚地打个招呼："总工程师……"总工程师点头应着，并且努嘴示意：走吧，他是不会介意的。他客客气气地说："你明天方便，请你给我通个电话。"随后，她跟着拉她的那种力量走开；顺便，她看了看拉她的人，是于清。他把她拉到松宽的地方。他说："就在这儿吧！"在哪儿都行，她觉得只要站住就好了。可是，她看见夏大姐和吉主任的时候，马上又往他们那边挤去。去做什么？她自己也没想到。

她一边挤着，一边盯着他们，好像怕他们丢了似的。她看吉主任不再同过去那么紧张，现在有一副从容的面孔，不管碰到谁都打招呼，说说笑笑；是的，他肩上的重担，暂时算是放下，该他轻松一下。但她觉得夏大姐仍旧显得沉重，也许比过去更沉重一些。仔细地瞧一瞧，她明白了：夏大姐有心事呢。有什么心事？总是封着口的夏大姐，谁能知道。

"来吧！"夏大姐对李蕙良说，"你明天到我家里来一趟，无论怎么迟也要来一趟！"

"正要找你呢。"吉主任要跟李蕙良谈什么问题，忽然又停住，"明天谈吧！不，明天，你会知道的！"

明天，明天，有那么多的明天。有可知的明天，有不可知的明天。动人的迷人的明天，引起她的无限幻想，一心向往。

一晃，她发现了汪维平在身后边，并且留神地端详着她。干吗那样看人呢？

其实，他一直是这样看着她的。他已经看得眼睛发花了，发湿了。虽说只是薄薄的一层泪水，但它包含着多少的感触，多少的回忆。

你，年轻的同志，人们欢迎你，爱护你。你有了幸福的今天，还会有更幸福的明天。你是幸福的。你知道吗？你知道昨天、艰苦的昨天吗？当时瑞金的人们，从山上砍柴，从山里挖铁砂；一层柴，一层铁砂——原始炼铁的方法；从作坊的小炉子淌出来的细流似的东西，怎么能比今天从高炉和平炉流出来的瀑布似的东西！当时延安的人们，要找一根铁钉修修小板凳用，不容易；要找一个罐头盒子给孩子煮粥用，更不容易。人们困难，铤而走险——在敌人轰炸的时候，等着投下来的炸弹；用手拨开一层层的浮土，拾起一块块的弹片，能够做什么就做什么；无论如何，做不成今天这样大的铁轨。可是，今天，人们有了钢铁，有了轧钢工业，有了社会主义。当然，有些东西还缺，有些东西还少。明天，将要有了一切。明天是谁的？是你的，年轻人的。

她伸过手去给他握住。她想他要说话，大概又是“明天”什么的吧，而结果什么也没听到他说。在这沉默的刹那间，她觉得一阵闷热，一扭脸，她看见有几股水银灯的白光，集中地把她笼罩起来，好像沐浴在阳光里，炫目的，热烘烘的，还有那么一个黑家伙——摄影机，瞄准着她，逼近她，大镜头似乎要吞掉她似的。在它哗哗响起的时候，她慌了，不好意思了；照什么，有什么可照的……她用双手把脸一捂，低着头，一股劲地从人群里钻出去，钻到门外，好像脱开险境似的，松了一口气，吸了吸这秋夜清爽的空气，好舒服：嗯，谢天谢地，谢谢摄影师同志……

夜深了，太阳在准备给她送来一个光辉而灿烂的明天。

第八章 天明前后

一

是早晨时候。从东方浮着冷淡的雾气的地平线上，最初现露的蒙蒙亮，逐渐地加强，放大，而成为一壁闪闪的霞光；但西方笼罩着浓厚的烟气的现场上，通宵在浮腾的熊熊的火焰，逐渐地发淡，收缩，而剩下一片闪闪的火光；当霞光和火光逐渐融合均匀的时候，这里天亮了，出现了早晨。这里的早晨，比别的地方出现得早些。

今天早晨的现场，乙方交工和甲方验收的现场，大不同于往时的模样：房顶飘着彩旗，墙上挂着彩绸，大门口搭着彩牌楼。在各种鲜艳的彩色交错渲染之间，飘舞着静谧的吉祥的瑞气。

在现场的外围，却比往日现场更加忙乱，充满着种种迁徙移动的现象：搬运行李，搬办公家具，开走施工机械。是的，人们要从这儿搬开去，分散到其他的工地：第二炼钢厂，第二初轧厂，第三选矿厂……而且分散到其他的外地：本溪、抚顺、沈阳、包头、武汉……特别是为了支援战后朝鲜的工业恢复，选拔一批优秀的技工和技术员派往朝鲜去。

搬的搬吧，走的走吧。基本建设的人们，终归有这么一天，要从他们建设成功的地方搬得空空的，走得干干净净的。

可是，李蕙良还正在办公室的办公桌上睡觉。反铺着脱了毛的狗皮褥子，半盖着打补丁的麻花被，袒露着裹紧胸衣的胸口，赤裸的臂膊张开，好像在无拘无束的海洋上仰泳似的。她那种飘飘然的神态，非常安逸、愉快，真是一心无虑呵。她完全不管室外各种动荡的声音，是不是在耳边纷扰；完全不管从窗外射进的强烈的阳光，是不是射到脸上，是不是有树叶的影儿在脸上跳跳跃跃；完全不管睡在什么地方，是不是要搬空的办公室，是不是要搬走的办公桌。她什么都不管呀，只管睡她的大觉，睡得越多越好，好像她一生都能够在这一觉里睡掉似的。

小通信员韩淑梅急忙走来。她是领着工人们搬家来的。能够搬的，她叫他们都搬到新址去。最后，只剩下李蕙良睡的两张办公桌。

“叫醒她嘛！”工人们议论着。

“不，不……你们说话，小点儿声！”韩淑梅制止着。

她这个少年人，可有成年的智慧；要是叫她担任一个临时工的队长，她也可以干，不论碰到什么问题，都能当机立断呢。比方，现在她决定不把李蕙良叫醒，而只能等着李蕙良醒。因为她知道李蕙良不好喜睡懒觉，要不是李蕙良睡得太少太少，早醒了；李蕙良要醒的话，可用不着谁来叫呵。

黄主任领着他的爱人白茹珠一起进来。

韩淑梅看他俩那个慌慌张张的样儿，好像有一次见到他俩在联营公司争购什么东西而怕争不到手落了空似的。可是，现在这个几乎搬空了的办公室，有他俩什么可争的呢？

现在，他俩争的，不是别的，是李蕙良。好多天以前，他俩已经商量好，等到热试轧的第二天一早，要尽快地把李蕙良搬到家。因为他俩早听说有许多人要争着搬她，比方，胡舍长、夏书记、总工程师、任淑贞、老水鬼……不管他们有些什么打算，他俩只有一条妙计，抢先一步把李蕙良堵住；现在，他俩总算达到这个目的。

“喂，喂……”白茹珠忙去晃着李蕙良。

韩淑梅在一旁可不满意白茹珠：干吗，冒冒失失地把人家弄醒呢？她嘴里嘟嘟囔囔地抢白了几句什么。于是，黄主任觉得不好意思，便把白茹珠拦住。

“不忙，咱们等一等吧！”

就是这样瞪眼儿等着吗？黄主任不愁没有事情做，只要一打开自己挟的皮包，就有许多要看和要批的东西。可是，他没有办公桌，只好蹲到外屋去，把皮包里拿出来的东西垫在自己的大腿上，连看带写都可以。白茹珠呢，闲得慌。于是，她帮着韩淑梅给李蕙良整理东西，衣服，书籍，还有一把落满尘土的胡琴。要擦的擦好，要包的包好，她们把她的一切东西都收拾好；单等她一醒，再一捆行李，就可以搬走了。

又有个老头儿慌慌张张地进来。

韩淑梅不认识他，而白茹珠觉得他好面熟，但一时又想不出他是谁。

他慌里慌张地东看看，西望望，急急忙忙地端详了一番，好像他丢了什么东西似的。当他见到睡在桌上的李蕙良的时候，才安定下来，定了定神，好像他找到了丢的东西似的。

“你找谁？”韩淑梅问。

“我就找她！”老头儿指着李蕙良高声地叫。

“哎，你小点儿声呀，别把她弄醒啦！”

“醒啦更好！”

“咦，你这是啥话呀！”韩淑梅把眼睛一瞪，可不让人呢。

“本来是嘛，她醒啦，我好给她搬家呀！”老头儿说得光明正大，显得他倒有完全驳不倒的理由。

“往哪儿搬？”白茹珠急了，便插了一句。

“我那儿呗！”

“你是谁？”

“我——老胡，第十一宿舍的舍长。”

这一自我介绍，使白茹珠马上认出他来，同时想起跟他闹过的不愉快的事；现在时过境迁了，相反地，事情已经完全反过来，可是反而出了问题，难道又要跟他闹得不欢而散吗？不，这老家伙倔得很呢，他一发火，一脑袋白头发茬都要扎煞起来。

“胡舍长，咱们认识呢，您还记得我吗？”白茹珠客客气气地问。

老舍长盯着她，打量一番，她的脸子那么白白嫩嫩的，白白嫩嫩得出奇，好像封上的一张薄薄的白蜡皮，一碰就要碰裂纹儿似的。因而，他想起来那个下大雨的晚上，领李蕙良借宿的时候，碰过她的钉子；就是这副白白嫩嫩的脸子，可真厉害，铜墙铁壁一般，碰得他够受的。

“噢，记得，记得，我怎么能不记得黄太太。我在你的面前栽过大跟头呢，简直是丢人现眼，带吃瘪！”

他的火性已经燃过了，而燃过的余烬，还在热烘烘地熏人呢。

她羞涩地用手把脸一遮，人，不该亏人呀；一提到它，就叫你心惊肉跳的。

“老大爷，您甭说这个吧，我们对李蕙良已经认过错了。您看，我这不是正在给她收拾东西，就要接她到家去住嘛！”

老舍长一听，吃惊不小：哼，小嘴一张，什么都说得出；依过你一次，可不能再依你。

“那可不行！要是你当初这么说一说，我也许要给你作个揖；而今呢，就是你给我磕个头，我也不能答应你！不是我跟你打官腔，咱们公事公办！”

“不错，我办的是私事；可是，我接个朋友到家去住，也并不犯法呀！”

本来，他们谁也不想吵的，但一句一句地逼着，终于吵起来。他们越吵，声音越高，最后把黄主任也吵了进来。

他插到他们中间，左右为难呢。同意老舍长的要求吗？哪能行，太太要对他大发雷霆；帮助太太说几句话吗？那倔老头子要跟他干起来，更不好办。

“我们宿舍，老早给她留出铺位，靠窗子的，还朝阳呢……”

“我们准备得好好的了，整整的一个房间呀……”

韩淑梅听着，太不满意他们，不是别的，要是他们把她吵醒了，怎么好呢？

“我说，你们两位小点儿声呀，小点儿声！”

可是，她这冲动的声音，比谁吵得都凶，结果，她把李蕙良吵醒了，吵起来了。

李蕙良一睁开眼，就嗅到这个小战场的火药味，是老舍长和白茹珠同在她这个目标上进行着争夺战呢。

“你们不要争吧！”韩淑梅有一种法官的口吻，下了判决书，“李蕙良同志既然醒啦，就请本人表示表示吧；她愿意到哪儿去住，就到哪儿去住。这是生活的问题，你们都应该尊重人家本人的自愿。哼，农民加入合作社，都不能强迫命令，何况人家住房子呢，你们还能绑票吗？”

李蕙良倚在窗边，眼睁睁地望着天棚顶，自己在跟自己盘算：究竟搬到哪儿去住呢？她觉得搬到哪儿去住都可以，又都不可以。

白茹珠那儿吗？虽说那天晚上借宿弄得不痛快，但她很快就改变了态度。在她搬到工地之前，就收拾好了房间；加上她那挽留的挚意，多么动心呀。最近，她经常托黄主任捎话：工程一竣工，她就要亲自来搬家……其实，这话里，也正是黄主任要说的意思，不过他为了避免什么嫌疑，不好直截了当地说罢了。现在，他们来了。试问怎么拒绝人家夫妻的好意呢？她想，她应该搬到他们家住的。可是，老舍长那儿呢？为了她住宿，人家可大伤过脑筋呢。幸而靠着那个能干的管理员，腾出一张床铺；这样地来接她，已经接过好几次了。人家那么大的年纪，一趟一趟地跑，跑得够辛苦了。人家为什么呢？是出于工作的责任心，也是由于父辈的友谊呵。否则，人家发疯了吗？那么挤的宿舍，还非有她不可。她总说工作要紧，竣工以后再说。现在，她对人家还有什么话可说呢？她想，她应该搬到他们宿舍住的。这样，她想来想去，当然没有结果。

“我看，你还是两下换着住吧！”韩淑梅倒替李蕙良拿了主意。

假如只是这样，那倒好办的。谁知道，李蕙良还有她的种种为难之处呢。

……总工程师那儿呢？他对她一再表示，他一个人住一所家属住宅，空着也是空着，请她搬过去住。注意，他说的是“请”呀；在个人关系上，他还那么有礼貌。并且他说，每天下了班，可以跟她谈谈工程技术的问题。她懂得他的意思，这是要培养她呢。多么难得的学习机会，怎么能放过呢？她想，她应该搬到他那儿住的。可是，马大爷那儿呢？他老人家已经从集体宿舍里搬出来，搬到家属住宅。这在房子紧张的当地，可不是一件容易事。显然，这是出于房产处对于老英雄的请求的照顾。因为他们听说他要成家，这怎么能不照顾呢。可是，他老人家反倒弄得面红耳赤，不住地向人解释："我成家不假，可不是娶人，是接女儿呀！"她比谁都明白这话，是可怜自己一个老鳏棍儿，也是可怜她一个孤儿呵。她一想到这儿，就怪难受的，怎么能伤他老人家的心呢？她想，她应该搬到他那儿住的。可是，夏大姐那儿呢？夏大姐本人并没有要她搬去，连个"搬"字都没有跟她说过。但夏大姐周围有许多女积极分子们，就是拉夏大姐去跳舞、陪夏大姐同住的女同志们，都不住地动员她搬到夏大姐那儿去住……支持她们的工地主任要行政科把夏大姐原有的那张大床换了两张单人床，并且命令她说："你一定搬去，对她对你都好！你懂吗？"她不是孩子，什么都懂的。那样的话，夏大姐在她这个年轻人的搅闹当中，可以免除一些工作之余的寂寞；而她呢，在那位老革命的熏陶之下，也可以快些成长起来，成为她所希望的"红色专家"。并且，她在那儿住过，这次到工地来，就是从那儿搬出来的；现在要再住到那儿，也不过是再搬回去罢了。这怪得谁呢？她想，她应该搬到她那儿住的。可是，任淑贞那儿呢？牛成没有想要她搬到家去的意思，即使有的话，也不能说，因为他怕人家说他俩的闲话。不过，他去休养了，不在家；临走的时候，他嘱咐过她，要是任淑贞生孩子，一定要她陪她住几天。她答应过他，并且是当着任淑贞的面答应的。现在，算算时间，任淑贞的大肚子差不多快要足月了，已经在家休息了。万一感到阵痛，怎么办？万一有个婴儿哭起来，怎么办？她觉得这个年轻的产妇需要她，需要她煮小米粥、洗尿布，需要她百般殷勤地侍候和看护，至少需要她陪陪，壮壮胆呵。她想，她应该搬到她那儿住的。虽说只是暂时，但总要搬去住的呵。她认为这个义务，是不可规避的。

因为她这样地意识着，便无视于老舍长和白茹珠的争执，以及其他人之间可能发生的分歧了。她觉得高兴，觉得在摇摆不定之中终归自己给自己拿定了主意。

可是，她正要说出她的主意的时候，又有人给她打断了。

是工地主任的秘书来过，给黄主任送来一份文件，又要黄主任写了收条而后走开。看来，这文件是非常重要的、急迫的；不然，秘书同志用不着亲自跑腿呢。

黄主任打开文件一看，苍白的贫血的脸色，骤然大变，呀了一声，愣起来。显然，在他面前发生了意想不到的事。究竟是什么事呢？

国家为了支援战后朝鲜工业的恢复，在总公司拔选一批优秀的技术员和技工之中，原来有李蕙良的名额；并且要在今晚或明早到干部招待所集合，以便乘早车去沈阳，准备出国。

事情就是这样，明明白白。

问题这样解决了，解决得最好。黄主任再用不着左右为难了。韩淑梅再用不着搭腔了。老舍长和白茹珠再用不着争执了。连李蕙良本人，也用不着再开口了。

她还能说什么呢？

从现在算起，她能够留在此地的时间，也不过剩下了一天一夜，最多还零一个早晨。

二

在时间里，年轻人们往往是这样：想到过去，是多么短暂的；而想到来日，又是多么漫长的。

现在，李蕙良也有这样相似的感觉。回忆起来，她来工地有一个多月，而这一个多月过得好快，恍惚之间，都没有让她从容地清醒一下，就那么糊糊涂涂地过去了。这做了些什么？不过一个返修工程，仅仅一个返修工程呵。最后，她在工地剩下了一天一夜，最多还零一个早晨，这一天一夜过得更快，一眨眼的工夫，都没有容她冷静地考虑什么，就那么马马虎虎地快要过去了，而临走的末了的早晨也将逼近来。这又做了些什么？好像匆匆忙忙花过一番钱，事后还要算一笔麻烦账。

跑过一趟合作社，买些零碎的日用品，至少总要买一块日光皂。在现场，日日夜夜地爬着、滚着，把衣服都弄得脏透了；哼，闻一闻，都有一股怪味道。在出国之前，总要收拾得干净一些、利索一些。否则，对个人没关系，对祖国体面吗？

开过一次党的小组扩大会。党给你作鉴定，你不能请假呀。工地的会，开得非常干脆，三言五语，一说就完了。只有于清说得多些，何必说那么多好话呢……还有握手告别的时候，他握得最久，好像他不想让你走；可是，作为党支部书记，他这话不好说出口，只好握着你的手，那么久……其实，你也在握着人家的手，同样的久呵……

……其实，是那些记者同志们磨得太久，太久了。摄影还是好办，豁出自己够了，让他敞开照吧。他照他的，一点儿也不耽误你的时间。只有一回，摆弄摆弄你的脑袋，他要照一份他所设计的你。那么一小会儿，算不得什么。可是，新闻记者们，特别是洪燕同志，呕得你够受，都要把你呕烂了，她还呕呢。对的，还有胡天雨同志，本来他一直是跟着洪燕旁听的，而他今天一听要走的消息，就破开脸皮，问呀，问呀，简直问不完。人家一共做了一点点儿工作，哪有那么多说的。他呢，还是问呀，问呀，好像要把哑巴问出话来似的。最后，他还说:“明天我送你到沈阳去，路上还要问你呢！”这叫人怎么说呢？说句迷信的话吧：谁欠了你的债，你这样地阴魂不散呵。可敬的作家，可怕的鬼呵。

话说得多，路也跑多了。跑去辞行，又找不到人，只是在新辟的工地上兜圈子。好容易找到工地主任、总工程师；他们又那么忙，让人家等了老半天……他们上级同志，本来昨天晚上就知道了人家出国的消息，为什么那么吞吞吐吐的呢？呵，人家知道，你们为的是要人家多睡一睡。那何必呢，白白睡掉半个夜，半个早晨，什么也没干……人家来辞行，他们说话又是慢腾腾的，说一句停一停，说一句停一停，每句都要有一定的意义。是的，负责的同志，应该郑重呢。可是，小梁和小霍，简直跟人家胡缠……人家要走了，跟你们打个招呼，你们哭什么呢？你们呀，哭得人家好伤心，跟你们掉眼泪，反得哄你们，把时间都哄掉了，只能先去看苏联专家，而后去看马大爷了。

糟，糟就糟在这儿，恰好赶上专家公寓庆祝三大工程竣工的跳舞会。司留沙列夫和瓦哈罗莫夫，一个挽着一只胳膊，一个人怎么能挣得过两个人的掌握呢？只好跟他们进会场。呀，好听的音乐，好看的灯光、服装，一对对的男女，飘飘地跳着，跳得真入迷呵。一霎时，自己也好像被迷住了。跳吧，跳吧……为了向苏联专家致谢跳吧，为了向苏联专家辞行跳吧。不，不，瓦哈罗莫夫和司留沙列夫都说，他们过两天也要回国了。“别时容易见时难”，跳吧，跳吧……不知道跳到什么时候，反正出来的时候，天黑了。

到马大爷家去吧。恰巧他不在。他家还有谁呢？谁也没有。房子空着，门锁着。只好坐在门口傻等他。等到半夜，还能等吗？不能呀，还得去看夏大姐呢。不是昨晚上约好了吗？

她想着，走着。

这是从老水鬼家到夏大姐那儿的一条大路。路边，家家户户，悬灯结彩，锣鼓喧天，欢腾鼓舞，人们还在扭秧歌打花鼓呢。由于三大工程的竣工，给人们带来一个庆祝的节日，一个不夜的天，一个黎明的早晨。

她脑里充满零乱而纷扰的记忆，逐渐地被面前的眼花缭乱的印象所冲淡。当她走到夏大姐院门前的时候，她只想着是不是来迟了。并且，她在问自己：“夏大姐叫我来，究竟有什么事？是不是因为我要走的缘故呢？”

房门没有扣，她一拉就开了。过道上的灯也都亮着。老鲁出来迎她，还带着厨房的热腾腾的香气。

“你还没睡呀！”李蕙良说。

“我正在给夏大姐做饭呢。”老鲁说。

“半夜了，她还没吃饭吗？”

“不，你还不知道她要招待客人嘛！”

客人，谁呢？李蕙良开始想到自己，随后又对自己加以否认：为什么认为夏大姐招待的单单是自己哪？谁不知道她的脾气，非常好客呢。她的客人们，多得很，常常是川流不息的。即使她也把自己排入客人之列，怎么偏偏要在三更以后呢？难道再等一等到了早晨不好吗？显然，她要招待的不是自己。并且，她昨天约会的时候，她也没有提到这个意思。

“夏大姐的客人是谁？”

“我哪儿知道，人还没下火车呢……”

厨房什么东西烧焦了，有一股糊巴味把老鲁马上催回去。

李蕙良心里说：“蹊跷，蹊跷的客人！”

从搬走以后，这是她第一次回来。她一进屋，便感觉几乎完全不同过去的印象。

原先从外边引进来的瓦斯炉子，已经从墙上接好一段管子；散在各处的辣椒和装小野椒的空瓶子，都塞到新添的一个包装式的白木箱里；其他的，收音机也好，茶叶筒也好，反正所有单摆浮搁的东西，可以说已经各得其所。看来，这种整理和安排，非一时之功呢；显然与工程逐渐地接近竣工期有关，使夏大姐有些余裕的时间，可以逐渐地建立正常的生活秩序。

原来那张大床换了两张单人床，把屋子显大了，而原先摆在窗边的那张桌子，不知道为什么要移到碍手碍脚的地中央。当她看了看桌上摆好碗筷的时候，她才想到这可能是夏大姐的“临时措施”，为的便于招待客人呵。

可是，夏大姐不在屋里。李蕙良从窗边发现她在屋外的阳台上。在明亮的灯光里，可以看清楚她整个的侧面，甚而可以看清楚她在风里一飘一飘的一绺白头发梢。靠近阳台边边，她一只脚站着，另一只脚蹬着阳台的矮墙；一只手掐着腰，另一只手呢，胳膊肘搁在翘起的膝盖上，而手掌托着腮。李蕙良跟她工作过，生活过，多次见过她这种男性的姿势，但从来没有见过她这种沉思的脸上，有种种反常的神态：有时咬紧嘴唇，悲痛得抖动起来；有时眨眨眼睛，闪出母性的泪光；有时眉头一皱，有一股憎恨的痕迹重现出来……

李蕙良看了多时，不知怎么地难受起来，好像有一种悲剧的预感似的。

“夏大姐，我来了！”李蕙良脱口而出。

“哦？”夏大姐一惊的声音。

随着，她走进屋来。握着李蕙良的手，她笑了笑；笑得太勉强，显然她是用假脸在掩饰真相呢。

“我恐怕来晚了……也不知道夏大姐叫我来有什么事……夏大姐，你现在就告诉我，是什么事！”

“你不是要出国了吗？没有什么东西送你，请你来看一出戏吧！可是，不能白看，必要时，还得麻烦你写一份说明书呢！”

李蕙良一听夏大姐矫情的声调，离奇的话语，纳闷起来：哎呀，人反常了，朴素的夏大姐，也说起俏皮话来。但她了解夏大姐这可不是拿人开玩笑，耍把戏，而是她有她难言的苦衷，有她含蓄的崇高的意境。

夏大姐拉着李蕙良凑到窗边，谈了一些心不在焉的话。这时候，她只是一心一意地注视着窗外，间或瞟瞟她的手表。看得出，她是在等她的客人，并且使人感觉她的客人是会按时而来的。

街上很亮，很热闹，都非往时可比；往时哪会有这样亮，这样热闹。路灯，灯笼，火把，加上每家门窗射出来的灯光，照得街头明晃晃的。逛街的行人，巡逻的人民警察，游行的秧歌队和腰鼓队，闹得静不了街。看吧，听吧，街上笼罩着欢快的气氛，沸腾着笑声和欢呼声。

就在这人影飘忽中间，忽然有两个人影落在院门前。李蕙良仔细一看，是两个军人：一个穿着合体的舒展的军装，态度庄重，有将军的仪容；一个挎着全副武装，无疑的是警卫员。后者正用电筒给前者照亮门旁的门牌。

“培元吗？”夏大姐问。

“是呵，小夏！”将军答。

这一问一答，同是出于亲昵的口吻，惊喜的情绪，使人容易想到像是久别的少年好友重逢似的。可是，夏大姐把客人迎接进来的时候，两个人忽然显得拘谨、尴尬甚而生疏起来，似乎他们曾经只有一面之识，根本没有什么可说的；而且，他们都低着头，连看谁都不想看谁一眼。李蕙良陷在沉默中间，闷得透不过气来。

“老鲁！”

夏大姐终于开口，把老鲁喊上来。她叫她开饭，并且叮咛她好好地款待款待站在门外的警卫员。

菜摆好，酒也斟好，真有一番招待客人的排场。可是，客人并不想吃，李蕙良也就不好意思动筷子。

“你刚下火车吧？”

李蕙良一听，觉得夏大姐问得多余，明明是知道的，为什么还要问呢？随着，她看到将军点点头。在他这头的摆动之间，明显地显出他的头发的斑白和头顶的光秃。她看他有五十岁的样子。

“我给你的电报收到了吧？”

李蕙良忽然听到将军这样问，问得非常明快、沉着，显然是他老早准备要这样问的。

“收到了。”夏大姐平静地答。

“两份？”

“是，两份。”

“怎么不回个电报呢？”

“……反正知道你要来了……没有回电，也没有到车站去接你……培元，咱们分别得太久了，我还怕在夜里认不得你呢！”

“噢，太久了，太久了！”培元在感叹中，有些激动起来，“整整十七年还有五个月零五天！”他平息一下自己激动的情绪，“你总记得的，咱们在西安被捕的日子吧？”

李蕙良在旁边看得清楚，将军的眼睛一红，发湿了，而夏大姐故作镇静，还若无其事呢。

“咱们还是吃饭吧，喏，这有酒，你还喜欢喝酒吗？”夏大姐把一杯酒举起，准备碰杯，因为对方毫无反应，只好又放下。

“唉，是不是你不想听我的话，是不是你不欢迎我来，是不是你要照顾影响，才特意请了一位同志来陪我们？”培元亲切地抚弄一下李蕙良的头发，表示他对这位陪客并不反感，“本来，我也不想来看你。可是，我既然听到你的消息，又打听到你的地址，加上我们那位热心肠的军长（我是军的政委）一劝再劝，我来了。没别的，只是看看你，听听你这么多年的生活情况，听听你对我有什么意见……小夏，我对不住你呢……”他把手搁在额上，遮住眼睛。

“培元，你别说这些话吧！你怎么说起你对不住我呢？我们谁也没有对不住谁，只是叛徒对不住我们，特务对不住我们，要不是他们把我们抓去，我们的关系怎么会拆散呢？落得家破人亡……”夏大姐说到这儿，再说不下去，哭起来，但她只是掉了一滴眼泪。

这时候，李蕙良禁不住打起冷战，心一疚，眼里涌出泪水，乱滚滚的泪珠从脸上滚下来——她完全明白了，明白了；他们曾经是一对爱人呵。

是的，他们曾经是夫妻，同过忧患的夫妻呵。

经过长征进入陕北以后，他们在一九三六年才认识的。那时候，他们同在一个被服厂里工作。她是一个女工班的班长，而他在担任全厂的指导员。当初的厂子，小得可怜，缺缝纫机，缺布匹，什么东西都是缺的。他们工作艰苦，生活困难；他们身上穿的，还是长征的破军装。她经常要给自己缝连破衣破裤，而他总是露着肩膀头。

“脱下来，我给你缝一缝！”她说。

“公家的线吗？”他问。

“是我自己买的。”

“这还可以。”

她给他缝了许久，也没有缝好——单是线怎么能缝好窟窿呢？但他对她有了好感。

后来，有一个结过婚的女工同志，把她拉到没人的地方，提起这件大事。

“你愿意吗？”

“人家呢？”

“就是他叫我来问你的，你的意思呢？”

她点了头，跟他结婚了。他们结婚的过程，这样简单，既不是父母包办，也不是自由恋爱，只是一个中间人一说就成了的。

但他们是幸福的。

结婚那天，后勤首长在一张马兰草纸上弹了几点红墨水，给他们写了“革命伴侣”四个大字；另外批了一张条子，用公家名义送给了他们宝贵的礼物——一块新毛蓝布，有二尺呢。当时，二尺布，可不算少，足够他们补补衣裤；而且，布是新的，这个新字最有意义，很合乎新人的意思。

他们结婚以后，除了在衣裤上添了新的补丁，再没有添别的新东西，要留个纪念，照张照片，都没有照相的地方。唉，难得的保安呀，你这个荒凉的古代的土城呵。

但他们是幸福的，满足的。

她怀了孕。他动手砍木材，做小床……

有一次，他们被派出去，购办缝纫机和布匹；他们化装成农民通过敌人封锁线，潜入了敌人军警森严的西安。当时，由于一个可恨的叛徒的告密，他们一起被特务捕了去，从此，他们分离了。

“那天晚上，咱们在拘留所分手的时候，我看你那个将快临盆的样子，就觉得对不住你，好像我害了你似的。可是，我有什么办法呢？我嘱咐过你一句话，你还记得吧？”

“你说：保重！”

“你知道的，我这是什么意思。后来，我听说你死了……”

“我没有口供，他们治不了我的死罪……可是，孩子死了，你听的，大概是这个死讯。”夏大姐皱着眉，好像在忍受一种痉挛的疼痛。

“孩子怎么死的？”

“因为我受刑，孩子早产了。如果有条件，他不足月，也可以活；可是，我住的是什么地方，给他什么东西吃呀……大概他活了个把钟头，总算我看见他，他也看见我了……”夏大姐脸上没有什么表情，似乎麻木了一般。

李蕙良眼里的泪水涌着，涌着，涌出来铁窗，铁门，涌出来黑暗的牢房。于是，她看见一个年轻的披头散发的女犯人，鼓起大肚子的临产的孕妇，有一副忍受阵痛的表情……她听见在镣铐的响动之中有一阵阵的阵痛的呻吟……于是，一个婴儿诞生了。无辜的赤裸裸的小生命，一生下来就成了罪人，而被判了死刑。他的一生，是那么短的，不到一个时辰……在平息中，她愤愤地吁了一口气，旧社会的罪恶，照旧令她感到不平、憎恨。

“噢，你没死，孩子死了……你怎么不想办法叫我知道知道呢……”

“因为受刑，生产，我害了一场大病。病好之后，我听说他们早把你解到南京枪决了。”

“他们是想枪决我的。我一被捕也就做了这个准备。可是，我有个好朋友花了一笔钱，买了我一条命，才判了我二十五年徒刑，要不是党执行统一战线的成功，号召抗战的成功，我现在还住在南京的陆军监狱呢。”

“我也是那时候被释放的……”

“要是那时候我知道你还活着……唉，小夏，我对不住你呢……现在知道得迟了，太迟了……现在……现在……”

李蕙良听得出将军的话里，充满着惋惜和忏悔的情绪；但她一看夏大姐，却有一副完全相反的情绪——夏大姐已经恢复了已往的强大的力量，刚毅的性格。这时候，她觉得身边坐的，才是真正的夏大姐；而刚才呢，似乎是另外一个同志。

“现在怎么的？”夏大姐盯着对面的培元，“现在，咱们已经有了许多东西，有了工厂、矿山，有了大规模的社会主义建设！”

“是呀！”培元兴奋起来，附和着夏大姐，“还有了后一代！”他用羡慕的眼光，瞟了瞟李蕙良，“要是那个孩子活着，可以跟她拉平辈呢。”

“你现在有孩子吗？”

他点点头。

“孩子妈妈知道你来吗？”

他又点点头。

“她不会怪你吧？”

他摇摇头。

“不会伤你们的和气吧？”

他又摇摇头。

在这点点摇摇中，李蕙良觉得将军的头渐渐地重起来，更重起来，几乎重得禁不住了，最后他要用双手把头托住，好像怕它掉下来似的。

窗台电话铃响起来，李蕙良拿起听筒一听，就听出是韩淑梅从二炼钢工地喊来的热情的声音。

“有个军人，梁材来找你！”

“他在哪儿呢？”

“他在你的‘寝室’等你呢，你快回去吧！”

李蕙良心跳脸红起来。她想起那个小兵，那个参谋长，就感觉有一股魔力在动撼她回去。不过，她又觉得不能丢开夏大姐，不能回去；想打个电话，也没法打回去，因为她估计她的“寝室”早已搬空，连电话在内。那么，只好让他等吧，即使等得再长久，还能超过十七年吗？其实，大概都没有超过十七分钟，将军已经准备走，他要赶一列快车回去。

夏大姐叫来一辆小汽车送客人，和她这个陪客。

恰好韩淑梅又给李蕙良打来一个紧急的电话，她从那么远喊来的激动的声音，可以让这屋里的每个人都听得真。

“任淑贞邻居打来的电话，叫你马上去！注意，马上，马上！”

李蕙良吃惊得很。放下电话，她似乎还听见有人在替孕妇呼吁的声音。刚才夏大姐引起她的悬虑，不仅没有消逝，而且加剧她对任淑贞的担心。她知道任淑贞今天的处境，已经完全不是夏大姐当年的处境，但她同样年轻，同样是一个人。这时候，有一种崇高的道义之感，催她从速而去。至于在她“寝室”等她的那个人，她再没法把他放在心上了。

“再见！”夏大姐淡淡地说。

她和客人在门口告了别。她没有到车站去接他，也没有送他到车站去。她在他身上摆的感情的分量，都仔细地掂量过，宁肯摆得少些而冷淡了他，可不能摆得多，那万一搅起他已经沉淀下去的旧日的思念，万一引起他的家庭纠纷，那怎么了得。她想，她呢，没关系，反正只她一个人，不管发生什么矛盾，自已跟自己，总比较好解决。

李蕙良陪着垂头的将军上了汽车。在车站分别的时候，她也没有下车；是的，她要尽快坐车赶到孕妇家去。

三

天在放亮。从发淡的夜空中，渐渐地透出了一片鱼肚白的天色。

在稀疏的淡色的晨星之下，在静悄悄的街头上，李蕙良来来去去，在兜圈子。

她以前来过任淑贞家一次，而那次她没有留意这个住址。现在，她只能围绕这一带住宅区，重新挨家查看门牌；而小小的门牌，在朦胧的气氛中，也模糊不清。这样，她白遛了几趟腿。最后，她还是找到临街的公安派出所，感谢一位人民警察同志领着她，她领着汽车到了任淑贞的家。

在门口，有个邻居的老大嫂急得直打转转。显然，她急于等着来人，也好解救孕妇的厄运；所以她一见李蕙良的影子，便连忙跑进去报喜信。

李蕙良到屋的时候，看到躺在床上的任淑贞，怀里抱着一个枕头，哼哼呀呀地在翻滚。她了解任淑贞的性格，如果不是肚子疼得过于难忍，这样泼辣的人不会在人家面前这样的乱折腾；如果日后本人想起来，自己都要骂自己的。在紧张中，她用手摸了摸任淑贞有些浮肿的发白的脸，潮乎乎的，凉丝丝的，是出冷汗呢。

“淑贞，没关系，还不到时间呢！”

其实她这个姑娘从来没有见过产妇的样儿，也不知道产妇有些什么征候和反应；她之所以这样说的，也不过是为了安慰产妇，说说而已。

随着，不知道是任淑贞的精神作用，还是疼痛的减轻，她镇静了些，放开怀里的枕头；不过，她拉住了李蕙良的手，拉得那么紧紧的，好像再也不能放李蕙良走。

“蕙良，你看……早不疼，晚不疼，偏在这个时候疼……人家都欢腾一夜，正睡觉呢……找谁呀，我只好叫这个老大嫂跑出去打电话，找你，找福利委员……”

她话里的意思，有些埋怨自己，或是埋怨肚子里的无知的小东西。本来，前两天，她可以入院的。因为她听说医院重视病床的周转率，她就打算再挨一挨，挨到现在，忽然肚子疼痛起来，怎么办呢？连辆三轮车都找不到，反而麻烦了人。

“现在，好办了，夏书记派来一辆汽车送你到医院去，咱们走吧！”李蕙良催着。

“呀！”任淑贞一下子坐起来，“我这个屁事，搅得夏书记都没睡好觉！”

“你用不着不好意思，本来，夏书记一夜也没睡觉，她还嘱咐我告诉你，要不是她累了，她也要来看你呢。”

“咦，她有什么事，一夜不睡觉？”

李蕙良没有把夏大姐的事告诉任淑贞，她也不想告诉别的人。

“只是因为我在她那儿……”

“对呀，我听说你明天要走，是吗？”任淑贞看到窗子朦胧亮，敏感地改了口，“不，你今天就要走的，我会不会耽误你呢？”

“我走还有工夫呢！”

“你没什么事吗？”

有，有个人等着哪。这是李蕙良心里的话，怎么好说呢？假如一说出口，好问的任淑贞再问他是谁，什么关系；说不清楚。没有明确什么关系，怎么说清楚，反使自己难为情；而且，可能引起任淑贞的弦外之音，或是另外多余的考虑。索性她说：

"趁着你现在不大疼，咱们快走吧！"

当李蕙良扶着任淑贞出门的时候，恰好工会福利委员也赶到，并且他也坐来一辆小吉普车。这位委员同志办事细心和认真，他老早跟工地办公室交涉好一张乘车票，就是为的防备任淑贞这一着。

在门前，停着两辆小汽车，一辆是胜利牌，一辆是捷克式，都在等待执行这个紧急的任务。

可是，任淑贞站在车前，嘟嘟囔囔的，自己跟自己生起气来。

"哎呀，一个人，两辆车！嗨，真阔气！我呢，一辆也不坐……蕙良，走，我可以走……"

"不行！"福利委员说。

任淑贞从李蕙良的手掌里挣出去，腆着大肚子走起路来。

"蕙良，你看，我能走呢！"

"要是你在路上再疼起来呢？"

肚子一不疼，任淑贞的泼辣劲儿就上来了；她可不管这个那个的，走一步是一步。李蕙良和福利委员追上来，说着，劝着；回头也好，上车也好，反正都得她出于自动，谁也不好拉拉扯扯，一不小心碰着她的肚子，那不糟糕吗？没办法，他们叫一辆车回去，让一辆车在身后慢慢地跟着走。

路上，看不到一个人，只见昨夜欢快的人们留下的一些痕迹；燃过的火把棒，烧坏灯笼剩下的架子，散乱的彩色的碎纸、花瓣……

“……淑贞，你太不听话！你这样走，是要表现节约吗？让车子跟着慢腾腾地走，这不是更浪费吗？你不信，你问问司机同志！”

在李蕙良说到这儿的时候，任淑贞才上了汽车。可是，她一边不安地坐着，一边还叽里咕噜地骂着；她从“作孽”骂到“孽种”，从自己骂到还没有见面的胎儿。

“淑贞，住嘴吧！”李蕙良劝着，“现在，车来了，你就坐嘛！要是在从前没有条件，慢说坐车，人家坐牢还得硬挺呢！”

铁窗，铁门，黑暗的牢房，为革命而受难的母亲，无辜的短命的婴儿，一闪一闪地出现在她的眼前；而她身边陪着的，却是这样幸运的任淑贞，坐着软软的舒适的小汽车，走进设备完善的医院，换上消毒的服装，到了清洁的病房。呵，庆幸呵。她心里为任淑贞感到庆幸，也为自己感到庆幸呵。是的，女同志谁能免得了这么一遭呢？她的心，跳得厉害，都要蹦出来了。

有一个体态纤细的行止轻捷的女护士走进病房，给任淑贞试了试体温。不久又来了一个俊俏而庄重的女医生，给任淑贞检查过身体说：

“同志，你差点儿来迟了！”

女医生口吻，说得千真万确，使你想到，仿佛是胎儿跟她说过要出生的时辰。

于是，女护士推来一辆手推车，把任淑贞推走。通过过道的时候，任淑贞伸过头去，摆手催着李蕙良和福利委员回去。福利委员走了，而李蕙良继续跟着手推车走去。在进接产室之前，任淑贞请女护士停下车，等李蕙良走上来，握住手；她在感激李蕙良，感激得说不出话来，开口许久，话才出口：

“走吧，你还要上火车呢！”

李蕙良不知道怎么地还在停着，没有走。其实，她明明知道今天有一条不平常的横渡绿色鸭绿江的旅途在等她上路，现在有一个从远处跑来的动心的人在等她见面；同时，她也没有留在这儿的必要，别说产妇出不了什么岔子，即使出的话，仍有医生在场保证，而她在这一行，完全是“白帽子”，显然是无能为力的。并且，她被挡在接产室以外，有一面毛玻璃墙隔着，最多也不过看见一些活动的影子：从手推车上了产床的任淑贞，以及围绕产床动作的女医生和女护士。除此，她再看不见别的什么。但她不想走，要等着，等着，等到听着任淑贞几声疼痛的叫声，等到听着一个婴儿一声嫩巍巍的哭声的时候，她禁不住冒昧地闯进去。

护士在水盆上伸着手，手掌上捧着赤裸裸的婴儿，小脸新鲜，小身子红赤赤，小腿蹬着，小拳头摇着，好像要下水游泳似的。

任淑贞躺在产床上，脸发白，而且湿漉漉的。显然，她刚才出过大汗，如同经过一番力不胜任的劳动，累极了，应该休息一下，喘喘气儿。但在她那半开半合的倦眼里，充满着伟大母性的慈爱的光，不住地投给她的小宝贝。虽说她从前曾经有过打胎的念头，而现在却完全没有了；即使有人要动她的小宝贝的一根汗毛，她也割舍不得。

“蕙良，看，大人孩子都好……放心吧，走吧，你还要上火车呢……不能送你啦……等你回来，我去接你，连孩子一起去接你，……孩子要叫你——阿姨，叫你——姨妈妈；孩子也许会说，阿姨，你好……”

李蕙良不知道自己要多久才能回来。但她知道一个孩子会说“阿姨，你好”的时候，大概要有三四岁。她想，这就是说，已经经过三四年。那时候，祖国将会出现一个更新的局面；如果再加上它十倍——经过三四十年，祖国可能出现一个全新的面貌。那时候，他已经有三四十岁，正当年富力强，是人生最好的年华。可是，他在做什么工作呢？也许是轧钢的好手，也许是原子能专家，也许是先进的农业模范，也许是研究病理而根治癌症的医学家，也许是完成妈妈未竟之志的模范电焊工，也许是探索宇宙秘密而飞往月球的科学家……

天长地久，愿他长命百岁。但在她脑子里，仍有一个无辜的短命的小影儿在盘桓。

四

她回来的时候，天色渐明。不过，在这日出之前，只有一片薄晓的幽明。

这一路，她走得急，似乎比过去任何时候都走得急。气喘，呼呼地喘；心跳，跳得咚咚的。她走到“寝室”的门前站住了，用手揉揉心窝和胸口，让自己这样地平静平静，也好平心静气地会一会客人。可是，她一想到这儿，竟有一股抵制不住的力量，在扇动她的肺腑，震动她的心。这时候，她反而觉得气短心慌起来。

因为她跟他分别八年，这次意外的重新会面，忽然唤起她跟他曾经在伟大的历史关头，在患难和生死之中交流过的感情；现在她才明白这种感情的作用之大，几乎一刻不停地与时俱增，并在默默之中渗透你的灵魂深处，悄悄地、悄悄地埋下一粒梦想的甜蜜的种子，不住地在茁壮生长。现在，如果他要再说："你跟我走吧！"她也绝不怪他。

"你什么时候来的？你来做什么？屋子都搬空了，人也快要走了，你才来了。你，你这个傻瓜呀，你还坐在这屋里傻等呢！等我做什么，有什么话说？说吧，说吧，什么话都可以说……"

她一边想，一边从门前挨到窗边，她要在相见之前，先偷偷地看一看，看看这发傻的人到底是个什么样儿；随着，她再忽然出现在他的前面，说不定还要吓得他一跳，而后他会欢喜地说："我可把你等回来了！"可是，当她伏在窗边窥视的时候，在空空洞洞的四壁、一片晦蒙的色调中间，她隐约地发现散在地上的脸盆、衣包、行李，和歪在行李上一个人的模糊的轮廓。于是，她按自己安排的会面的步骤，便转身往屋里去；但她终于按捺不住自己的急性，在她还没看清那人之前，竟高声地自我宣布出来了：

"梁材，我回来了！"

忽然，出现在她面前的人，反倒把她吓了一跳：不是梁材，是老水鬼呵。

他从行李上一起身，好像竖起一座巨型的塑像：一个魁梧的身体，穿着一套旧式的裤褂，长裤扎着裤腿，小褂敞开对襟；一副老而不衰的古铜似的脸，凸出筋肉的棱角；一双蒙眬的睡眼，凝结着梦一般的喜悦。

本来，他是昨晚上来给她搬家的。但一听说她调动工作要出国的时候，他就马上想起一直摆在心上的这件事完了，绝望了。还有什么希望呢？最好也不过是见一面说几句话罢了。于是，他没走，就留在这儿等起她来。可是，他等一会儿，不见她回来；再等一会儿，还不见她回来；就是这样一会儿一会儿地等了一夜，整整的一夜呵。夜里，不记得是什么时候，他等乏了，睡着了。忽然间，他被她惊醒的时候，怎么能不感到意外的喜悦呢？

“昨晚上，干部招待所来过人，说要接你到招待所去集中。他姓陈，叫什么名字？”

“叫陈廷柱吧？”

李蕙良记起这个小招待员来，以前她搬出招待所那次，就是他送的。

“对啦，是这个小子，腿还有点儿瘸呢。他说还要来接你，送你上火车站。再有，来过一个军人，就是到医院看过你的那个……”

“他是不是……”

李蕙良禁不住插了话。不过她刚一开头，又把话都咽到肚里。虽说如此，但她抿着的嘴，却在饱尝着那种甘美的回味。

“他说他伤口好啦，出疗养院回志愿军去，路过这儿，下车，看看你。不巧，没有碰着，弄得他有点儿丧气……”

“他是不是很难受？”

“难受？哼，他一听我说你也要到朝鲜去，这小子的脖颈、腰杆，就都硬起来！”

“他都说些什么？”

“什么也没有说，那，谁知道他在这上面写些什么！”

老水鬼似乎憋了一口气，忽然对她发泄起来，并且把一张条子往她的手上一摔。

李蕙良拿过来一看，是从笔记本上撕来的半页纸，仅仅写着一个军邮的通信处。但她却觉得够了，心满意足，偷偷地笑起来，“我跟你走吧！”

老水鬼瞧她有滋有味的样儿，觉得怪有意思的。

“小玉，上边写的啥？”

“一个通信处，没写别的。”

“小玉，我不是算命先生，我眼可毒，它不饶人呵；他的心事，我能摸到八九成呢。这小子，不够朋友，我问他正经话，他净跟我嘻嘻哈哈地打囫囵语！小玉，你可不能瞒着我呀！”

“大爷，让我怎么说呀？说什么都早呢。要是事情真的能定下，我是忘不了请大爷喝喜酒的！”随着，李蕙良把轻装下来的一些东西，托付老人保存；特别是把那把落满灰土的心爱之物——胡琴，交给老人的时候，交得非常郑重，“要是真的有那么一天，我还要给大爷拉个曲儿呢！”

老水鬼一接过胡琴就满意了，笑了，仿佛这一夜算是没有白熬，有个意想不到的把手，竟被他捞到手了。而且他在无意之中锯割一下，它又发出吱吱嘎嘎的响声，这在他一听，竟像一个亲人给他这个老鳏夫留下的诺言的录音似的。

天色大亮，从窗边渐渐地透进来阳光。

没有多大工夫，屋里已经挤满送行的人们。

他们都是在上班之前顺便跑来的。只有老舍长是从老远的宿舍特意赶到的。无疑地，他上班将要迟到。这本来应该算是他的私事，但他的脸上却有一股办公的心安理得的神气。

在他们中间，除了一同工作过的同志们，还有不少与李蕙良同来的同学们。他们一见面，仍像从前在学校那样，说说笑笑的；而邹平仍是扭扭捏捏的，给人一种女性的感觉。

“咱们女同学又少了一个！”一个女同学感叹地说。

“你们女同学都难过吗？”一个男同学逗趣地说。

“本来是嘛！”

“那我们男同学建议，把邹平给你们补个缺！”

邹平的脸红了，从耳根红到脖颈，像是一棵大红水萝卜。

当邹振山一挤进来的时候，特别引起人们的注意。因为他自从那次受伤以后，一直包着半个头。这么久，今天还是第一次见他解掉绷带，露出来整个的面目。

“咦，这家伙的脑袋也返修竣工啦！”一个混凝土工说。

“是呀，你们看，我已经挂上竣工纪念章！”邹振山指着自己额角上的疤。

人们哄笑起来。

这里的哄笑还没停住，那里的哄笑又在开始。因为有人发现了平时最爱打闹的，而此刻老老实实地缩在角落里的小梁和小霍。过去他俩尽是要笑人家，现在人家该拿他俩逗乐了。

“喂，大家看，龟缩头……”

“呀，你们俩啥时候学的土遁……”

不管人家怎么说，怎么笑，他俩还是呆呆地不动声色。人虽年轻，但惜别的情绪重呵。

“车来啦！”是于清在外边喊的声音。

在大路口，停下一辆崭新的新型的大汽车，好像停在那儿展览似的，吸引着人们。从车上，走下来那个撅着两个小辫的女车长……又跳下来那个帽子扣在后脑勺的小招待员……

“李蕙良，快呀，快呀！”小招待员喊着。

在李蕙良动身的时候，送行的人们都抢着帮她拿东西。老舍长下手慢些，什么也没抢到手。后来，不知道他从谁的怀里把行李抢过来，放在自己肩上，两手抓住绳扣，抓得那么牢，任谁也休想再把行李从他的肩上抢过去，做这件事，他表现得如心如意；好像他是她的志愿的脚夫，不论她来时去时，都应该由他扛行李似的。

李蕙良在送行的人们的包围中走着。沿路，还有些人挤进来，跟她握握手，或说声“再见”。在这中间，她看见他们：工地主任、总工程师、党委书记……不管他们的工作是不是已经变动，她觉得她应该永久这样地称呼他们。对于这工地领导同志们，她很熟悉他们。她记得，工地主任一离开办公室，总是那样的匆匆忙忙，仿佛不是他在追赶什么人，便是被什么人所驱逐，不停脚地走，走得飞快，没有谁能长时间跟得上他的；而这次他停住，并且缓缓地跟着她走，她以为这实在太难为他了，说：“别送了！”她记得，总工程师在未走进现场之前，在场外如何惯于迈他的方步，不慌不忙地优哉游哉的方步；而这次她一听见他的喊声，便看见他老远地跑来，跑到她身边的时候，他喘得非常厉害，近乎害了气喘症似的透不出气来。她担心这一下把老人累坏了，说：“别送了！”她记得，党委书记的身体不大好，经常要靠顽强的意志维持繁重的工作，特别是昨夜，没有睡过觉，连合眼都没有合过，艰苦奋斗的往日，可悲可痛的回忆，折磨过她一个通宵，而现在她还要赶来走这一程，一张焦黄的脸，满脸倦容……她生怕她生了病，说：“别送了！”可是，他们不听，都照旧跟她走着。

走在最前边的，是老舍长。好像怕谁赶上他抢走他肩上的行李似的，单单他一个人抢先走着。可是，他走到汽车前边的时候，小招待员出乎他意料地蹦了个高，把他肩上的行李抢走，并且一伸舌头，做了个鬼脸：

“胡舍长，你看，我总算对得起你呀！”

李蕙良一上汽车，除了胡天雨跟她上去以外，把送行的人们都甩在车下。车里人挤得满满的，第一排有个同志给她让了座，但她没坐，向车外转过身去，恰好有一架哗哗响着的摄影机挡住她的视线，好不容易地躲过这个玩意儿而向车下说“再见”的时候，她竟怯懦了。现在，她才真正尝到别离的滋味，心一酸，眼睛也酸起来。她想要望一望车下的人们，而泪水把眼睛蒙住了。只有她接住一束鲜花那一瞬间，辨出了一度探身挨近车门的白茹珠和黄祖安的面孔；而其他的人们，她都看不清楚谁是谁了，反正只是一片摇晃的模糊的脸型。在她镇静一下，恢复过来告别的勇气以后，但是一切都已经来不及，连用手打招呼也打迟了。车开了。

她找到座位，但坐不下去，是一种感激之情在沸腾。她在感激同志们，感激党给她的永远使她忘不了的培养、成长……

是早晨上班的时候。路上的人流和车流，一齐涌来；逆流而行的，只有这辆临时加班的通勤大汽车，由工地往火车站开去。

1954—1957　鞍山——本溪